日曜劇場 99.9 刑事専門弁護士

SEASON II

㊤

脚本 宇田学
ノベライズ 百瀬しのぶ

扶桑社

MADARAME LAW FIRM

斑目法律事務所

本書はドラマ日曜劇場『99.9 ―刑事専門弁護士―SEASONⅡ』のシナリオ（第1話～第5話）をもとに小説化したものです。

小説化にあたり、内容には若干の変更と創作が加えられておりますことをご了承ください。

なお、この物語はフィクションです。実在の人物・団体とは関係ありません。

日本の刑事裁判における有罪率は九十九・九％。

いったん起訴されたらほぼ有罪が確定してしまう。

このドラマは、残りの〇・一％に隠された事実にたどり着くために、難事件に挑む弁護士たちの物語である。

第1話

深山×佐田のコンビ復活！　再び〇・一％の事実に挑む

　革のリュックを背負った深山大翔《みやまひろと》は、背筋を伸ばし、規則正しい足音を立てながら、さっそうと斑目《まだらめ》法律事務所のビルに入っていった。

「おはようございます」

　受付前を横切っていくと、受付嬢たちが立ち上がって頭を下げた。角を曲がって廊下を進み、認証カードをタッチしてフロアに入っていくと、深山の前を新室長の松尾良男が急ぎ足で横切っていく。松尾はコーヒーを運んでいた女子所員とぶつかりそうになり、お互い何度か同じ方向によけ合ってから、刑事事件専門ルームに続く階段を下りていった。その様子を見ていた深山は、左の耳たぶを触った。特に意味はない。深山の癖だ。

「おはようございます」

　松尾に挨拶をするパラリーガルの明石達也《あかしたつや》と藤野宏樹《ふじのひろき》、弁護士の新田次雄の声が聞こえてくる。

「明石くん！　明石くん！　なに……この旅費？」

　松尾は眉間にしわを寄せながら、明石を呼んで領収書のコピーを見せた。明石は水色に白い水玉模様のシャツに蝶ネクタイ、麻のベージュのジャケットに白い短パン姿。そして癖の強い髪の毛は相変わらず爆発している。

「おはようございます」

続いて入っていった深山にも、藤野たちが挨拶をする。

「依頼人が、新大阪発東京行きの新幹線の中で起きた窃盗事件の疑いをかけられてたんです。で、実際の現場に行って聞き込みをしないとって深山が……」

明石は松尾に説明しながら、席に着いた深山を見た。

「相変わらずだなー、深山先生」

藤野が満面の笑みで深山の方を向く。深山も笑顔を返した。

「なぜ、十五往復も乗る必要がある？」

松尾は明石の顔をのぞきこんだ。何事かと思ったのか、新田が顔をしかめ、二人に近づいていく。深山は机の上に三つ並べてあるガラスのコップの中から『おめでとうブドウ糖』の飴を手に取った。

「同じ時間の新幹線に乗って目撃者を探すためですよ！　十五往復も乗った努力が実を結びその新幹線を使ってるサラリーマンを見つけました！」

明石は誇らしげに言った。

「明石くんが？」

藤野が尋ねる。

「深山が！」

明石の言葉を聞き、深山は飴を舐《な》めながら、その通り、とばかりに頷《うなず》いた。

「その証言のおかげで依頼人は不起訴になりました！」

明石が言う。

「これって国選弁護だよね？」

藤野が尋ねる。

「大赤字」

明石は即座に答える。

「こんな大赤字の調査を誰がしていいと言ったんだー！」

松尾は青筋を立てながら、手にしていた鞄を一度持ち上げて乱暴に机の上に叩きつけた。

「深山です！　松尾室長に許可を得たって……なあ、深山」

明石はひょいと深山の机を見たが、そこにはもう深山の姿はなかった。机の上には深山が口に放り込んだ飴の袋が置いてある。

「な！」

明石は目と口を丸く開け、驚きの声を上げた。

「な！　じゃないよ……な！」

松尾も無人の深山の机に向かって叫んだ。


深山は事務所近くのカフェで、朝食をとっていた。運ばれてきたサンドイッチを手に取り、匂いを嗅いでみる。

「うーん」

深山はリュックから赤い缶の箱を取り出して開いた。そこには小さな容器に入れた八本のＭＹ調味料が並んでいる。その中から『深山特製アジアンテイストマヨネーズ』を取り出して、サンドイッチの中の生ハムにかける。

「では！　いただきマングース」

深山の大きな声に一瞬、周りの客たちの視線が集まる。深山は自分のギャグにフッと笑うと、サンドイッチにかぶりついた。

「うん！」

そして、満足げに頷いた。

佐田篤弘《さだあつひろ》は朝から精力的にクライアントを回っていた。まずはゲイツビルディング株式会社の社長室で、社長のマイク呂偉と向かい合う。マイクから契約書にサインをもらい、佐田は笑顔で立ち上がった。

「長い間、ご心配おかけしました。ありがとうございます」

「戻ってきてくれて、安心しましたよ」

マイクも立ち上がり、テーブル越しに佐田の手を取った。

次は株式会社斎藤工務店に出向き、会長の斎藤と契約を交わす。

「君が顧問弁護士となれば、鬼に金棒だな」

「はい、ありがとうございます」

佐田は斎藤とともがっちり握手を交わす。

その次は所商事株式会社で、会長の所からサインをもらう。

「頼んだよ」

「はい」

佐田が頷くと、同席していた所の部下たちから拍手が起こった。

斑目法律事務所に戻ってきた佐田は、満足げな表情を浮かべて廊下を進んでいった。

「おはようございます」

すれ違う所員たちが次々と立ち止まり、佐田に頭を下げる。

「おはよう。はい、おはよう」

佐田は一人一人挨拶を返し、速足で進んでいく。

「あれ？」

佐田は『atsuhiro sada』とガラスのドアに表示された個室の前で立ち止まった。室内に所長の斑目春彦《まだらめはるひこ》がいる。斑目は後ろ手を組み、窓際に飾ってある『サダノウィン』の写真や賞状を眺めていた。その中には新たな馬『サダノモンテカルロ』の写真なども並んでいる。

佐田の視線に気づくと、斑目は振り返って右手を上げた。なんの用事だろうと訝《いぶか》しく思いながら室内に入っていく。斑目は佐田に、松尾たちが辞めたと告げた。

「な！」

佐田は思わず天を仰いだ。「松尾と新田が辞めた？」

「君が探してきた後任の室長はどうも我慢が足りない。君が刑事事件ルームを抜けて、これで三人目だ」

「いやいや、私は優秀な人間を選んできました。我慢が足りないんじゃない。彼らが辞める理由はただ一つ。深山ですよ」

「新しい室長は定着しない。海外に留学した立花先生の後任も不在になった。そこで、君に戻ってもらうことにする」

斑目は一方的に言う。

「ちょっ、ちょっ……いや」

佐田は思わず笑い声を上げた。「冗談じゃありませんよ……ちょっと！　クラクラしちゃうな、これ」

佐田は壁に手をついた。そこには『走れサダノウィン！』のポスターが飾ってある。歌っているのは佐田が酒場で知り合ったお気に入りの歌手、加奈子――アーティスト名〝かたかなこ〟――だ。佐田は彼女の歌に涙を流すほど感動して、これまで出したCDを十万円で買い取り『SADA　RECORDS』というレーベルも立ち上げた。かたかなこ事務所移籍第一弾シングルは咲雷賞受賞馬サダノウィンテーマ曲の他に『12馬身の遠距離恋愛』『馬の耳にイヤリング♡』も入っている。

「私はあなたがマネージングパートナーを譲るという条件を出したから、仕方なく一年も刑事事件をやったんです。私が努力したおかげで、あなたは弁護士会の会長の座を手にしたじゃないですか」

佐田は斑目を指さしながら早口でまくし立てた。

「そうだよね」

斑目はいつものように、何を考えているのかわからない表情で頷く。

「だったら、いますぐマネージングパートナーを譲ってください！　これを見てください。私が民事に戻り、顧問弁護士となることをどれだけたくさんのクライアントがこうやって喜んでいるか、そしてそのことが、この事務所にいかに莫大な利益をもたらすか。あなただってわかってるでしょう、それは」

佐田はカバンの中から契約書の束を取り出して斑目に見せた。

「君の実力には恐れ入る。でもね、刑事弁護はおろそかには出来ないんだ。そこで、私が言いたいことは三つ。一つ、立花先生の後任が見つかれば民事と兼任してもいい。二つ、ちゃんと定着できる君の後任が見つかればマネージングパートナーは君に譲る。三つ……」

斑目は三本の指を立てて佐田の前に突き出す。佐田は斑目の言葉の続きを待った。

「……特にない」

斑目の言葉に、佐田は全身の力が抜けていくのを感じた。


朝食を終えた深山が刑事事件専門ルームに続く階段を下りていると、段ボールを手にした引っ越し業者とすれ違った。見ると、室長室から次々に段ボールが運び出され、別の作業員がガラスに書かれていた『matsuo』の文字を剥がしている。深山はその場で立ち止まり、彼らの作業を無言で見ていた。

刑事事件専門ルームに入っていくと、藤野が子ども番組の動画を見ながらダンスの練習をしていた。藤野は双子の娘、ももあとここあを溺愛していて、机の上には娘がくれた似顔絵入りのマグカップや表彰状が飾ってある。

「あ」

藤野は深山の視線に気づいて動きを止めた。

「何してるんですか？」

「今度、双子の娘の運動会で一緒に踊るんですよ」

「へー、ちょっと暑くないすか？」

深山は天井を指さした。

「僕の熱気のせいですかね。扇風機回します」

「あ、いいですよ」

深山は自分で扇風機のスイッチを入れた。

「あーーーーー」

深山が子どもがやるように、扇風機の前で声を上げていると、

「深山！　俺は司法試験に向けて猛勉強だよ」

自分の机で勉強していた明石が顔を上げて言った。

「明石さんには聞いてないよー」

「今に見とけ！　俺はあそこに座るんだ！」

明石は新田がいなくなった机の上を指さした。そこには『予約席・明石弁護士』と書いた紙で作った札が立ててある。

「へー」

深山は扇風機の向きを変えた。すると『予約席・明石弁護士』の札は風で飛ばされてゴミ箱に落下した。

「あああ！」

明石は慌てて札を拾い上げた。

「今年も無理そうだね」

深山は明石に言い「またここ空いたんですね。むこうの部屋も」と、藤野を見た。

「な！　深山先生のせいですけどね」

「なんで？」

「胸に手を当ててみてください」

藤野に言われた通り、深山は胸に両手を当ててみる。

「思い当たる節はありませんか」

「ありません」

深山は言った。

「深山の常識は俺たちにとっては非常識。俺たちにとっての常識は……」

明石が深山を見る。

「僕の非常識」

深山が答えると、

「それが原因です」

藤野が苦笑いを浮かべた。

「ですよね」

深山も同意する。

「でも寂しいなぁ。佐田先生が民事に戻り、奈津子さんも志賀先生と結婚して寿退社だし、立花先生はまだ見ぬ世界へって海外留学しちゃうし」

藤野は、深山が来た頃の刑事事件専門ルームのメンバーを懐かしむ。

「この間、ライン来ましたよ」

明石は携帯を手に取った。

「へー、なんて？」

藤野は明石に近づいていった。明石は立花彩乃とのラインのトーク画面を開き、送られてきた画像を見せた。そこには新発売されたプロレスグッズが写っている。

「これ新日本プロレスのTシャツ、今年のG1クライマックスの決勝に行って、買って送れっていうんです」

「他にここのみんなにメッセージとかは？」

藤野が聞くと、明石は自作のコガネムシ型携帯ケース入り携帯を操作して、ラインのトーク画面を見せた。

「これのみです」

そこには『お疲れサマー！　久しぶり！　G1の夏が来たぞこのやろー。会場でこれ買っといてよね。そして私まで送ってくださ～い★　絶対間違えるなよ、よろしく』とある。

「アメリカ行っても失礼な女ですよ！　でもあのプロレスマニアがいなくなったことで、俺はすっきりしたんですよ。何にしろ掃除はしやすくなった！　この辺りにパイプ椅子やらぬいぐるみ並べてさー、もう邪魔で邪魔で……」

彩乃がいた机の辺りを指さした明石は言葉を止めて、わああ、と泣き声を上げた。「やっぱり寂しいな」と、誰もいない机に伏せて泣いている。

「感情の波が……」

藤野が情緒不安定な明石を見て首をひねっていると、

「でもこのピンチを救えるのはやっぱり俺しかいない！」

明石はこぶしを握り、顔を上げる。

「また上がった」

藤野が言う。

「司法試験に合格する。そして、弁護士・明石達也の誕生だ！」

明石が握りこぶしを突き上げたところに、深山が扇風機でまた『予約席・明石弁護士』の札を飛ばす。

「何すんだよ！」

明石がゴミ箱に落ちた札を拾い上げたところに、ぽっちゃりした女性が台車を押して入ってきた。

「ん？」

深山が女性を見る。

「失礼しまーす」

「なんの御用ですか？」

藤野が尋ねた。

「本日付でここに異動になったパラリーガルの中塚でーす」

女性は中塚《なかつか》美麗《みれい》だと自己紹介すると「え？」と驚いている明石たちにはかまわずに、

「机、あそこ使いますね」

と、藤野の向かい側の、かつて奈津子が使っていた机に台車を押していく。

「聞いてないな！」

明石が言う。

「だと思います。私もついさっき言われたんで」

中塚は台車から荷物を下ろし始める。

「誰に？」

藤野が尋ねた。

「佐田先生です」

中塚がせっせと箱から出しているのは彩乃も持っていた新日本プロレスの選手をモチーフにした『マネくま』のぬいぐるみや、リング型のティッシュケースや、チャンピオンベルトがプリントされたクッションなど、プロレスグッズだ。そしてそこには彩乃が明石に頼んだG1クライマックスTシャツもある。

「ちょちょちょ……待った！」

明石が思わず手に取って広げてみると、サイン入りだ。「これ、サイン誰の？」

「オカダ」

中塚が答える。

「うん！」

「ゴトウ」

「うん！」

「ヨシハシ」

「うん！」

「イシイちゃん、ヤノさんです」

「うん！」

明石は興奮気味に声を上げた。

「え？　プロレス好きなんですか？」

中塚が嬉しそうに尋ねてくる。

「好きじゃない！」

そう言いつつも、明石はTシャツをつかんで離さない。

「じゃあなんで?」

「これアメリカに送るんだ!」

明石と中塚はTシャツを巡って争い始めた。

「でも、どうして佐田先生が指示を?」

藤野は自席にいる深山に尋ねた。

「やな予感するなー」

深山が小さくため息をついたところに、段ボールを抱えた引っ越し業者の作業員たちが階段を下りてきた。段ボールは隣の室長室に運び込まれていく。

「ほら、なんか運び入れてますよ」

藤野が言うと、深山は部屋の外を見た。そして最後に、鞄を手にした佐田が下りてくる。

「あ!」

藤野は驚きの声を上げた。佐田は深山と藤野を睨《にら》みつけて部屋を通り過ぎ、室長室の方に歩いていく。

「ああー!」

今度は藤野は怯えたような声を上げた。と、佐田が後ろ歩きをしながら戻ってくる。眼光鋭く睨みつけてくる佐田に、深山はニヤリと笑い返した。

その頃、斑目法律事務所の受付に、鈴木加代が訪ねてきた。

「こんにちは」

受付嬢が声をかけ「こちらにご記入ください」と用紙をさしだす。加代は無言で頷いて、記入し始めた。加代の隣には、付き添いでやってきた尾崎舞子《おざきまいこ》が立っていた。


「元気にしてるか？」

佐田はしかめ面で深山に尋ねる。

「僕はいたって元気です」

深山は微笑みを浮かべたまま、立ち上がる。

「おまえじゃない、サダノウィンだよ。飼葉代もかかるだろう？　あいつよく食うし、ニンジンも無農薬しか食べないしな」

佐田は深山に近づいていった。深山は佐田の質問に、ニヤつきながら頷いた。

以前、佐田が刑事事件専門ルームにいたときに担当した事件で、深山の協力を仰いだ。そのときの成功報酬として、深山は佐田の愛馬サダノウィンをもらった。深山のモットーは馬は自然に返すということで、今は競走馬を引退させ、ある山の牧場に預けてある。

「なんだ、その顔は。サダノウィン元気にしてるのかって聞いてるんだ」

歯をくいしばり、目を剥いている佐田に、深山はニヤニヤするばかりだ。周りで見ている明石や藤野はヒヤヒヤしている。

「そんなことより荷物を出したり入れたり騒がしいですけど、何か用ですか？」

「おまえの働きが残念なせいで、俺はここに戻ることになりました」

「お断りしまーす」

「断りたいのはこっちの方だよ！」

佐田が食い気味に深山を怒鳴りつけたところに、電話が鳴った。

「出まーす」

中塚が受話器を取る。「はい、刑事事件専門ルーム。はい、いいですよ」

「佐田先生がいなくても僕一人で出来ますから」

「うるさい！　私だって戻りたくて戻るわけではないんだよ！　せっかくたくさんのクライアントが喜ぶ中……」

「これ食べます？」

深山は怒鳴っている佐田に『おめでとうブドウ糖』の飴を勧める。

「いらない」

「糖分とった方がいいですよ。ほら」

「いらないっつってんだろ！」

「あのー」

電話を切った中塚が、遠慮がちに二人に割って入る。

「なにーっ？」

佐田が声を荒らげて振り返ると、藤野たちがビクンと体を硬直させる。

「依頼人の方が来られてます」

「ん？」

佐田も驚いて振り返った。

加代が遠慮がちに入ってきた。そしてその後ろに立っている舞子が、佐田と深山を品定めするように見ていた。


深山と佐田は、応接室で加代たちと向かい合っていた。

「斑目法律事務所の佐田と申します……佐田、と申します」

佐田は加代と舞子に順番に名刺を渡す。続いて名刺を渡そうとする深山を「おまえはいいよ、おまえはいいから」と、佐田が制する。

「深山です」

深山は一応、二人に向かって名乗った。

「刑事事件専門の弁護士です」

佐田は仕方なく、補足する。

「鈴木加代です。こちらは私の友人の尾崎舞子さんです」

長い髪をきちんとまとめ、白いブラウスにフレアスカート姿の加代は、おとなしく、清楚な雰囲気だ。ショートカットにパンツスーツ姿の舞子は、無表情のまま会釈をした。

「どうぞお座りください」

佐田は言い、自分たちも腰を下ろす。そして、何か話しだそうとする深山に、おまえじゃなくて俺が応対する、と身振り手振りで伝え、口を開いた。

「で、どういったご依頼でしょうか?」

「実は私の父が殺人事件で逮捕されて起訴されたんです。でも、父はやってないと言ってるんです！　無実なんです。助けてください」

加代が、身を乗り出すようにして訴えてくる。

「今までは他の弁護人が付かれていたんですよね?」

佐田は尋ねた。

「でも、全然親身になってくれなくて……。それで彼女に相談したら、弁護士さんを変えた方がいいんじゃないかって。あ、彼女、元裁判官なんです」

加代は隣で静かに座っている舞子を見る。

「元裁判官？」

「へー」

佐田は目を丸くし、深山は好奇心に満ちた笑みを浮かべた。舞子は無言で頭を下げる。

「彼女は中学の同級生で、今日は付き添ってもらったんです」

「裁判官を辞められたなら、あなたが弁護できますよね？」

佐田は舞子に尋ねた。

「今は司法の世界から少し距離を置いているので、専門の方にお任せした方がいいと思いまして」

舞子は目を伏せたまま言う。

「なるほど、では別室で契約書の方にサインをしていただいてよろしいですかね？」

そう言うと佐田は立ち上がり、内線電話で「中塚くん、お願い」と、伝える。そして席に戻ろうとしたところに、深山が深い息をついて机に伏せるようにし、椅子を下げた。その椅子が佐田に直撃する。

「痛て……なんで下がってくんだよ。おかしいだろ」

佐田が言うと、深山はいたずらっぽく目を見開いた。そこにノックの音がして「失礼します」

と、中塚が現れる。

「契約書を用意して」

佐田が言うと「ああ、はい」と中塚が頷き「こちらへどうぞ」と、加代を促す。

「舞子、お願いね」

加代が舞子を見る。

「うん」

舞子はここへ来て初めて、うっすらと微笑んだ。

「すみません、お手数をおかけします」

佐田は立ち上がり、加代に頭を下げた。中塚に連れられて加代が出ていくと、舞子は紙袋の中からコピーしてきた事件に関する大量の書類を出し、ドンと机の上に置いた。佐田が資料を手にしようとすると、深山がさっと持っていってしまい、また小競り合いになる。

「事件記録の写しです。私も全て目を通しました。大変残念ですが、これを見る限り、被告人である彼女の父親は……有罪です」

舞子は早口で淡々と説明を始めた。

「はあ?」

佐田は驚いて舞子を見る。

「目撃情報、証拠である凶器、殺害に至る動機まで、疑いの余地はありません」

「しかしご友人の方は無実を訴えていらっしゃいますよね」

「加代は家族だからそう思いたいのは仕方ありません」

「無実を争うためにうちを推薦したんじゃないんですか？」

「いいえ。前の弁護士では無期懲役になる可能性があったので、こちらにお願いに来たんです。一刻も早く彼女の父親に罪を認めさせて情状酌量を求めていただきたいんです。そうすれば少なくとも懲役二十年まで減らしてもらえるはずです」

「なるほど」

それまで黙っていた深山は、笑みを浮かべながら舞子を見た。そして「では接見に行ってきまーす」と、席を立つ。

「深山」

佐田は止めようとしたが、

「仕事が速いですね。私も行きます」

舞子も席を立った。

「それは無理でしょう。あなたは担当弁護士ではない」

「接見禁止が付いていて家族でも会えない状況です」

舞子が言うのを遮るように、深山は大きな音を立てて紙袋を広げ、資料をしまい始める。「……うるさいな」

佐田は深山を睨んだ。

「私は加代から父親に直接会って、元気かどうか確かめてきて欲しいとお願いされているんです」

「おまえ、聞こえないんだけど」

佐田は、まだバサバサやっている深山に向かって注意した。舞子はさっとジャケットの襟に弁護士バッジを付ける。

「今回だけで構いません。同行させてください」

そう主張する舞子に、

「めんどくさー」

深山は言うと、さっさと応接室を出た。

「え？」

舞子は呆気《あっけ》にとられている。

「おいちょっと深山！　深山、待て……深山！」

佐田は止めたが、深山は言うことを聞く気配もなく、速足で歩いていく。

「……はあ」

頭を抱えている佐田に、

「さっきのことはまだ加代には話さないでください。折を見て私から話しますから」

舞子は言うと「では」と応接室を出ていった。


「深山先生！」

舞子はビルを出たところで深山に追いついた。両手に紙袋を持った深山はかまわずに歩いていくが、突然足を止めて振り返った。

「ね、手持ちある？」

「……持ってますけど、どういうことですか？」

舞子は尋ねたが、深山は答えずに歩き出して、ビルの前に停車していたタクシーの窓を叩く。

「お金、持ってないんだよね」

深山はそう言って、後部座席に乗り込もうとする。

「え？　じゃなんでタクシーを？」

「君が持ってるって言ったから」

「お願いしまーす」と運転手に言いながら乗り込んでいく深山を見て、舞子は首をかしげた。

深山はタクシーの中で『勾留状』を見ていた。被疑者の名前は鈴木二郎。昭和三十三年生まれ。東京都大田区在住。『鈴木テックス』という会社の社長……と、プロフィールを頭に叩き込んでいく。

「依頼を受けていただいて感謝しています。深山先生で良かった。話の通じない弁護士だったらどうしようかと思っていました」

隣の席に座った舞子は言った。

「……よく喋《しゃべ》るねー」

深山は言った。

「え？　あ、資料を読んでたんですね。邪魔してすみません」

それからしばらく沈黙が流れたが、

「私、一年前に裁判官を辞めたんですが、数年前から厄介な弁護士がいるって、裁判官の中では噂になってたんですよ」

舞子は口を開いた。

「……喋るんだ」

深山はボソッと呟《つぶや》く。

「被告人から事細かく話を聞いて、あることないこといちゃもんをつけて、裁判を混乱させるんです。多くの案件を抱える裁判官にとってそういう弁護士って迷惑なんですよね。どうも個人事務所をやっているみたいなんですけど……フカヤマっていう弁護士らしいんですけど、ご存知ですか？」

尋ねてくる舞子に深山は「さあ？」と、首をかしげた。

アクリル板の向こうに、加代の父親、鈴木二郎が現れた。ただでさえ小柄なのに、勾留生活がつらいのか、げっそりとやつれている。


「どうも。弁護士の深山です」

深山は名刺を見せて。鈴木に見えるようにアクリル板に立てかける。

「鈴木です」

お互いに頭を下げて椅子に腰を下ろそうとしたところに、

「ご無沙汰してます」

舞子が声をかける。

「え？　舞子ちゃん？」

「はい」

「いやー、久しぶりだな。すっかり垢抜けちゃって。全然気づかなかったよ」

舞子を見て、鈴木は笑顔を見せた。

「今日は加代にお父様の様子を確かめてきて欲しいと頼まれたので」

舞子が言い、三人は腰を下ろす。

「加代は元気かな？」

「こういう状況ですので、元気とは言えませんが」

「そうだよね……」

鈴木は寂しげに微笑む。

「顔色も良くて、良かったです。深山先生がきちっと弁護してくれます。よく話を聞いて、情状に向かうために今後の作戦を相談してください」

「情状？」

鈴木は顔色を一変させた。

「では鈴木さん、質問させていただきますね。さっそくですが、どこのご出身ですか？」

深山はノートを広げ、左耳に手を当てた。

「え？」

舞子は驚いて深山を見る。

「……出身地は埼玉県所沢市です」

鈴木が答えるのをメモしていく。

「じゃあれだ、西武ライオンズ」

「私、大ファンなんです。深山先生も好きなんですか?」

「全然興味ないです。ずっと所沢ですか?」

「大学時代の四年間は東京に」

「ちょっといいですか……」

舞子が口をはさんできたが、

「大学はどちらに?」

深山は質問を続けた。

「来修大学です」

「何学部でした?」

「すみませーん、聞いてますか?」

舞子は手を口に当てて声をかけた。

「少々お待ちを」

深山は鈴木に言うと、ノートを閉じて「ちょっと」と立ち上がる。そして、同じように立ち上がった舞子と向かい合った。「担当弁護士は僕なんだ。黙っといてもらえるかな」

「話が違います。早く事実を伝えるべきです」

「この時点で誰に事実が見えてるっていうの？」

「揺るぎない強固な証拠をもって起訴されてるんですよ」

「強固な証拠……。だから裁判官は嫌なんだよな」

深山は腕組みをして吐き捨てるように言った。

「え？」

「裁判官ってのは、起訴状を読む時点で有罪だと思い込んでる。だからこの国は刑事事件の裁判有罪率が世界一になるんだ」

深山は真剣な口調で言う。

「起訴されるのは覆せない強固な証拠があるからです。だからこそ裁判官の手に委ねられた時には九十九・九％が有罪にな――」

「九十九・九％有罪だとして、そこに事実があるとは限らない。残りの〇・一％に事実が隠されているかもしれない」

二人が言い合いを始めたので、鈴木がコンコンコン、とアクリル板を叩いた。その拍子に、深山の名刺がひらっと表向きになる。

「ちょっと、落ち着いてください」

鈴木が言うと、

「申し訳ありません」

舞子は慌てて戻って、椅子に座る。そして、表向きになった名刺に目を落とした。

そこには『深山大翔』とある。

「……フカヤマ?」

「フカヤマと書いて、ミヤマです」

「え? じゃあ、あなたが、あのフカヤマ……」

舞子は名刺と深山を順番に指した。

「自己紹介が遅くなりました。フカヤマと書いて、ミヤマです」

深山は名刺入れの中からもう一枚名刺を出すと、舞子に向かって掲げた。そして「それ、さしあげます」と、今、舞子が手にしている名刺を指して、鈴木に向き直った。

深山の質問は続き、ノートがギッシリと鈴木の情報で埋まって行く様子を、舞子は苛々《いらいら》しながら見ていた。一区切りついたところで腕時計に目を落とすと、午後四時を十五分ほど過ぎたところだ。

「もう二時間……」

気がつけばここへ来てから二時間が経過していた。舞子は思わず天井を仰ぐ。

「なるほど。ありがとうございます。では事件のことに関してお聞きしますね。被害者の沢村さんとは何時にお会いする予定だったんですか？」

「二十一時三十分に約束していました」

鈴木が深山の質問に答える。

「何をしに沢村さんのところへ？」

「沢村さんには一千万お借りしてて、あの日はその返済日だったんです。昼間の間に売掛金の回収に走り回って、そこで五百万だけ回収して、いったん会社に戻ったんです」

「会社に戻ったのは何時ですか？」

「社員が全員帰っていたので、十九時三十分くらいだったと思います」

「その後は？」

「約束の時間までまだあったので、会社のソファで少し仮眠しました」

「何時に寝て、何時に起きたか細かく覚えてますか？」

「十九時四十五分くらいに寝て二十一時前には起きました。それで、二十一時過ぎに会社を出たんです」

細かいことを質問していく深山を見て、舞子は呆《あき》れたように小さくため息をつく。

「それを証明できる人はいますか？」

「警察にも話したんですが、会社を出る前に、社員の阿部が材料の発注をするのを忘れたと言って、戻ってきたんです」

「阿部さん……ね」


事件当夜、会社のソファで、うたた寝をしていた鈴木がハッと起き上がって壁の時計を見上げると、二十一時少し前だった。

(あ……お疲れさまです)

入ってきた阿部が鈴木に声をかける。

(どした？)

(ちょっと発注を忘れちゃって)

阿部はそう言うと、自席で電話をかけ始めた。

(鈴木テックスの阿部です……)

阿部が発注しているのを聞きながらネクタイを締めなおし、時計を見上げると二十一時を少し過ぎたところだった。鈴木は慌てて金庫からお金が入った袋を取り出すと、会社を出た。

「彼が発注してる間に会社を出ました。途中でうちの社員の伊藤亜紀にも会いました」

鈴木は深山に言った。

会社を出た鈴木は駅のそばの広場を歩いていた。夏祭りの会場になるのか、辺りの木々には提《ちょう》灯《ちん》が飾られライトアップされている。と、社員の伊藤が声をかけてきた。

（社長！　どうしたんですか？）

（ちょっと用事でね。え、伊藤さんは？）

（私、ホヤぼーや大好きなんです。インスタに載せようと思って）

（ホヤぼーや？　ああ、撮ってあげようか？）

見ると、広場のやぐらの上に期間限定で、宮城県気仙沼市の観光ＰＲキャラクター、ホヤぼーやのパネルが飾られていた。

（え？　お願いできますか？）

伊藤は嬉しそうにやぐらの前でポーズをとる。

（ああいいよ。ハイ、ボール）

鈴木はスマホのシャッターを切る仕草をして、自分のギャグに笑った。

「七点」

深山は鈴木のギャグに辛い点数をつけ「写真を撮ったんですね」と、尋ねる。

「はい、それから沢村さんのところに向かいました」

雑居ビルの六階に入っている『沢村ファイナンス』に到着し、鈴木はインターフォンを鳴らした。

「約束の二十一時三十分に着いて、インターフォンを押したんですが、誰も出てこなくて。何度か電話も鳴らしたんですが、つながりませんでした。ドアには鍵がかかっていて、あきらめて帰りました」

「帰り道はどこかに寄りましたか？」

深山はメモを取りながら尋ねる。

「まっすぐうちに帰りました」

鈴木の答えに頷き、深山はノートを閉じた。

「わかりました。また来ますね。何か思い出したら教えてください」

ノートをリュックにしまい、ペンを上着の内ポケットに入れながら立ち上がる。

「ちょっと待ってください」

舞子は慌てて深山に声をかけた。

「……舞子ちゃんは、私を疑っているのかな？」

鈴木が穏やかな口調で舞子に尋ねる。舞子は俯き、唇を噛んだ。

「証拠がそろっています。このまま否認し続ければ、無期懲役もありえます。それを避けるためには一刻も早く認めて情状を……」

「加代に」

鈴木は舞子の言葉を遮って言った。

「俺は絶対にやっていないと伝えてくれるか」

そして立ち上がり、接見室を出ていった。


佐田は企業法務担当の弁護士、落合陽平《おちあいようへい》から受け取ったドラフトに、目を通していた。

「来週、マレーシアで正式に契約を結ぶことになっています。航空機も手配してますが、大丈夫ですか？」

「今更キャンセルできるものか。そのためにも代わりの弁護士を早く探さなければ……」

佐田は舌打ちをする。

「兼任は大変ですよね。あれ？　佐田先生、また馬を買われたんですか？　サダノモンテカルロ」

落合は壁に飾ってあるサダノモンテカルロのゼッケンを見ている。

「気づいちゃった？　今度はな、牝馬を買ったんだよ。牝馬は瞬発力は牡馬より長《た》けていてな。

馬群から飛び出す一瞬の切れは、本当に美しい……」

「ちょっと待ってください、深山先生！　話を聞いてください、深山先生！」

と、階段を下りてくる、舞子の大きな声が聞こえてきた。深山は舞子の言葉を無視して、先に刑事事件専門ルームに入っていった。舞子はその姿を見て、部屋の前で立ち尽くしている。

「誰ですか？　あの可愛い人」

落合は佐田に尋ねた。そして「よかった。志賀先生のところ行かなくて」と、笑みを浮かべた。


「あの、ちょっと……」

舞子は部屋の中に入っていき、深山に声をかけた。

「明石さん、これ接見に行ったノート……」

だが深山は舞子を無視して明石の姿を探す。

「さっき走って、トイレに行きました」

藤野が言うと、

「よかったら私、まとめますよ」

中塚が立ち上がる。

「お！」

深山が目を輝かせ、中塚にノートを渡す。

「無理だと思うよ、深山先生の速記、クセがすごいから」

藤野は言った。ノートを開いた中塚は、思わず顔を引きつらせているが、

「じゃ、お願いします」

深山はそう言って席に戻った。

「私の意志とは全然違うじゃないですか」

舞子は自分の鞄を肩にかけ、重い紙袋を両手に持ち、深山の机の前に立った。

「君は依頼人でも担当弁護士でもないでしょ」

「この件は情状酌量を求めないと無期懲役になる可能性が高いんです」

「それは君が決めることじゃない。それに僕にとって有罪か無罪かは関係ない。知りたいのは、なにがあったのかという事実だけ」

「なんて非常識な！」

「僕にとっては常識なんだけどね」

「どういうつもりで弁護してるんですか」

舞子が深山の机に手をつき、二人のムードがかなり険悪になったところに、佐田が飛びこんできた。

「落ち着こう！　はい、いったん落ち着こう。落ち着いて話をしてくれよ……。ちょっとあっち」

佐田が舞子に、ホワイトボード前の大テーブルの方に行くよう促す。舞子はムッとしながらも、示された椅子に座った。

「このまま裁判になれば、彼女の父親に不利な判決が下りますよ。それに、あの人がフカヤマだったなんて」

舞子は深山を指さした。

「フカヤマでーす」

飴を口に放り込んだ深山が右手を上げたところに、明石が手を拭きながら戻ってくる。

「他のもっと優秀な弁護士にしてください」

「優秀……裁判官といえばさ、司法修習生の中でも上位三分の一の成績の者しかなれないはずだよね」

「それが何か？」

「君を雇おう」

佐田が目を輝かせて言うと、

「ええ？」

明石と藤野が同時に声を上げた。

「断固反たーい」

即座に言った深山を舞子はキッと睨む。

「俺も断固大反対です！」

大声を上げた明石を見て、藤野は唇に人差し指を当てた。明石も慌てて口を押さえる。

「どうだろう？」

「お断りします。この件も他の法律事務所に相談します」

舞子は立ち上がり、部屋を出ていこうとする。

「うちと委任契約を締結した依頼人は被告人の娘さん、君の友人だ。君が他の法律事務所にこの案件を持っていくというなら……ちょっと契約書」

佐田は中塚から契約書を受け取る。「残念ながら君の友人にお断りの電話を入れなければならない」

佐田は契約書の電話番号を見て『予約席・明石弁護士』の札が立っている机の電話の受話器を上げた。

「ちょっと待ってください。私が話します」

舞子は電話のフックボタンを押す。

「誠実さをモットーにしてきた私としては、お断りするなら依頼人に直接理由を説明しなくてはならないからな」

佐田は隣の深山の席の受話器を取る。

「どこが誠実なんですか」

深山は佐田の顔をのぞきこんだ。だがまた舞子がすぐにフックボタンを押す。

「あなたがお父様を有罪だと判断して、情状酌量を求めようとしたことで、意見の不一致が出てしまった。そのため、やむを得ず、契約を破棄せざるを得ないと……」

佐田はまた別の電話の受話器を上げたが、舞子はすぐに受話器を取り上げて電話を切った。そして佐田を正面から睨みつける。

「あのね、うちは今ね、すごく人手不足なんだよね。君がもし弁護士としてうちの事務所と契約すればあの男と立場が同等になって意見を対等にぶつけ合えるぞ」

佐田が言うと、舞子はほとほと呆れたという表情を浮かべた。だが……。

「契約書を用意してください」

舞子は言った。佐田はしてやったりという表情を浮かべる。

「全く……」

深山も佐田のやり方にすっかり呆れている。

「ああ！　先を越された！」

明石は絶望の声を上げた。

「ただし条件があります。今回だけの特別契約にしてください」

舞子は言った。

「いいだろう」

佐田は舞子の肩を叩こうとしたが、不快な表情をされ、かわされる。

「机はここを使っていいから」

と、佐田は机の上にある『予約席・明石弁護士』の札を丸めて床に捨てる。

「ああああああ！」

明石は慌てて拾いに行った。

「あ、経過報告は随時あげるように。二人ともチームになったんだから、うまく！　うまく！」

佐田は自分の両手を握手するようにがっちり体の前で組み合わせながら深山と舞子をそれぞれ見て、妙なポーズをする。そして「うまくやってくれ」と、高らかに笑いながら部屋を出ていった。

「イエス！　イエス！　イエス！　もう一つイエス！」

廊下を歩く佐田の声が聞こえる中、深山と舞子は無言で目を合わせた。

『沢村ファイナンス社長強盗殺人否認事件』

中塚がホワイトボードに、事件の概要を書き始める。

『被告人　鈴木二郎（58）鈴木テックス社長　罪名　強盗殺人　公訴事実六月一日二十時三十分頃　被害者を工業用ハンマーで殴打し殺害　動機　被害者に一千万円の借金があり、返済期限を延ばしてもらおうと交渉に行ったところ口論になり借金を免れるために殺害』

そしてその下には犯行日の十九時半に被告人が会社に戻ってからの行動を時系列で書いていく。

「よくあのクセがすごい字を解読したね。しかも綺麗でわかりやすい。明石くん、もういらないんじゃない」

藤野が明石に言う。

「それでは、事件の概要について説明いたします」

中塚が言うと、藤野と明石はその場に並んだまま頷いた。だが後ろから深山に背中をつつかれて、邪魔だからどくように言われる。

「あ、すいません」

藤野が明石と共に並んで大テーブルについたところで、説明が始まった。

「六月二日の早朝、沢村さんは事務所で遺体となって発見されました。第一発見者は、ビルの清掃員で、清掃のために合鍵を使って中に入ったところ、沢村さんが血を流して倒れていたとのことです」

中塚の話を聞きながら、深山は床に倒れている沢村の遺体の写真を見ていた。

「じゃ、鍵はかかってたんですね」

藤野が尋ねると、中塚は「はい」と頷いた。

「死因は前頭部をハンマーで殴られたことによる脳挫傷。ほぼ即死だったようです」

「な！　何回殴られたんですか？」

藤野が再び質問する。

「一回です。死亡推定時刻は、前日の夜、二十時三十分になります」

「鈴木さんは沢村さんの事務所を訪れたのは二十一時三十分だと証言している」

深山が言うと、さっきから苛《いら》ついていた舞子が立ち上がった。

「鈴木さんは沢村さんに一千万もの借金があり、その返済が滞り、期限を延ばしてもらおうと交渉に行ったところ口論になり殺害したとされています。北大崎アリーナ広場で、社員の伊藤さんと会い、写真を撮りました。そのとき撮影した写真はこちらです」

舞子は深山の机の上にあった資料を手に取って、見せた。

「ん？」

明石が声を上げたが、舞子は相手にせずに写真を指さして言った。

「後ろの時計が二十時十分になっています。鈴木さんは会社を出る時に阿部さんがいたことも、途中で伊藤さんに会い写真を撮ったことも認めています。接見で鈴木さんは会社を出たのは二十一時過ぎだと主張していましたが、あれは虚偽だと思います」

「あうっ？」

明石はまた変な声を上げる。

「どした？」

藤野が尋ねた。

「伊藤さん超タイプです！　お嫁さんにしたい」

明石の発言に、舞子は顔をしかめてこめかみに手を当てた。藤野も軽蔑したように、明石から資料の紙を奪い取る。深山は明石には全く関心を持たずホワイトボードに近づき、そこに書いてあることをじっくり見ていた。

「鈴木さんが被害者の元を訪れたのが二十時三十分なのか二十一時三十分なのか……。二十時三十分なら、鈴木社長が嘘をついているから犯人の可能性は高い。でも二十一時三十分だとしたら被害者はすでに亡くなっているから、他に犯人がいるってことになる。藤野さん、売掛金の回収って裏はとれてましたよね？」

「ええ、鈴木さんの証言通り六社から五百万、犯行日当日に回収されてます」

「殺そうと思った相手にお金を返そうと思うかな」

深山はホワイトボードを眺めて言った。

「返しに行ったけど、半分しかなくて、口論になり、衝動的に殺したんです」

舞子が言う。

「衝動的に？　なるほど」

深山は遺体現場の写真を手に取り、マジマジと見る。

「額を殴られて表向きか……。再現してみるか」

「え？」

舞子は驚きの声を上げた。


深山たちは『沢村ファイナンス』の入っているビルの三階にいた。ちょうどテナント募集だったので、使わせてもらうことになったのだ。

「暑いなー」

深山は窓を開けて、手にしていた資料でパタパタと仰いだ。この暑さの中、明石と藤野と中塚、そしてソファや机などのレンタル家具を運び入れた業者が、黙々と作業をしている。

「同じ間取りの部屋が空いててよかったな」

明石が現場写真を見ながら言う。

「ＯＫです。ご苦労様でした。二時間後に撤収しますんで。よろしくお願いします」

藤野は業者の作業員たちに言った。

「沢村ファイナンスはココから壁ですけど、こちら側の作りは一緒でーす」

中塚は部屋の真ん中あたりにロープを張って言う。

「空部屋を借りて、間取りまで一緒に……。いったいどういうつもりなの？」

舞子はまったく乗り気ではない。

「再現するにはきちっとしないとね。犯人は二十時三十分にここに来て沢村さんを殺害し、鍵を盗み、ドアを閉めて逃走した。じゃあ、明石さん、鈴木さんの役をやってもらえる？」

「あいよ」

明石は『鈴木』と書かれた画用紙を首からさげて廊下に出ていく。

「君、沢村さんね」

深山は舞子に『沢村』と書いた画用紙をさしだした。

「え？　嫌です」

「断れないよ。うちの弁護士になったんでしょう」

深山は舞子の首に画用紙をさげ「あそこに座って」と、デスクを指さす。

「やめてもいいんだぞー！」

明石はドアから顔を出して叫んだ。

「こんなことしても意味はありません」

舞子は首にかけられた画用紙をはずした。

「世の中に意味のないことなんてない。調書の通りにいけば、それが事実だとわかる。そうじゃなければ新たな事実がわかる。ね、座って」

深山が言うと、舞子は渋々座った。

「じゃ、やりましょうか。あ、お二人はロープの外でお願いします」

「はい」

藤野と中塚はビデオカメラを回す役だ。

「調書通りにいくと被害者の沢村さんは前頭部を殴られ入り口付近に倒れていた」

深山は遺体が倒れていたとされる場所に白いマットを敷いた。そこには赤いガムテープで人の形《かたど》が象られている。

「ここね、仰向けだからね」

深山が言うと、舞子は渋々、了解したと手を上げる。

「Aカメ回りました」

藤野が手持ちのカメラの録画ボタンを押し、

「Bカメ回りました」

続いて固定カメラ担当の中塚が言う。

「いいよ、明石さん」

「明石、いきまーす」

二人のいつものやりとりがあり、再現がスタートする。

コンコン。明石がノックをすると、舞子が立ち上がってドアを開けにいく。

「あ、どうも」

明石は目の前にいる舞子のふてくされた顔に威圧されている。

「何してるの、早く殴りなさいよ」

「ああ……ハンマー、ハンマー」

明石はカバンからおもちゃのハンマーを取り出すと「せい！」と舞子の頭を殴った。キュウッと、おもちゃ特有の音がする。舞子はしばらく憮然《ぶぜん》としていたが、そのまま遺体のあった位置に仰向けで倒れた。

「いや、ちょっと待って」

深山は思わず声を上げた。

「はい、カットー！」

明石が制止し、

「いったん止めまーす」

「止めまーす」

藤野と中塚が停止ボタンを押す。

「なんですか？」

舞子は倒れたまま、深山を見た。

「鈴木社長は五百万を返すつもりでここに来たんだよ。なのに、なんの話もしないで会っていきなり殴るかな？」

「殴らないな」

明石を始め、皆「ですね」と、口々に同意する。

「でしょ」

深山が言うと、

「そうですね……」

舞子も渋々同意して立ち上がった。

「もう一回、やり直し。あと、もっとなりきってやってもらえない？」

深山が注文を出す。

「私、被害者がどういう方か知らないんで」

舞子は即座に言い返す。

「ここの社員の証言によると、被害者の沢村さんはかなり横柄な態度だったみたいです」

藤野が言う。

「かなり横柄な態度だそうです」

深山は舞子を見て念を押す。

「……横柄」

舞子は腑に落ちた表情になり、廊下に出た明石のノックの音を聞いてドアを開ける。

「……あ、ああ」

睨みつけられてビビっている明石の腕を、舞子はいきなりつかんだ。

「おい！　こっちに来い！　ここに座れ！」

そして、ソファに投げ飛ばす。

「お金は全額持ってきたんだろうな！」

舞子は両手を腰に当てて、明石を見た。

「それが半分の五百万しか集められなくて……」

「おまえ、なめてんのか？　あ？　お金は全額、耳を揃《そろ》えて持って来いって言っただろうが！　どうやって落とし前つけるんだこのやろう！」

舞子は明石がさげていたバッグの紐を掴《つか》んで立ち上がらせた。

「誰イメージしてるんですかね」

急にヤクザ映画のようになってきた舞子を見て、中塚が首をかしげる。

「このやろう！」

舞子は明石に掴みかかった。

「ほら、ここで殴る」

そう明石に言うと、明石はハンマーを取り出し、舞子を殴る。

「ガン！」

「ギャー」

舞子は頭を抱えて、遺体があった場所を確認するがかなり遠い。一度そばに会った机に手をついて足元をふらつかせながら、その場所までたどり着いて倒れた。

「いやーちょいちょいちょい」

藤野がそのあまりに不自然な動きに、思わず声を上げる。

「カット！」

「一回止めまーす」

明石と藤野らの声が響く。

「ちゃんと倒れたじゃない！」

舞子は起き上がって深山を見た。

「検死報告によれば、頭部を一度殴られたことによる脳挫傷で亡くなってたんだよね。そんな歩けるかな」

深山は資料を見て言った。

「歩けないな」

「ですね」

「ですよね」

明石たちが皆、口々に頷き合う。

「……わかった！　追い返そうとして、入り口に連れて来たんだ！　もう一回やりましょう！」

舞子は立ち上がった。

「すみません！　今日はこれだけしか無理なんです！」

鈴木役の明石が土下座をする。

「この野郎！　出ていけ！」

舞子は明石の胸倉を掴みながら、入り口付近まで連れて行く。

「うわあ、ああ……」

「さあ、ここで殴って」

舞子は明石を入り口のドアに押しつけると、小声で囁《ささや》いた。明石はハンマーを出そうと鞄を探る。

「……早く出ていけ、ほら」

「こんな追い出されそうに掴み合いになってたら、簡単に出るもんじゃ……」

そう言いながら明石はなんとかハンマーを取り出し「ガン！」と、舞子を殴る。

「ぎゃあああああ！」

舞子は悲鳴を上げ遺体があった位置に倒れた。

「はいカット！」

「止めまーす」

明石と藤野が言う中、

「完璧」

舞子は仰向けに倒れながら会心の笑みを浮かべる。

「追い出そうとした相手が、何かを出そうとしてあんなにもたついてるのを待てるかな?」

深山が首をかしげる。

「それは……」

舞子は言葉に詰まった。

「待てないな」

「ですね」

「ですよね」

皆が口々に言う。

「これもおかしいよね」

深山の言葉に、

「そうなりますね」

藤野が頷く。

「でも遺体の位置関係を考えると、ここで殴られたのは間違いないか」

「じゃやっぱり来た瞬間じゃないですか」

舞子が不貞腐《ふてくさ》れたように言って立ち上がる。

「じゃあお金を返そうとした人間が話し合うこともなく、いきなり殺そうとしたってことでいいかな？」

深山が尋ねると、舞子は食い気味に「そうです」と答える。

「だとしたら計画的な犯行だってことになるよね。君は言い合いになって衝動的に殺したって言ってたけど」

「言ってたな」

「言ってたね」

「言ってた」

深山の意見に、舞子以外の三人が同意する。舞子は反論できず、黙り込むしかない。

「うん。やっぱり調書だけを信じちゃいけないよなあ。必ず見えない部分があるねえ」

深山はしみじみ言った。


夜、深山と明石、そして舞子は北大崎アリーナ広場のやぐらの前にやってきた。この日は着ぐるみのホヤぼーやが来ていて、何人かの若者が取り囲んでいる。

「すみません、遅くなっちゃって……」

伊藤が走ってくる。

「来たー」

髪の毛をリーゼント風に決めていた明石が、声を上げる。

「あ、ホヤぼーや！　すごーい！」

伊藤は近づいてきた明石をスルーして、ホヤぼーやに近づいていった。そして握手を求めたりと、すっかり興奮している。

「やっぱりかわいい。伊藤ちゃんかわいい」

明石もすっかり感動していたが、深山はすぐに検証を始めた。証拠提出された伊藤の写真を手に持って、その写真と同じように伊藤をホヤぼーやのパネルの前に立たせて位置を指示する。

「もっと右ですね。もう少し。あ、そこで。明石さん、ここから撮って」

「任せろ」

明石は自分の携帯を手に伊藤の前に出てくると「あ、あ、明石です！」と、緊張気味に自己紹介をした。

「どうも……」

伊藤は戸惑い気味だ。

「早く撮って。もうちょっと寄って。もうちょい上……もうちょい下、そこ」

深山は指示を出した。

「明石、いきまーす」

明石が携帯のボタンを長押しした。ものすごい連写だ。

「撮りすぎでしょ」

舞子が呆れ気味に言うが、

「証拠だから！」

明石はまだ撮り続けている。「はいＯＫ！」

「確認ですが、社長に会ったのは何時ですか？」

深山は伊藤に尋ねた。

「二十時過ぎです」

「間違いありませんか？」

「間違いありません。写真の時計の時刻も二十時過ぎになってますよね？」

伊藤の言う通り、時計台のアナログ時計が二十時十分を指している。

「さすがにあの時計台に細工はできないですもんね」

舞子は言った。

翌日、深山と舞子は『鈴木テックス』を訪れ、阿部から話を聞いた。

「あの日、私は、翌日分の材料発注を忘れていたことを思い出し、会社に戻ったんです」

応接スペースで向かい合った阿部が言う。

「それは何時頃ですか？」

「二十時前ですね。で、発注の電話をかけていると、時計を見て、社長が慌てた様子で出ていったんです。発注の時間はたぶん、発注先の田口さんの所に記録が残っているはずです」

阿部に言われ、今度は材料メーカーの『田口ジャパン』の事務所に向かう。『鈴木テックス』よりは雇用人数も多く、事務所も新しい。壁のあちこちに『水道一直線　水道用品の田口ジャパン』というポスターがあちこちに貼られ『絶対に値引きできない商品がそこにはある』「二〇一七年イメージキャラクター　田口隆祐（新日本プロレス）」という等身大のパネルまで飾ってあった。

深山は、緑色の作業服を着た社員第二営業部の道知部に名刺を渡す。

「えーと、フカヤマさん」

「ミヤマです」

「あ、すみません。で、阿部さんからの受注の電話は二十時過ぎで間違いないですよ」

道知部は言う。

「ですよね」

舞子が頷く。

「はい。記録残ってますよ」

そう言いながら、道知部はファックスと一体型の電話機を指した。「録音したデータは警察に提出したんで、その時、入力した書式のものしかありませんが」

道知部はファイル入りの『電話受注内容記録』を深山たちに渡そうとする。

「私たちも同じものを持ってます」

舞子は断ったが、

「拝見します」

深山はファイルを受け取り、受注入力データを確認する。受注先は『鈴木テックス』。電話口は『阿部充』『受注日時は六月一日（木）二十時一分』とある。

「これと同じコピー見ましたよね」

舞子は横からのぞきこんで言った。

「念のためだよ。この音声記録の現物って聞いたの？」

「いえ。前の弁護士にいただいた資料の中になかったので」

「ふーん」

深山は、目の前の道知部にさっきもらった名刺を見て、田口ジャパンに電話をかけた。

「あーちょっとすみません」

道知部は鳴っている電話を取るために立ち上がる。

深山の携帯には「七月二十一日。十時十八分です。この通話は録音させていただいています」

というアナウンスが流れる。

「時間はずれてない」

深山は携帯を耳に当てながら、壁の時計を見て呟いた。

「はいもしもし、田口ジャパンです」

「僕です」

深山が言う。

「は?」

「僕です」

「は?　パクさん?」

道知部は深山が電話をかけているとわかっていないようだ。

「僕です」

深山が声をかけると、ようやく道知部がこちらを向いた。

「確認です。時間がずれてないか。どうぞ、切ってください」

「切りますよ?」

道知部が受話器を置き「なんですか、これは？」と首をひねった。

斑目法律事務所に戻り、深山はノートを中塚に渡した。中塚はホワイトボードに新たにわかった事実を書いていく。

「阿部さんが発注した田口ジャパンには二十時一分と入力データがあった。それは音源でも残っている。鈴木さんが撮った写真には二十時十分を示す時計台が写っている。どちらも鈴木さんの犯行を裏付けていますね」

舞子が言うのを、佐田も入り口付近で聞いている。

「藤野さん、田口ジャパンの音声記録に証拠開示請求をかけるんで、あとでコピーしてきてもらえます？」

深山は藤野に言った。

「わかりました」

藤野が頷く。

「もうあまり時間がないのはわかってますよね？　情状酌量の方向に切り替えないと、情状証人を集められませんよ！」

舞子は腕組みをし、深山の前に立つ。深山も同じポーズで向かい合う。

「まだ全てを見たわけじゃないでしょ。見てない証拠に何かが埋もれてるかもしれない」

「あなたね！」

一触即発といったところで、佐田が慌てて駆け込んできた。

「二人とももう少しうまくやってくれって言ったじゃないかよ、もう」

佐田は二人の間に立ち、自分の右手と左手を握り合って見せる。

「仲良く！」

「無理ですね」

深山は背を向け、自席に戻った。

「うまくやるってどういうことですか？」

舞子は佐田に迫った。

「だからさあ、たとえば牝馬ってのはね、デリケートな部分があって——」

「説明になってません」

舞子に冷ややかに突き放され、佐田は深山の机の方に向きを変えた。

「……深山、今回は情状に切り替えろ、な？　現状で検察側の証拠をひっくり返すだけの事実は何一つ出てきてないんだろう。このまま無策の状態で裁判に踏み切るのは、依頼人にとって不利益になる」

「お断りします」

深山は笑みを浮かべながら言った。

「自己満足のために依頼人を犠牲にしないで」

舞子は震える声で言い、最後に頭を下げた。部屋の中がしんと静まり返る。

「泣いてるよ、ちょっともう……」

佐田が困り果てた声を上げたとき、

「スリー、ツー、ワン……」

というカウントダウンが聞こえてきた。

「アローハー」

志賀誠と奈津子が手をつなぎ、派手なアロハシャツ姿で入ってくる。

「刑事事件の諸君、頑張ってるかい？　はいこれ、新婚旅行、ハワイのお土産！」

上機嫌の志賀が、マカデミアナッツなどの土産を藤野や明石に配って……というより押しつけていく。

「ん？　新しいパラリーガルか？」

志賀は舞子に声をかけた。

「弁護士です」

「おお、かわいそうに。ここは働きにくいぞ！　何しろ、あの佐田がいるからな、佐田が！」

志賀は舞子に「はい、これお土産」と、謎の人形を渡した。舞子は勢いで受け取ってしまい、困惑の表情を浮かべている。

「なんだ、いたのか。はい」

志賀は佐田にマカデミアナッツを渡したが、

「いらん！」

佐田はすぐに突き返した。

「深山。この傲慢《ごうまん》な上司が嫌なら、私が独立して作った『レッツビギン法律事務所』で雇ってやってもいいぞ」

志賀は席に着いている深山に名刺を渡す。

「大丈夫です」

深山は言い、

「ダッセー名前」

明石は呆れて呟いた。

「さ、一緒に、レッツビギーン！」

やたらとテンションの高い志賀を指さし、

「これ、つまみだしてくれ」

佐田が顔をしかめる。

「ビギンおじさん、捕獲作戦だ」

藤野は苦笑いを浮かべ、明石や中塚と一緒に大柄な志賀を連れだした。

「お騒がせしました……」

奈津子が恐縮しながらあとに続いて去っていく。

「おい、深山。わかってるな」

静かになった室内で、佐田は改めて深山に言った。

「僕は事実を探しますよ」

深山の答えを聞き、佐田と舞子は大きなため息をついた。

「舞子」

そこに、加代が現れた。

「加代……」

舞子は立ち上がり「情状証人を集めるために私が呼びました」と言う。

「聞いてないよ」

佐田が言うと、

「話すまでもないと思いましたので」

舞子はそれだけ言って、加代と一緒に部屋を出ていく。

「なんなんだ？　そのデリカシーのない言い方……仕方ねえな、チキショー」

佐田は呟きながら応接室に向かった。


「何か進展がありました？」

深山ら三人の向かい側に腰を下ろしながら、加代が尋ねる。

「あなたの友人が言いたいことがあるそうですよ」

深山は、椅子をぐるぐる回しながら言った。

「深山。おまえは口をはさむなよ」

佐田が厳しい口調で注意する。

「何？」

加代は舞子に尋ねた。

「残念だけど、犯人はあなたのお父さんである可能性が高いの」

舞子が低い声で告げる。「このまま無実だと言い続ければ、卑劣な人間だと世間から叩かれ、お父さんだけじゃなく、家族であるあなたまで苦しむことになる。だから、情状酌量の為にお父さんのことをよく知る人たちを紹介してほしいの」

舞子は加代をまっすぐに見て言った。だが加代は舞子から目を逸らす。

「あなたがなんて言おうと、お父さんは絶対にやっていない」

「調書を見る限り――」

「だって、あの日、あんなことを言ってお風呂に入ったのよ」

なんと言ったのかと尋ねると、加代は真面目な表情のまま、言った。

「『脂肪め、しぼぅめ～』」

応接室内に沈黙が走る。

「……五点」

深山は言ったが、佐田はプッと噴き出した。

「そうだよね。笑っちゃいけないのかと思っちゃった」

「佐田先生」

深山が注意する。

「人を殺した人間が、その直後にそんなダジャレを言えますか?」

加代は訴えるように言った。

「あなたとお父さんが望むなら、私たちは徹底的に戦います。ただし、仮に私たちが証拠を見つけられなければ、厳しい判決が待っているかもしれません。その覚悟はできてますか？」

佐田が尋ねると、

「佐田先生！」

今度は舞子が注意したが、佐田は手で制した。

「覚悟はできています。父も絶対に同じ思いのはずです。こんなことがまかり通るのが司法なら、誰も幸せになれません」

加代は言った。


加代が帰った後、佐田と舞子は、刑事事件専門ルームに戻る廊下を歩いていた。

「なぜ方針を変えたんですか？」

舞子は佐田に尋ねた。

「ダジャレだよ。私も殺人を犯した人間がその直後にダジャレを言うとは思えないからだ」

「そんなことで？」

舞子は足を止めた。

「法廷ではそんなダジャレは何の意味もありません。ダジャレですよ。親父ギャグですよ」

「じゃあ君は人を殺した直後に親父ギャグを言うのか？　しかも『脂肪め、しぼうめ〜』だぞ」

佐田は『しぼう』の『ぼう』を、Vの発音で言う。

「三点」

深山は言い合いをしている二人の間を通り抜けて先に歩いていった。

「もしかしたらBとVがかかってるかもしれない。あんな一級品の親父ギャグは、人を殺した……おい、深山、どこに行くんだ！」

佐田は深山に声をかけた。だが深山は足を止めずに歩いていく。

「人を殺した……おい深山！　深山！　ちょっ……戻ってきなさい、ここに。どこ行くんだ！　人を殺した直後には絶対に思いつきません」

佐田が舞子に説明しているところに、深山が戻ってきた。

「とにかくだ。法廷で通用しないものこそ強い証拠の可能性がある。君は君の方針通り被告人の納得する情状証人を誰にするか決めるんだ。深山はこのまま検証を進めていけ」

佐田は二人に指示を出す。

「言われなくてもそのつもりですけど」

深山は再び歩きだす。

「おい深山！　深山！　一週間で決定的な証拠が見つけられなければ、情状を優先すべきだと鈴木さんを説得するからな」

声を荒らげる佐田の方を、深山は一度振り返り、けれど何も言わずにまた歩き去った。

「……ンだよ、あの顔はぁ」

佐田は不満げだ。

「全くもってひどい判断です」

「おまえまでその口のきき方はなんだっ、おい！」

舞子はくるりと踵《きびす》を返して去っていく。

「おい！」

佐田は舞子を呼び止めようとしたが、わらわらと女子所員たちが歩いてきて、その中に埋もれてしまう。

「なんなんだよこの人数……うわ、びっくりした！」

ようやく女子軍団が通り過ぎていった後に、斑目が立っていた。

「いいね。ズバッと。彼女が臨時で雇った弁護士さん？」

「何やってたんですか……」

佐田は斑目に文句を言おうとしたが途中でやめ「元裁判官で、優秀な人材だと思ったら、なんて生意気な……とんだ暴れ馬でしたよ」と、首をかしげた。

「君が雇ったんでしょ」

斑目は冷静に言う。

「そうですが」

「じゃ、君がちゃんと手綱を握らないとね。毒をもって毒を制すって言葉もある」

「僕は毒じゃないですし。毒はあっちですから」

「わかった」

そう言って斑目は去っていく。

「わかったってもう、どういう意味かな……」

佐田は困り果てて耳を掻《か》いた。


「では注文をお願いします……」

深山は阿部と『田口ジャパン』のやりとりが入った音声データを聞いていた。

「あー、好きだー、好きです、伊藤ちゃん」

そこに、明石の声が入る。明石はパソコンで伊藤のインスタグラムを見ているようだ。

「♪エビカニ〜」

藤野は両手にカニのハサミのグローブをつけ、動画を見ながらダンスを踊りだした。

「ナガシマさん、ヘッドフォンある？」

部屋の中があまりにうるさいので、深山は中塚に声をかけた。

「……あ、はい」

作業をしていた中塚は立ち上がり、ヘッドフォンを持っていく。

「あの……中塚、です」

「……ナカ?」

「ツカ」

「どうも」

深山は中塚とやりとりし、笑顔でヘッドフォンを受け取った。

「藤野さん、深山先生、ヘッドフォンで聞いてますよ」

中塚が藤野に注意をしたけれど、

「深山先生、すみませんね。♪エビカニ、エビカニ〜」

藤野は踊り続けている。

舞子は自分の席で、加代に言われた言葉を思い出していた。

(あなたがなんて言おうと、お父さんは絶対にやってない)

あのときの加代の言葉と表情が、頭の中にこびりついて離れない。

深山はもう一度、音声データを再生した。阿部と『田口ジャパン』の会話の後ろから〈ザー、ザザザ、ザーザー、ザーーーザ〉と、定期的なノイズ音が聞こえる。

「……なんだこれ」

深山が眉根を寄せたとき、アニメのエンディングが終わった。

「ホエーイ。終わりました。深山先生、すみませんでした」

藤野が、にこやかに声をかけてくる。

「ゲコ……家族まで苦しむゲコ」

舞子は自席で指を組み、右手と左手の指でカエルの形をつくり、会話するようにして呟いている。

「ゲコ……って言った？」

「……はい」

藤野と中塚が頷き合ったとき、テレビのニュースが始まった。

「ではここで最新のニュースです」

女子アナがニュースを読み上げる。

「明石くん、愛ちゃん出てるよー」

藤野が声をかけたけれど、明石はパソコン画面の伊藤の写真に夢中だ。

『覚せい剤取締法違反の罪に問われた被告人で元アイドル浜野ゆな被告の公判が七日、東京地裁で開かれ懲役一年六か月、執行猶予三年の刑の有罪判決が言い渡されました』

　画面には浜野ゆなの顔写真と、『覚せい剤取締法違反　元アイドル浜野ゆな被告に有罪判決』というテロップが出ている。

『川上裁判長は浜野被告に対し、生まれ変わってもあなたの笑顔に会いに行きたい。これはあなたが書いた詩です。あなたも今回生まれ変わって笑顔になれるようにしてくださいね、と述べると被告人は法廷で泣き崩れました』

　画面に川上裁判長が大写しになると、舞子は立ち上がって凝視した。

「泣かせるようなこと言うなー」

「いい裁判官ですね」

　藤野と中塚は感動しているが、舞子は複雑な表情で浮かせた腰をもう一度椅子に下ろした。

「あの、ちょっと聞いてもらっていいですか？」

　深山は藤野たちに声をかける。

「じゃテレビ消しますね」

　藤野はリモコンでテレビを消した。

「スピーカーあります？」

　深山が尋ねると、

「あ、こっちでもいいですか?」

中塚が言う。

「はい」

深山が席を立ったときには、舞子は鞄を肩にかけて部屋を出ていた。

『鈴木テックスの阿部です。いつもお世話になっています』

『お世話になってます』

『注文お願いします』

繋《つな》がれたスピーカーから阿部と田口ジャパンの会話が流れてくるが〈ザーザザザザザーザーーザ〉という音が入っている。

「なんかノイズ音聞こえますよね? 水の音?」

深山は藤野と中塚に尋ねた。

「雨ですかね?」

藤野が首をかしげる。

「いや、当日、雨は降ってないです」

「じゃあトイレを流す音?」

今度は中塚が尋ねる。

「事務所には鈴木さんと阿部さんしかいなかった。鈴木さんは起きてすぐ外に出たから、トイレを使う人はいないはず」

深山が言ったとき、

「あーーーウソだろ！　あああああ！」

明石が声を上げた。

「うるさいよ」

深山が注意する。

「何？　どうしたの？」

藤野は中塚と一緒に明石に近づいていった。

「大変な事実が分かりました！　伊藤ちゃんに彼氏がいた！　好きすぎてインスタずっと見てたら映ってやんのーーー！」

ある日のインスタにデザートを食べている写真がアップされているが、向かい側の席にも人がいて、男物のジャケットと手がほんの少しだけ写っている。

「こいつキモいですねえ」

中塚が明石を見て顔をしかめる。

「いいねえ、もうこいつ呼ばわり？」

藤野が笑う。

「ああ、こっちにも写ってやんの！」

明石が悔しそうな声を上げる中、深山は再びヘッドフォンをつけ、音を聞きながら指でリズムを確認していた。


舞子は一人で東京拘置所の接見室にやってきて、鈴木と向かい合っていた。

「このままでは無期懲役になります。加代とおじさんは一生、外で会えなくなる。おじさんが悪い人じゃないことは私はよく知っています。罪を軽くするための証人ならいくらでも集めます。でも、そのためには罪を認めてもらわないと困るんです」

舞子は必死で訴えた。

「舞子ちゃん。君は加代にとって自慢の友達だった。加代が困った時はいつも助けてくれていた。そんな君が言うんだから、きっとこの裁判は難しいんだろうなあ。でもねえ……やってないものはやってないんだ」

鈴木は穏やかな口調で言うと立ち上がり、去っていった。舞子はがっくりとうなだれた。


その夜『いとこんち』ではギターを片手に加奈子が、新曲を歌っていた。

「♪会いたさ増して私の私のＣｕｒｒｙは～舌が～危機」

「カレーの歌か、これ」

坂東健太《ばんどうけんた》が呆れたように言う。この日の客はアロハにサングラスの志賀と奈津子、そして常連のアフロのおじさんだ。

「どう？」

加奈子はドスのきいた声で尋ねた。

「歌ってる声と、なんか全然声が違うぞ」

「ライブのポスター、貼っといてよ」

加奈子は丸めたポスターを坂東に渡したところに、深山が「ただいま」と帰ってくる。

「おかえり、ヒロト」

坂東が言うと、

「おかえりー、ヒロトー」

加奈子が立ち上がって深山を出迎えに行く。

「おかえりヒロト」

「おかえりヒロト」

カウンターに並んで座った志賀と奈津子がサングラスをはずして微笑みかける。

「またいる」

深山は二人を見て言うと、厨房に入って料理を作り始めた。カウンターでは志賀と奈津子がハワイでのハネムーンの写真をみんなに見せ始めた。

「ごめんなさいね、幸せになっちゃって」

「ごめんねー、幸せにして」

奈津子と志賀はすっかりのろけている。


深山はタマネギやトマトを刻みながら、頭の中で鈴木とのやりとりを反芻《はんすう》していた。

(被害者の沢村さんとは何時にお会いする予定だったんですか?)

(二十一時三十分に約束していました)

(二十一時過ぎに会社を出たんです。途中でうちの社員の伊藤亜紀にも会いました)

(ドアには鍵がかかっていて、あきらめて帰りました)

鈴木はそう言っていた。つまり……。深山は頭の中を整理する。

「阿部さんが二十時過ぎに電話した記録は残っているし、この時間は合ってる…伊藤さんも二十時十分に写真を撮ってもらっていた。これも写真が残っていて後ろに写っていた時計台も二十時十分を示してる。阿部さんと伊藤さんの目撃証言に間違いはない……鈴木さんは二十一時三十分に沢村さんのところを訪れたと言っている……」

　深山はフライパンで米を炒めながら呟いた。


「はい、通るよ」

　深山は完成した料理を手に、フロアに出ていく。

「はい、きた！」

　坂東が声を上げる。

「夏野菜と貝出汁《だし》のパエリア。ｗｉｔｈサラダ」

　深山はカウンターにパエリアとサラダの皿を置いた。

「うわー美味しそう！　ねえ、この料理、インスタに掲げましょ、みんなで写真撮りましょ！　店の宣っ……」

　加奈子は坂東を見てニッと笑う。「伝になるでしょ」

　単語を区切って話すのは加奈子の特徴だ。

「いいよ、冷めるよ」

　深山は言ったが、

「おじさん撮って」

加奈子はテーブル席にいたアフロのおじさんに携帯を渡した。

「よし、撮ってやるよ」

「ここ押すだけだから」

「ここね」

アフロのおじさんは携帯を構えた。

「ほら、入って入って」

加奈子が皆に声をかけ、料理を手にした坂東の周りを取り囲む。

「行くぞー！　はい、マヨネーズ！」

「古いな」

坂東は予想外の掛け声に笑っているが、

「もう、冷めるから早く食べなって」

深山は苛ついていた。

「ちょっと！　料理写ってないし下から撮るから鼻の穴が強調されてるじゃない！　上から撮ってよ、椅子にのぼって！」

写真を確認していた加奈子がアフロのおじさんに怒りだす。

「え？」

「椅子にのぼってよ！」

「危ない危ないよ！」

坂東が加奈子を止め、

「いいよ俺が撮る。おじさん達も入って」

背の高い志賀が携帯を取り上げて、写真を撮ろうと構える。

「ちょっと早く食べないと、冷めて料理に失礼でしょうが！」

深山が声を荒らげると、サラダを手にしていた加奈子がヒーン、とうつむいて泣き始めた。

その瞬間、志賀がシャッターをきる。

「さあ、じゃあ食べましょう！　美味しい！」

「いい写真が撮れたぞ。料理もバッチリ、鼻の穴もバッチリ見えてない」

志賀が写真を皆に見せた。

「鼻の穴もだし、もう下向いちゃってるじゃない、これ」

坂東が言うように、写真の加奈子はうつむいてしまっている。

「ヒロトに怒られて落ち込んでるの」

加奈子が言う。

ん?深山は引っかかることがあり、携帯を見にいった。

「見せて」

志賀から携帯を奪い、アフロのおじさんが撮った写真と志賀が撮った写真を何度も見比べる、そして、角度の違いに気がついた。


舞子は斑目法律事務所の応接室に阿部を呼び、情状テストを行っていた。

「鈴木さんに関して思い出に残っているエピソードはありませんか?」

「うちの社員の家族が病気で倒れた時もすぐにお見舞いに行ってました。忙しい時期だったんですが、家族に付き添えるようにって、その社員に特別休暇を取らせた上にその期間の給料まで払ってあげてたんです。本当にいい社長だなと……」

阿部の話を聞いている舞子の様子を、斑目が廊下から見ていた。


数分後、舞子が応接室を出て階段を上がってくると、斑目がすっと現れた。

「斑目です」

斑目が名刺を渡す。

「あ……尾崎舞子です」

舞子は頭を下げた。

「リハーサルをしてたよね？」

「はい」

「いざという時のために、法廷に備えてやってるんだね」

「私は法廷に立ちません」

「え？」

「私が法廷にいなくても刑が軽く済むように、リハーサルをしていたんです。それに、いざはありません。覆ることはありません」

「深山先生たちは事実を追いかけてるんだよね」

「ここにある全てに、鈴木さんの犯行が裏付けられているんです。それが事実です。なのに深山先生は――」

まくしたてる舞子の顔を、斑目がじっと観察している。

「……すみません」

「……何件も案件を抱える裁判官は効率よく事件を裁くことが要求される。でも私たち弁護人は何週間、何か月もかけて事件を検証する。それはたった一つの冤罪《えんざい》を許さないためだ。だから、一つでも小さなことを見逃すわけにはいかないんだよ」

斑目はサーバーからカップにコーヒーを注ぐ。

「……証拠は出し尽くされてます」

舞子は断固として自分の意見を曲げなかった。

「日本の裁判官は『疑わしきは被告人の利益に』という大原則を軽んじている気がする。これは大きな問題だと思うな」

斑目はにっこりと微笑んでコーヒーを飲み始める。

（それでは判決を言い渡します。懲役一年に処する）

舞子の頭の中には、裁判官時代の一シーンがフラッシュバックしていた。


その日の夜、深山たちは北大崎アリーナ広場に伊藤を呼びだした。

「すみません。この間の写真が上手く撮れてなかったので」

深山は言った。

「……あ、そうなんですね」

うっすらと笑みを浮かべる伊藤に「明石です」。明石は自分の存在をアピールする。

「もうちょっと少し右……もう十センチ……はい、そこです。じゃあ……」

深山は資料写真と同じ位置に伊藤を立たせる。

「よし任せろ！」

明石が携帯を構えたが、

「今日は藤野さんお願いします」

深山は振り返って、ビデオの三脚を立てていた藤野に言った。

「なんでだあ〜?」

明石はずっこけた。

「中塚さん、じゃあビデオお願いしまーす」

「はい」

二人がやりとりしているところに、明石は走っていく。

「その撮ったやつ、後でコピーしてもらっていい?」

もじもじしながら頼む明石を見て、

「キモいですよ〜」

中塚は思いきり顔をしかめる。

「はい」

藤野は携帯を手に、伊藤の前に立った。

「もうちょい寄ってください……違います。ズームです」

深山は藤野の立ち位置を指定する。

「ああ、ここか、ズームか」

「はい、いいです、それで」

「じゃ、撮りますよ。はいチーズ！」

藤野はカシャリと写真を撮る。

「じゃあ次に、藤野さん、ソレに乗って」

深山は用意してきた脚立に乗るよう、指示を出す。

「……すみません。まだ撮るんですか？」

伊藤が言うが、

「はい。あと一枚だけ」

深山はにっこり微笑んだ。


「やってないものはやってないゲコー」

舞子は自分の机に肘をつき、組み合わせた左右の指を動かしながら、声色を変えて呟いていた。

「ん？」

ホワイトボードの前にいた深山が舞子を見ると、慌てて姿勢を正し、立ち上がる。

「一枚目、プリントアウトできました」

中塚がプリントアウトした紙を持ってきて深山に渡す。

「あ、ども……中……塚さん」

ちゃんと名前を覚えたことをアピールするように、中塚に笑いかける。

「ありがとうございまーす」

中塚はプリンターの方に戻っていく。深山は、受け取った紙をホワイトボードに貼った。昨夜、藤野が撮った伊藤の写真をプリントしたものだ。その左側には、検察から証拠として出された、鈴木が撮ったとされる画像が貼ってある。

「深山、新たな証拠が見つかったって本当か？」

そこに佐田が入ってきた。

「この二枚の写真を見てください」

深山が言うと、佐田はホワイトボードに貼られた二枚の写真をさっと見た。

「おお、見た」

「違いは？」

深山に言われ、佐田はもう一度写真を見比べた。

「それはおまえ、この女の人の着てる服が違うじゃないか、何言ってるんだ」

「伊藤ちゃんです」

明石が後ろからアピールする。

「元検事なのにセンスないですね」

深山は佐田に言った。

「なんだおまえ、それ」

佐田は不服そうに深山を見る。

「よく見てください」

深山に言われた佐田は目を凝らす。

「この、鬼？　鬼のやさしい顔した……」

「ホヤぼーやです」

明石が再び説明する。

「あ？」

「ホヤぼーや」

「何？」

「ホヤぼーや」

「その、ホヤの位置が、こっちの写真は女の人の頭と同じ高さだけど、こっちは女の人よりも頭が出てる。つまり、この写真を撮ったカメラの角度が違う。どうだ？　当たりだろ？　当たったか？」

佐田は得意げに言った。

「こっちの写真は藤野さんが、こっちは鈴木さんが撮った写真です」

深山は写真を指して説明を始めた。「藤野さんと鈴木さんは二人とも身長百六十センチです」

「百六十・一」

主張する藤野に、

「あ、そんなもんなの？」

佐田が頷く。

「同じ身長の人間が撮った写真は、背景も含めて同じ角度で写るはずですよね」

「二枚目、できました」

中塚がプリントアウトした写真を持ってくる。深山はその一枚を一番左、つまり、鈴木が撮った写真を真ん中に挟むようにして、貼り付けた。

「この二つの写真の角度は同じだな」

佐田は今貼った写真と、鈴木が撮った写真を見て言う。

「この写真は藤野さんに脚立にのぼって撮ってもらいました」

深山は言った。

「脚立?」

首をかしげる佐田に、

「そうです」

と、藤野が脚立に乗って見せた。

「百八十センチはありますね」

メジャーを手にした明石が、藤野の背を測って言う。

「景色が全然違う」

藤野は嬉しそうだ。

「つまり、証拠として提出されたこの写真は百六十センチの鈴木さんではなく百八十センチの人物が撮った写真だということになる」

深山は言った。

「誰が撮ったの?」

尋ねる佐田に、深山はニヤリと笑いかけた。

「それは……」

「それは?」

「それは……」

「それは？」

「それは……」

「それは？」

二人のやりとりが何度か続き……。

「わかりません」

満面の笑みの深山の答えに、そこにいた皆ががっくりとずっこけそうになる。

「なんじゃそりゃ！」

佐田が声を上げる後ろで、藤野が脚立を踏みはずしている。

「あー、危ない危ない」

明石が慌てて藤野を支えようとする。

「落ちちゃったじゃないかよ」

佐田が藤野を指さして言う。

「え、じゃあじゃあじゃあ、伊藤さんが嘘をついてたってことですか？」

藤野が体勢を整えながら言う。

「伊藤ちゃんは嘘をつかない！」

明石が声高に言う。

「あれ？」

深山はホワイトボードに貼ってあった紙を手に取って凝視した。「なんで気づかなかったんだろう。この人、こっちにカメラ向けてますよね」

「ん？」

「ちょっと見せて」

明石や中塚たちが紙を取り合って見た。たしかに伊藤の背後に携帯で伊藤の方を写している男性の姿がある。

「あ、本当だ。この人、調べますか？」

中塚が尋ねる。

「うん」

深山は頷いた。

「ちょっと見せて」

今度は佐田が紙を取り上げた。「この人紙袋持ってる。なんの袋だ？　名前書いてあるね、これ」

佐田に言われ、深山は紙を凝視した。

「わかる？」

「いや……わからないですね」

「……こういう時は奴を呼ぶか」

佐田は言った。


刑事事件専門ルームに、落合が呼ばれてやってきた。

「画像処理エンジニア検定に合格し、エキスパートの称号を持ってます」

落合はパソコンの画像を何やら操作し始める。そして「落合陽平です」と、一人自席に座っている舞子をロックオンする。

「あいつ、弁護士の仕事が暇なのか?」

「そもそもあいつは弁護士なのか?」

明石と藤野は小声で話した。落合は資格マニアで、これまでもプラモデル検定二級、ジグソーパズル超達人検定一級、空手二級、柔道初段、ジークンドー四級など、いろいろな特技を発揮していた。

「画像処理、スタート!」

落合がキーを押すと、伊藤の背後に写っていた男性の持つ紙袋がアップになり、記載された会社名が浮かび上がる。

「『株式会社プリント・デヴィット』。これなんの会社だ？」

佐田が皆の顔を見まわした。

「It'sリアル」

落合は得意げだ。

「中塚さん、これプリントアウトして」

深山は中塚に頼み、「住所調べて」と、明石に指示を出した。


翌日、深山は『株式会社プリント・デヴィット』の事務所にやってきた。

「あの、すみません」

「はい、いらっしゃいませ」

受付の近くにいた社員が立ち上がる。

「この方いらっしゃいますか？」

深山は写真に写っていた男性の顔を拡大したコピーを見せた。

「あーあー。千原さん！」

その男性は振り返り、弁当を食べていた千原を呼んだ。

「六月一日、北大崎アリーナ広場にいらっしゃいました？」

深山は名刺を渡し、写真を見せながら、さっそく本題に入った。

「ええ、ああ、これ私ですね。やぐらが好きなんで、撮ってたんです」

しかも、写真ではなく動画を撮っていたという。

「そうですか」

深山は笑顔を浮かべた。


刑事事件専門ルームに戻った深山は、さっそく千原の撮った動画を見ることにした。舞子は一人離れた場所で、証人テストの内容をまとめているが、他の皆はモニターの周りに集まっていた。

「再生します」

藤野がリモコンの再生ボタンを押すと、やぐらの上のホヤぼーやの映像が流れる。表示されている時間は二十時九分だ。

「これ映ってんの?ホントに。大丈夫だろうな」

佐田は目を凝らした。映像はゆっくりとスライドしていき、伊藤がちらりと映る。

「おおお!」

皆は声を上げた。けれど画面は元の方へとスライドしてしまう。

「あああーーー」

「ちょっとこれもっとこっち。こっちに振らないと」

佐田は伊藤の方を映せと右手を動かす。

「くるくる……」

「よし」

「あーーーー」

「来た来た来た来た」

「そこそこそこそこ」

ホヤぼーやのパネルの隙間から、伊藤が見え隠れする。

「こっち！」

「もうちょっと頑張れ！」

皆は映像の動きに合わせて体を動かす。舞子はチラチラと気にしながらも、作業に集中しようとしている。

映像はまた伊藤の方へと向かい背中が映った。皆で盛り上がったけれど、そのうちに引きの映像になってしまう。

「あああー」

藤野たちが落胆の声を上げ、

「あとちょっと振れよ！」

明石が叫んだとき……。

「静かにしてもらえませんか！」

舞子が机を叩いて立ち上がった。

「でもこの証拠で――」

明石が言おうとするのを遮って、舞子は続けた。

「私は加代のお父さんを守りたい。そんな不確かな証拠で裁判で無実を証明するなんて……不可能です」

舞子の言葉に明石や藤野らも一瞬黙り込む。

「深山。たしかにここになあ、撮影したその当人が写ってなければ難しいぞ。写真の角度だけでは言い逃れされる可能性がある」

佐田はモニターを見ながらため息をついた。つけっぱなしのモニターからはザーッという音が流れている。深山はその音をじっと聞いていた。

「藤野さん、ちょっと戻して」

「おい！」

佐田が深山に注意をする。

「ああ、はいはい」

藤野はリモコンの巻き戻しボタンを押した。

「聞いてるのか、おまえ？　聞いてるのかっつってるんだ」

佐田は怒っているが、

「うるさい！」

深山は突っぱねた。

「ここから再生します」

藤野は、だんだん映像が引いていくところまで巻き戻して、再生ボタンを押す。

モニターの音をよく聞くために、深山は耳に手を当てた。

〈ザー、ザザザ、ザーザーーザ〉

これは水の音だ。

「二十一時過ぎに会社を出たんです」

「阿部さんからの受注の電話は二十時過ぎで間違いないですよ。記録残ってますよ」

「約束の二十一時三十分に着いて……」

深山の頭の中に、これまで聞いた鈴木や、『田口ジャパン』の道知部の言葉が蘇《よみがえ》ってくる。

深山の中ですべてがつながった。

そして深山は……。

「映像のピントが甘えいぞう」

と、得意の親父ギャグを飛ばした。

「……十五点」

明石は言ったが、

「ハハッ、映像が……甘えいぞぅ？」

佐田はいつものように噴き出している。さらに、深山はポケットから飴を出して見せた。

「……飴持ってる？　飴と甘え。ダブル？　やっぱかなわないんだなあ」

皆が呆れている中、佐田は大爆笑していた。


数日後、深山と佐田は法廷に向かうため裁判所の廊下を歩いていた。

「深山、あの元裁判官は、今日は本当に法廷に来ないつもりなのか」

「さあ」

深山は前を見たまま言った。佐田は顔をしかめながら、手に持っているパソコンバッグに視線を落とす。

「重いな、チキショー」

「大丈夫ですか、パソコン」

深山は茶化すように尋ねた。

「大丈夫だよ」

「本当に大丈夫ですか？」

深山は本気で心配している。


舞子は一人、裁判所の廊下を歩いていた。

そんな舞子の頭の中に、あるシーンが蘇ってくる。

それは、連行される青年の姿で……。

雨の中、舞子は傘を手に必死で叫んでいて……。

青年は舞子の顔を一瞬見たがすぐにパトカーに乗せられて……。

その光景を、どうしても振り切れずにいる舞子。一方で、佐田が「俺はなんでもできんだよ」と言いながら、深山と並んで法廷に向かっていく。

舞子は廊下のベンチに腰を下ろし、上着の襟の弁護士バッジに触れた。

舞子の頭の中に、自分が判決を下した光景が、蘇る。

（被告人を懲役一年に処する）

揺るぎない視線で被告人を射抜き、言い放ったが……。

舞子は震える手で、弁護士バッジをはずした。


佐田と深山は緊張の面持ちで、法廷内に入っていき、弁護人席に座った。

やがて制服姿の刑務官二人に促され、鈴木が入ってきた。被告人席に座ろうとした鈴木は、傍聴席の最前列にいる加代と視線を合わせて、小さく頷く。加代もかすかに笑みを返した。


「証人が鈴木さんに北大崎アリーナ広場で会ったのは何時ですか？」

弁護士から証人への質問で、深山は証人席に立つ伊藤に質問を始めた。

「二十時十分です」

オフホワイトのスーツ姿の伊藤が、まっすぐ前を向いたまま冷静に答える。

「間違いありませんか？」

「間違いありません」

「では、証言の明確化のためここで検察官請求証拠甲第二十三号証を示します」

深山はそう言って、プロジェクターに伊藤が写った写真を置き、写し出す。

「この写真は、事件当日の二十時十分に、鈴木さんが撮ったとされる写真です。証人、撮影したのはどなたですか？」

「鈴木社長です」

「間違いありませんか？」

「間違いありません」

「鈴木さんはどうやって撮りましたか？」

「こうやって撮りました」

伊藤は深山の質問に戸惑いながらも、顔の前にスマホをかざすような仕草をする。

「顔の前で携帯を構えて撮った、ということですか」

「はい」

「おかしいな。でも、この写真、鈴木さんには撮れるはずはないんですけどね」

そう言いながら深山は前に出ていった。

「裁判長、同様の趣旨で弁護人請求証拠第十二号証を示します。こちらをご覧ください」

深山は先ほどの写真を藤野が撮った写真に替えた。

「この写真は鈴木さんと身長が同じ百六十センチの人物が、先日、撮影したものです。伊藤さんは後ろに写っているキャラクター、ホヤぼーやがお好きなんですね」

「……はい」

「二つの写真を見比べてみてください。ホヤぼーやの見え方が違うんです。証人が言うように鈴木さんが写真を撮ったならば、弁護人請求証拠と同じ見え方になるはずなんです。でも証拠となった写真とはホヤぼーやの見え方が違う。これは鈴木さんより二十センチほど身長の高い人物、つまり百八十センチぐらいの人が撮らないとこの角度では写せないんです」

「……もう少し上から撮ったかもしれません」

伊藤が否定するが、

「先ほど、顔の前だとおっしゃいましたよね？」

深山は即座に問い返した。その様子を見ていた検察官が何か言いたげなそぶりをしたが、

「間違いです！」

伊藤もすぐに否定する。

「では、どうやって撮りましたか？」

「ですから……」

伊藤は立ち上がって両手を高く上げた。「携帯を顔よりも上に上げて撮ったんです」

「顔よりも上？　こういうことですか？」

深山もその体勢をとってみる。「ずいぶん不自然な撮り方ですね。しかもこんなに綺麗に撮るなんて、よっぽど器用な方なんですね」

深山は言った。鈴木までが同じようにそのポーズをしているが、佐田が慌ててやめるように促した。


次に証人席には阿部が座った。

「会社で鈴木さんを見かけたのは何時ですか？」

「二十時過ぎです」

「それは間違いありませんか？」

「間違いありません。発注先の『田口ジャパン』に電話をかけていた時に社長が出ていったんです。その音声記録が残っているはずです」

「どこから電話をかけましたか？」

「会社のデスクからです」

「なるほど。では、記憶喚起のため証人が『田口ジャパン』にかけた電話の音声記録を実際に聞いてみましょう。裁判長、弁護人請求証拠第十六号証を再生します」

深山は目で佐田に合図をした。だが佐田は手間取っている。深山は手を伸ばして佐田のパソコンのキーを押し、音声記録を再生した。

『はいもしもし田口ジャパンです』

『鈴木テックスの阿部です。いつもお世話になっています』

『お世話になっております』

『注文お願いしま……』

会話が進んでいく背後に、ノイズ音が聞こえる。

「あれ？　今何か聞こえましたよね？」

深山は声を上げた。

「え？」

阿部が思わず深山を見る。深山は佐田が操作に手間取っているマウスを上から操作し、巻き戻して再度音声を流した。

『注文お願いします。注文番号が、712410３……』

阿部が発注する声が流れる背後に、水の音が聞こえてくる。

「この後ろで聞こえる音。ザーーーー、ザーーーーって。この音なんですかね？　何かリズムを刻んでるようにも聞こえるんですが」

「さあ……蛇口かトイレの音じゃないですか？」

阿部が深山の問いかけに答える。

「止めて」

深山は佐田に視線を送り、音声を停止してもらう。

「でもそのとき会社にいたのは鈴木さんと阿部さんの二人だけだったんですよね?」

「異議あり!」

検察官が立ち上がった。「弁護人の質問は本件と関係がありません」

「弁護人、質問の趣旨を明確にしてください」

裁判長が深山に言う。

「結構です」

深山は即座に答えると、話題を変えた。「質問を変えます。伊藤さんとはどういったご関係ですか?」

「会社の同僚です」

阿部が深山を見て答えた。

「本当にそれだけですか?」

「もちろんです」

「裁判長、弁護人請求証拠第十八号証を示します。モニターをご覧ください」

深山が言うと、佐田は慌ててパソコンのマウスを操作する。

「ポチッとな」

佐田がマウスを押すと、スクリーンに伊藤のインスタが掲示された。

「この写真は、伊藤さんがアップしているインスタグラムの写真です。うちのパラリーガルが何度もこの写真を見ていたら、あることに気がついたんです。この写真も、この写真も、この写真も」

伊藤が行ったさまざまな旅行先やレストランの写真に、阿部の姿が映りこんでいる。伊藤がサングラスをかけている旅先の写真では、スマホで写真を撮っている阿部の姿が、サングラスに反射してはっきりと映っている。

「阿部さん、あなたが写ってるんですよね。伊藤さんの行く先々にただの同僚が付いていきます?」

深山の問いかけに、阿部は黙り込んだ。

「阿部さん、あなたの身長は何センチですか?」

「百八十一です……」

「あれ?　もしかして検察官請求証拠甲第二十三号証の写真を撮ったのはあなたですか?」

鈴木が撮ったとされる写真だ。

「そんなわけないでしょう!　私はその時間、会社にいたのは明白です」

「あなたは二十時過ぎに外から電話をかけて注文をし、二十一時過ぎに今度は鈴木さんの前で会社から電話をかけてるフリをしたんじゃないですか?」

「異議あり！　明らかに証人を侮辱しています」

検察官が手を挙げて主張する。

「そうだ！　何を証拠にそんなこと言ってるんだ！」

阿部も興奮し、深山を怒鳴りつけた。

「弁護人、何か根拠でもあるんですか？」

裁判長が深山に尋ねる。

「実は私たちは検察官請求証拠甲第二十三号証の写真に写っている、この男性に会って話を聞いたんです。するとこの男性はあの日、動画を撮ってたんです。その映像を最近ようやく入手しました。これを見れば写真を撮っていた人物が誰かわかるんです。こちらを証人に見せてもよろしいでしょうか？」

深山は動画の入ったUSBを出して言った。阿部は明らかに落ち着きを失っている。

「異議あり！　事前に聞いていない証拠です。証拠として請求していませんし、関連性も不明です」

検察官が裁判長に訴える。

「入手が遅れ、検察官に事前に開示できなかったことはお詫《わ》びします。しかし、これは証人の信用性を根底から覆す極めて重要な証拠であり、証人自身に見ていただくことが最も効果的です。

追って、弾劾証拠として取調べ請求いたします」

深山は主張した。

「わかりました。ではまず検察官に開示し、内容を確認させてください」

裁判長が言うと、検察官は渋々「わかりました」と承知した。そして、佐田のノートパソコンの前に来る。画面にはホヤぼーやのパネルがさまざまな角度から映った動画が流れるだけだ。

「確認しましたが、明らかになんの意味もない証拠だと思いますが、それで弁護人が満足されるならどうぞ」

検察官が言う。

「では映像再生を許可します」

裁判長が深山に言った。

「ありがとうございます。それでは、再生します」

深山は法廷のスクリーンに映像を流した。

「おお？」

刑事事件専門ルームの時と同じように、伊藤の背中が映ると、声が上がる。

「あー」

だがまたすぐに伊藤が見えなくなり、落胆の声になる。

「あ？」

「おお？」

「ああー」

画像がターンしたときにまた伊藤だけがちらりと映ったが、それだけだ。その後も傍聴席は「おお！」「ああ」を繰りかえす。

「誰も写ってないじゃないか」

阿部が安心したように笑みを漏らす。

「写ってるなんて一言も言ってません。誰かわかるって言ったんです。続きをご覧ください。ここです」

画面には噴水が映った。噴水は派手に噴き出したり止まったりするが、そのたびに〈ザー、ザザ、ザーザー、ザーーーザ〉と、リズムを刻みながら水が出る。

「あれ？　この音ってどこかで聞きませんでした？」

深山が誰とはなしに問いかけると、

「ああー」

傍聴席から声が上がる。

「ではもう一度、弁護人請求証拠第十六号証の阿部さんと『田口ジャパン』の電話のやりとりを聞きましょう。映像は音声を消して一緒に流します」

深山が言うと、佐田は眉間にしわを寄せてパソコン画面を凝視した。

「……難しいぞ。音声を消して……と」

佐田はマウスをクリックした。

『はいもしもし田口ジャパンです』

『鈴木テックスの阿部です。いつもお世話になっています』

『お世話になっております』

『注文お願いしま……』

その後ろに流れる〈ザー、ザザザ、ザーザー、ザーーーザ〉という音と、噴水の動きが完全にシンクロする。

「おおー」

傍聴席から声が上がった。阿部は座っていられなくなったのか、立ち上がって証言台に突っ伏すような格好になる。

「ノイズだと思っていた音はこの噴水の音だったんです。しかもこのリズムを刻むパターンは二十時から十五分間しか流れないものでした。阿部さん、音声記録にこの音が残ってるということは、あなたは二十時過ぎにこの噴水の近くにいたことになります。よって、あなたが会社で二十時過ぎに鈴木さんが出ていくのを見ることは……絶対に不可能なんです」

深山は言った。体を起こして深山を力なく見る阿部の顔は青ざめている。

「ちなみに、なぜ阿部さんがそんなウソの証言をして鈴木さんを殺人犯に仕立て上げたのか、僕にはもうわかってるんですけどね」

深山がニヤリと笑うと、

「なんだって言うんだ⁈」

検察官が机を叩く。

「え？　言っちゃっていいんですか？　言っちゃいけないって言われたから。沢村さんを殺害したのは、阿部さん、あなただからですよね」

深山は阿部を指さした。

「ええーっ……」

法廷内がざわめく中、阿部が膝から崩れ落ちた。鈴木と加代は涙を浮かべている。

深山は悠然と席に戻る。

「おいおまえ……」

佐田は声には出さず、身振り手振りで深山に文句を伝えてくる。深山は目を丸くし、おどけた顔をして応えた。

「……っ、バカッ！」

佐田はすっかりオカンムリだった。

「パソコンの入門講座通った方がいいですよ」

深山はフロアに続く階段を下りながら、佐田に伝えた。

「はあ？　入門はおまえもう……」

佐田がムキになって言い返そうとしたところ、下に舞子がいた。

「なんだ？　待ってたのか？」

佐田が声をかける。

「どうなりましたか？」

舞子に見上げられ、佐田は階段を下りていく。

「結論から言うと、二人の証言を崩すことができた。無罪判決が下るだろう。普段から社長に対して給料が安いと不満を抱えていた阿部さんが、鈴木社長に罪をなすりつけようとして、彼女である伊藤さんを使ってアリバイを工作したということだ。お金は……おっかねーなあ」

佐田が親父ギャグを言ったが、舞子はいつにもましてポーカーフェイスを崩さない。佐田は気まずくなり、まだ階段の途中にいる深山の方に振り返って右手をさしだした。

「深山、よくやった」

「またですか？」

深山は腕組みをしてニヤついている。

「いいから手を出せ」

佐田が言うと、深山は階段を下りてきて佐田の右手を握った。二人はがっちりと握手を交わす。

そして佐田は舞子にも右手を出した。

「私は何もしていません」

「共に戦った結果に変わりはない。手を出せ」

「いやです」

「いいから」

佐田の手は宙に浮いたままだ。

「……ごめんなさい」

舞子は頭を下げた。

「頑固だな！」

佐田は声を上げ「ま、いずれにしても、今回限りの契約とは本当に残念だ」とすがすがしい表情で言った。

「なんだか嬉しそうですね」

深山がニヤリと笑う。

「そんなことはない！」

佐田がそう言って向きを変えると、視線の先に加代がいた。真剣な表情を浮かべていた加代は、舞子の方に走ってくる。

「舞子、ありがとう。本当にありがとう」

加代は泣きながら舞子に抱きついた。舞子も無言で加代を抱きしめる。

「よかったですね。お父様にもうすぐ会えますよ。お家までお送りします。さぁ、行きましょう」

さあ、と、佐田は加代を連れて歩きだした。

「なんか言うことはありますか？」

深山は舞子におどけた口調で尋ねた。

「何がですか？」

「謝罪とか訂正とか」

「裁判官は弁明せず、ですから」

そして舞子は歩きだす。

「……今は裁判官じゃないでしょ」

深山が呟いたところに、

「おお、尾崎やないか」

舞子は目の前から歩いてきた関西弁の男に声をかけられた。

「川上さん……」

裁判官の川上憲一郎《かわかみけんいちろう》だ。恰幅《かっぷく》のいい川上は、人のよさそうな顔で笑っているが、抜け目のない目をしている。

「どないしたんや?」

「少し用事がありまして」

「そうか。急におらんようになったからびっくりしとったんや。おまえはホンマに優秀やさかいなあ。せやからもったいないわ」

川上に言われ、舞子は「いえいえ」と謙遜する。

「あ、この前の訓戒、とても素敵でした」

「ああ、あんなん言うても言わんでもどちらでもええねんけど、言わなおさまらんやろ」

「言いたくないなら言わなきゃいいのに」

深山は声を上げた。

「え?」

川上が驚いて深山を見た。

「ちょっと……」

舞子が深山に注意をする。

「裁判官は、法廷でしか被告人と会ってない。全てを知ってるわけじゃないのに、人生を説くなんて、なんて無責任なんですかね」

深山はポケットに両手を入れ、川上に近づいていった。口元は笑っているが、目は挑戦的だ。

「知り合いか？」

川上に尋ねられた舞子が「すみません」と頭を下げる。

「は！　おもろいこと言うやないか。弁護士か？」

「どうも。フカヤマです」

深山は川上に顔を近づけて言う。

「フカヤマ……。あんたがあのフカヤマか。腕がええのは聞いてる。今度顔合わせたら頼むわ」

笑っている川上を残し、深山は立ち去った。

「ほな。また連絡してきてや」

川上は舞子に笑顔で声をかけた。だが舞子に背を向けた途端、笑顔は消えた。

「はい、メルシーボークー」

『いとこんち』では、アフロのおじさんが会計を済ませて帰っていくところだった。

「メルシー……メルシーボクじゃねーよ！」

坂東はおじさんの頭からアフロのかつらを奪い取っている。

「ごちそうサマー」

深山がカウンターで夕飯を食べ終わった時、チャリーンと音がした。坂東がアフロのおじさんからもらったお金を落としてしまったようだ。深山と坂東が床に転がる硬貨に気をとられていると、ドアが開いた。

「いらっしゃいませ」

坂東は硬貨を拾いながら言った。入ってきたのは金髪の大柄な男だ。肩にはチャンピオンベルトを担いでいる。

「あれ？　どこかでお会いしましたっけ」

深山はその男に言った。

「あ、いや……」

男が口を開いたとき、坂東が顔を上げた。

「あれあれ？　ＩＷＧＰヘビー級チャンピオン？　レインメーカー・オカダ？」

「オカダさんな」

オカダが不快そうな表情を浮かべる。

「あ……すみません。オカダさん……どうして？」

「矢野さんと邪道さんにうまい店があるって聞きまして」

「や……矢野さん？」

「そうっす」

「え……ホンモノすか？」

坂東とオカダが話しているところに、深山の携帯が鳴った。知らない番号からだ。

「はい」

深山は携帯を耳に当てた。

「私……鏑木美里の妹の美由紀です」

その名前を聞き、二十六年前に、父親が逮捕された事件の記憶が蘇る。

（やってないって言ってるだろ！）

父親は言い張ったが、

（おまえの指紋が付いた傘が、証拠として現場から発見された）

警察は父親を連行した。その一部始終を、子どもの頃の深山は怯えながら見ていた。

「返したいものがあるんで、取りに来てほしいんですけど」

美由紀の声で、深山は我に返る。電話は一方的に切れた。

「もしかして、なんか食べたいものあります？」

「特にありません」

「きたーーー！　特にありません。ホンモノだーーー」

坂東はオカダが来たことに興奮して騒いでいるが、深山はカウンターで一人、考え込んでいた。


翌日、舞子は刑事事件専門ルームの机を片付け、荷物をまとめていた。中塚は事務資料をコピーし、明石は悲壮な顔つきでパソコン画面に向き合っていた。

「俺は一人の男として、君をたしかに愛していた。さらば、愛しき人よ！」

明石は伊藤のインスタを削除した。

「ああ、消しちゃった……」

机に突っ伏している明石を見て、

「キモいよなあ」

中塚が顔をしかめる。

「さあ、今日から忙しくなるぞー」

そこに、佐田が入ってきた。「片づけてるな、よし！」と、舞子を見て言う。

「ちょっと残念です」

藤野が佐田に囁く。

「深山一人でも大変なんだぞ。安心しなさい。もっと言うことを聞くやつをヘッドハンティングしてくるから」

佐田の言葉を聞き、舞子は深山の机を見た。机の上には飴を入れたガラスのコップが置いてあるだけで、他には何もない。

「深山先生は？」

舞子は尋ねた。

「深山なら金沢だよ」

明石が言うと、

「金沢？」

佐田が素《す》っ頓狂《とんきょう》な声を上げた。「別の案件か？」

「あ、いや……個人的な事情で」

「金沢……まさか……」

佐田は唇を歪《ゆが》めた。

金沢に到着した深山は、鏑木美由紀が暮らすアパートを訪ねた。

「ちょっと待ってください」

美由紀は深山を玄関に待たせ、中に戻っていく。

「はい」

深山は狭い部屋に置いてある仏壇の写真を見た。セーラー服姿で写真に写っているのは、父親が起こしたとされている事件の被害者・鏑木美里だ。

やがて、茶封筒を手にした美由紀が戻ってきた。美由紀は無言で封筒を突き出す。深山は受け取って中を見た。そして、ポケットからハンカチを出し、その上に中身を出す。それは、赤い模様のようなものが入った水晶玉だ。

「それはあなたのお父さんのものよね」

美由紀は言った。「母が介護施設に入ることになって、部屋を整理しとったら、警察から返された姉の遺留品が出てきて」

水晶玉を手に取る深山。

「これが現場に落ちていたってことですか」

「姉を殺した犯人の物を今まで持たされとったなんて。早よ持って帰って」

美由紀は深山を睨みつけると、ドアをバタンと閉めた。

深山は駅に向かいながら、報告をするため斑目に電話をかけた。

「遺留品？」

「ええ。絶対に父のものではありません。僕には全く見覚えがないんです」

「君に見覚えがないなら……」

「おそらく、現場に別の人間がいたという、新たな証拠です」

深山の脳裏に、これまで何度も胸の中で反芻した、あの事件の光景が浮かび上がってきた。

第２話

二十六年越しの事実!!　水晶が導く父の冤罪の謎

深山の父、大介は、二十六年前、殺人事件の容疑者として逮捕された。アリバイを証言してくれる人物が現れたが、検察は犯行時刻の訴因変更を行い、アリバイを無効化した。大介は無罪を主張し続けたものの心労がたたり、控訴中に亡くなった。大介とは高校時代の同級生である班目が、大介の葬儀で「冤罪だ」と口にしていたことを、幼い深山は覚えていた。

「もう事件から二十六年も経っている。そう簡単にはいかないよ」

金沢から電話をかけた深山に、班目は言った。

「わかってます。でも、そこに事実があるなら、僕はそれを見つけ出さなきゃいけないんです」

それだけ言うと、深山は電話を切って歩きだした。班目も電話を切り、マネージングパートナー室に飾ってあるラグビーボールに視線を移した。今から五十年前の一九六八年、常昭学園高校時代にラグビー部が全国制覇したときのもので、『祝！　全国制覇』という文字と共に部員達の寄せ書きがあるが、その中には班目の名も深山大介の名前もある。班目は小指で眉毛を掻きながら、ラグビーボールを見つめていた。

舞子はデスクのまわりの自分の荷物を片づけていた。室内には、中塚がアメリカから到着した航空便からプロレス関連のシャツを取り出す音と、明石が電話で話す声だけが響いている。

「ああ、はいはい。え？　二階。うん、段ボールと？　あ、紙袋二つ。はいはい。じゃあ着いたら連絡する」

明石は電話を切った。

「ん？　深山先生？」

藤野が明石に尋ねた。

「ええ。あいつ、親父さんの事件に関する資料を当時の弁護士さんからもらってたみたいで。それが『いとこんち』にあるんで金沢まで持ってきて欲しいって」

「え、今から金沢行くの？　大変だね」

明石と藤野のやりとりを、舞子と中塚も聞いていた。

「深山先生のお父さんの事件ってなんですか？」

中塚は藤野に近づいていって尋ねた。藤野は一瞬どうするか迷ったようだが、言いにくそうに口を開いた。

「深山先生のお父さん、殺人事件の被告人でね。獄中でそのまま亡くなっちゃったんだよね」

「え？」

中塚が驚きの声を上げ、無関心を装っていた舞子も驚きの表情を浮かべた。

「じゃ、明石、行きまーす！」

明石は右手を上げると、いつもと同じ快活な口調で言う。

「ああ、行ってらっしゃい。気をつけてね」

藤野が声をかけた。

「はい！」

元気に出ていく明石を見送っていた藤野は、ふと中塚が腕にかけているTシャツに気づいた。

「アメリカに留学中のプロレス仲間が送ってくれたんです」

中塚は、新日本プロレスから無期限海外武者修行中の日本人レスラー二人組『THE　TEMPURA　BOYZ』のTシャツを広げて見せた。

「ふーん」

関心のなさそうな藤野に、中塚は背中側のプリントも見せた。そこには『天』とプリントされている。

「……あま」

「てん」

「ああー」

「『テンプラボーイズ』の『天』」

中塚は笑顔で説明をした。


舞子はマネージングパートナー室に呼ばれていた。

「正式な契約書だ。ここで働いてくれないか？」

斑目は『契約書』を舞子に渡した。そこには契約事項が提示されている。

「私は法廷に戻る気はないので。お世話になりました」

舞子は契約書を斑目の机に置き、頭を下げる。

「深山先生の話は聞いたかな？」

斑目は、部屋を出ていこうとしている舞子に声をかけた。

「小耳に挟んだ程度ですが」

「君が裁判官時代に扱った事件で、無罪になった事件はあるかい？」

「五百四十七件扱いましたが0件です。この前、それを目の当たりにしましたが」

立ち去りかけていた舞子は足を止め、斑目の方に振り返る。

「深山先生のお父さんはね。ある殺人事件で被疑者として逮捕された。本人は否認し続けたが、一審で有罪判決が出たんだ。控訴したが拘置所で亡くなってしまった」

斑目は立ち上がり、舞子に背を向けて、飾ってあるラグビーボールを手に取った。

「被告人死亡で公訴が棄却され、裁判は終了。刑は確定しなかったってことですか？」

「法律上はね。でも、世間は違う。彼の父親は犯罪者のまま死んでいき、彼は犯罪者の家族として生きてきた」

斑目の言葉を聞きながら、舞子は目を伏せた。舞子の頭の中を、あの雨の晩、警察に連行されていく青年の姿がよぎる。

「君も苦しんでいるんだね」

斑目は舞子をじっと見て言った。

「私も？　どういうことですか？」

心の中を読まれたような気になり、舞子はムキになって問い返した。

「彼の父親の事件は間違いなく冤罪事件だ。元裁判官だからこそ見えることがきっとあるはずだ」

「私は親友の父親を疑い、判断を誤るところでした。力にはなれません」

舞子は改めてきっぱりと断ったが……。

「答えを間違えたのは追い求める勇気がなかったからだよ。弁護士ってのはその勇気が大事でね。尾崎先生、ここを去る前にもう一つお願いできないかな」

斑目はあくまでも穏やかに、だが、有無を言わさぬ口調で言った。

明石は電車を乗り継ぎ、野方文化マーケットの奥にある『いとこんち』にやってきた。その扉にはアフロのかつらをつけたお面や『来春５００ｍ先はとこんちオープン！』『一挨禁止』などの貼り紙などが貼ってある。扉を開けると、開店前の店内のカウンターには加奈子がいて、新曲『オヤツじゃないのよバナナは』のＣＤを見てニマニマしていた。壁には『いとこんちさんにカネの雨が降るぞ！』と書かれた先日来店したオカダ・カズチカのサイン色紙が飾ってある。

明石の姿を見ると、坂東はさっそく二階に案内した。

「あー違う違う違う、そっちじゃなくて」

「え？　これでいいの？」

「違う、こっちの段ボール。それ俺のエロ本だから」

「あー」

「じゃあまず紙袋のほう持ってくから」

坂東はかなりの量の事件の資料を紙袋に詰めて、階段を下りていった。

「私も金沢へ行く用意しないと」

深山のことが好きな加奈子が、腰を上げようとする。

「ダメだよ。しかも今日あなたのライブでしょ。『かなこのカナブンブンナイト』」

坂東は言った。店内には、野方公民館で開催されるライブのポスターが貼られている。

「1にヒロト、2にヒロト。3、4もヒロトで5にライブ」

「やめちまえ！」

「私が行けば、ヒロト、癒……やせると思うんだよね」

「……いつもいなされてるけどね」

坂東が加奈子に言い返すのを聞いて、

「うまいー」

後から階段を下りてきた明石は言った。

「うるさい！」

加奈子が坂東たちを睨みつけたとき、ガラガラと店の扉が開いた。

「すみませーん」

「あ、まだ店開けてな……いけど開けてもいいよ。今すぐ開け――」

坂東が客の姿を見て、突然、態度を変えた。明石が誰かと思って見ると、舞子だ。

「え？　どうしてここに？」

「え、何、誰？　紹介してよ」

坂東は明石に尋ねる。

「この間の事件を深山と一緒に担当した元裁判官で、俺のポジションを狙ってい――」

明石が説明しかけたが、

「深山先生と事件は担当しましたが、明石さんのポジションは狙っていません、尾崎です」

舞子はすぐに遮り、早口で挨拶をする。

「深山のいとこの坂東です」

坂東がめいっぱいカッコつけて言った。

「え？　いと……」

「こ。いとこでございまーす」

アフロヘアにずんぐりとした体型の坂東を見た舞子は目を丸くし、口に手を当て、言葉を失っている。前に深山と働いていた彩乃と同じような反応だ。

「はい出ました、その反応ね。血筋のいいとこ全部あいつが持っていって、悪いとこぜーんぶ俺がもらったの」

坂東が言うと、舞子は「ああ」と納得した。

「納得しちゃったよ。早いっつーの」

坂東ががっくりしている後ろで、加奈子が舞子に敵意をむきだしにしている。

「一人消えたと思ったら……また！　ヒロトは渡さないから！」

加奈子はポシェットの中に手をつっこみ、まず手に触れた財布を床に投げつけ、次に歌詞を書きとめる小さなノートを投げつけ、そしてようやく手にしたカスタネットをタンタン叩き始めた。

「加奈子、カスタはやめなさい」

坂東が加奈子からカスタネットを取り上げようとする。

「斑目さんに頼まれて、私も行くことになりました。金沢」

舞子は出張鞄を明石に見せる。衝撃を受けた加奈子は顔を引きつらせている。

「やっぱり俺のポジションを奪おうとしてるんじゃないか？」

明石は声を上げたが、舞子は冷静に「そんなことより」と言った。

「そんなこと？」

「どういう事件だったか教えていただけますか？」

「偉そうに言っても最後は俺を頼るしかないんだな」

明石は舞子の肩に手を置こうとしたが、舞子はさっとよけた。

「な……っと」

もう一度手を伸ばしたが再びよけられる。

「もう！　持て！」

明石は舞子に資料の入った紙袋を持つよう指示をする。「道中で教えてやるから」

「浮足立ったな、今のは。ちゃんと働けよ！」

坂東が段ボールを持つ明石に声をかける。

「うるせー！」

「尾崎をヒロトに近づけないでよ」

加奈子が苛立ちの声を上げるのを聞きながら、明石と舞子は店を出た。

「二十六年前、深山の父親は殺人事件で逮捕されたんだ」

明石が歩きながら説明を始めようとすると「あーちょっ……ちょっと」と、前から発泡スチロールのケースを手に小走りでやってきた魚屋らしき男性とぶつかりそうになる。明石はその場に段ボールを置いて、続きを話す。

「事件当日、深山の父親は翌日の材料を仕入れに出かけていた」

その帰りの二十時四十分頃、大介は駅前で店の常連客で知り合いだった被害者の鏑木美里を見つけ、家まで送るよとピックアップした。

「被害者は高校生だったんですよね？　その時間まで何してたんですか？」

舞子は尋ねる。

「バイト終わりに彼氏と話し込んでいたらしい。ちなみに、その彼氏も警察の取り調べを受けたが、アリバイが確認されている。で、彼女を車に乗せた深山の父親は……」

二十時五十分頃、コンビニの前で美里を降ろした。そしてその時、雨が降っていたので、後部座席に置いてあった折りたたみ傘を貸した。

「二十一時過ぎには帰宅した。これは深山の母親が証言している。でも、裁判官からは、家族の証言で信用がないとされた。ひどいもんだぜ」

明石は先輩風をふかせながら言った。

「具体的かつ詳細で迫真性に富んだ証言であれば証拠価値は高いです。しかし、その判断は裁判官に委ねられるし、個人差はあるでしょう」

舞子が理論的に言い返す。

「……個人差はあるよ……おい、何のんびりしてんだ、行くぞ」

そこ、ハチの巣あるぞ、と、再び段ボールを抱えた明石が店先を顎で指す。「早くしろ！」

「……あ、はい」

舞子は慌てて明石の後を追った。

舞子は金沢に向かう新幹線の座席で、事件の経過をまとめた分厚い資料に目を通していた。

「……捜索願は次の日の朝になってますよね？　被害者が帰ってこなかったことに家族は違和感を持たなかったんですか？」

通路を挟んだ明石に尋ねる。

「母親はスナックで朝の三時まで勤務していた。母子家庭で生活が苦しかったみたいで。妹さんは美里ちゃんの帰りが遅いなとは思ってたみたいだけど、バイトで遅くなることも度々あったから、先に寝たらしい」

二十六年前、被害者の鏑木美里は母と妹と三人で2DKのアパートで暮らしていた。妹の美由紀は勉強をしながら美里の帰りを待っていたけれど、十時になったので一人で眠った。

「母親は仕事を終え、三時半に帰宅。疲れて子どもたちの寝室を見ることなく、そのまま寝てしまったらしい。そして、翌朝、美里ちゃんがいないことに気がつき、警察に通報」

多くの捜査員が地元の住人と共に、山中をローラー作戦で探していた。そしてついに……。

(交番長いました！)

交番勤務の警官が、制服姿で倒れている美里を発見し、上司の交番長に声をかけた。

「捜査開始から数時間後、林の中で遺体を発見。検死の結果、絞殺されたことがわかった」

明石は舞子に説明を続けた。

「駅の防犯カメラに美里ちゃんが深山の父親の車に乗り、立ち去るところが映っていたんだ。で、警察は深山の父親に疑いをかけ……」

大介の経営する洋食屋『キッチンみやま』に刑事がやって来た。

（なぜ彼女を自宅まで送らなかったんですか？）

刑事は、店のテーブルに敷いてある赤と白のチェックのテーブルクロスの上に、美里の顔写真と、遺体発見現場の写真を置いた。

（そのつもりやったけど、彼女が「コンビニの前でいい」と言ったもんで）

（他に何か覚えてませんか？）

（それ以外、何もないわ）

大介は刑事の疑うような言い方にムッとして答えた。

（本当ですか？）

（何もないって言っとるでしょうー）

（じゃあ、これは何ですか？　現場に落ちていたんですが）

刑事は、現場から発見された折りたたみ傘の写真を二枚置いた。一枚の写真は『ミヤマ』という名前を書いたシールが貼ってある柄の部分のアップだ。

（あ、これは、雨が降っとったから彼女が降りるときに貸したんですよ）

大介は美里とのやりとりを思い出して言った。

（どうして傘のことを隠そうとしたんです？）

（別に隠したわけじゃ）

ただ単に忘れていただけだったのだが、刑事の心証をさらに悪くしたにすぎなかった。

少年時代の深山は、陰からこっそり刑事と大介のやりとりを見ていた。

「警察は深山の父親への疑いを強めた」

明石は語り続けた。

情報を掴んだマスコミが、店舗兼自宅の前に殺到した。交番長と、遺体発見者の警官が、（もう少し下がってもらえるけ？）（道路を塞《ふさ》がんといてくれんか）と殺到する報道陣を整理しようとしたが、無駄だった。

「逮捕前は外に出られず、学校にも通えないくらい大変だったらしい」

今は飄々《ひょうひょう》としていて、つかみどころのない深山の意外な過去に、舞子は驚きを隠せずにいた。

店は当然休業。自宅もカーテンをすべて閉め、家族は外に出ることが出来なかった。深山がカーテンを開けて外を見ると、写真を撮りまくる報道陣の中、振り返る交番長と目が合った。

そしてついに……。

（署までご同行をお願いします）

刑事がやってきて、大介は連行されていった。

（お父さん！）

深山は大介の背中に声をかけた。大介は振り返ると笑顔を見せ、深山に言った。

（大丈夫や。すぐ戻ってくっさけ）


「その数日後、深山の父親は逮捕されちゃうわけよ」

明石は言った。

「逮捕の決め手は？」

舞子は尋ねた。

「現場に深山の父親の傘が落ちていたことだ。その傘には深山の父親の指紋と美里ちゃんの指紋しかついていてな――」

明石が言いかけたとき、通路を客が通っていく。「なんで通路はさんだ席なんだよ」

「隣が嫌だったんで」

舞子はあっさり言うと、資料に目を落とした。明石は自分は臭いのかと、思わずくんくん匂いを嗅ぐ。

「逮捕までが早いですね。アリバイも含め、犯人だと断定できる材料が揃っていたということでしょう」

資料を見ると、平成三年五月九日の明け方に遺体が発見され、一週間も経たない十五日に、大介が逮捕されている。事件から逮捕までの日にちが短い。

「チッチッチッ。甘いな。新米弁護士」

明石は人差し指を立てて顔の前で振った。

「はあ？」

舞子が眉をひそめる。

「裁判前に、深山の父親のアリバイを証明する目撃者が現れたんだよ。近所の人が、深山の父親が二十一時過ぎに車で帰宅したのを見たと証言したんだ。死亡推定時刻から割り出された犯行時刻はおよそ二十一時過ぎだった。目撃者の証言により、アリバイは証明されるかと思われた。でも、そうは問屋が卸さないとばかりに、検察が動いたわけよ」

「どういうことですか？」

舞子が身を乗り出す。

「訴因変更（注釈）だよ。それによって犯行時刻の幅が広げられた。せっかく見つけた目撃者の証言は意味を持たなくなってしまった。まあ、そんなあからさまにおかしな訴因変更を受理したのは、裁判官だけどね」

（注釈）公判の途中で検察官が起訴状に記載した犯行に関する事実等を変更や追加すること

明石は『裁判官』という言葉を強調して言う。

「検察官が起訴した時に示した罪となるべき公訴事実の同一性が害されない限度であれば、裁判官は訴因変更を認めなければなりません。このケースは単に犯行時刻の幅を広げただけです。手続き上問題はありません」

理論をまくしたてる舞子に、明石はため息をついた。

「昔も今も変わらないんだなあ。一度レールに乗って走り始めたものは、そう簡単に覆せないんでしょ」

明石はそこで話すのをやめ、両手を頭の後ろに組んで遠くを見つめた。舞子は手元の資料に再び目を落とす。そこには『一審で無期懲役の有罪判決』と記してあった。

勤務を終えた丸川貴久は、金沢地方検察庁の建物を出てきた。歩きながら何気なく顔を上げると、検察庁前の植え込みの向こうに、深山が立っている。

「え……えっ？」

丸川は一瞬足を止め、目を疑った。深山は丸川と目が合い、ニコニコしている。

「ちょっ……ちょっ……」

丸川は辺りを見回し、深山に走り寄った。

「どうも」

深山は植え込み越しに声をかけた。

「どうしてここに……?」

丸川は驚きを隠せない。

東京高等検察庁時代、若手のホープだった丸川は、都内連続殺人事件と浜松強盗殺人事件を扱った際に深山と法廷で闘った。丸川は深夜までの強引な取り調べで容疑者を自白させたが、真相解明に取り組む深山たち弁護士の姿に忘れていた気持ちを思い出し、結果的には弁護士側に協力することとなる資料を提供した。裁判ののち、その事件は冤罪となり、丸川の上司が謝罪会見を開くこととなった。

(また法廷で会いましょう)

裁判後、丸川は弁護士たちにそう言ったが……。深山に会うのはそれ以来だ。

「あ」

深山は上着の内ポケットからスマートフォンを取り出して、画面を見せた。丸川は近づいて目を凝らしたが、植え込み越しなので距離がある。でもそれは法務省の異動を示したページだとわかった。そこには『金沢地検検事(東京地検検事)丸川貴久』の表記がある。

「検察官は大変ですね。法曹界人事のホームページでどこに異動になったかわかるんだから」

深山は微笑みながら言うと「あの、お願いがあるんですけど」と切りだした。すると丸川は我に返ったように周りを気にしだす。

「……ここは、まずい」

丸川は植え込みをぐるりと回り、深山に近づいてきた。

丸川は深山を連れて、いかにも金沢らしい、風情のあるカフェにやってきた。けれど、入り口の前で足を止める。

「どうかしました?」

「中に上司がいる。君といるところを見つかると何かと面倒だ。こっちへ」

コーヒーを飲んでいる上司の内田に見つからぬよう、丸川は速足で歩きだした。

結局、二人は金沢城公園のベンチに並んで腰を下ろした。深山はリュックから封筒を出し、手のひらに広げたハンカチの上に、美由紀から返された遺留品の水品を出す。丸川が顔を近づけると、深山は遠ざけた。もう一度丸川が近くで見ようとすると、

「気をつけてください」

深山は、手を触れないようにと注意した。

「わかってる」

頷く丸川の目の前に、深山は水晶の載った手を近づけた。

「被害者の遺留品？」

「現場に落ちていたそうです。これは被害者のものでもなく、僕の父親のものでもない」

深山は言った。

「第三者があの事件に絡んでいたということか」

丸川が考え込む。

「当時の捜査側の記録を当たって、この遺留品の扱いがどうなっていたか調べて欲しいんです」

「……わかった。こちらで調べてみる」

そう言って丸川は鞄から手帳を取り出した。「ただし、二十六年も前の事件だ。どこまで力になれるかはわからないが……。あの事件に関しては不可解な点が多かったのは事実だ」

「事実が明らかになれば検察側の汚点になりますよ」

「我々検察官の理念は、『その重責を深く自覚し、常に公平誠実に、熱意を持って職務に取り組まなければならない』だ」

丸川は立ち上がり、改まった口調になる。

「なるほど」

「あとな、絶対に検察庁には訪ねてくるな」

丸川は再び腰を下ろして、深山に迫ってくる。

「え？」

「もし来たら、協力はできないぞ。な？　改めて電話する」

手帳をめくって書きとめようとしている丸川が言うと、

「では……お願いします」

深山は立ち上がり歩いていった。ベンチに残された丸川は、鋭い眼光で宙を睨んだ。


マネージングパートナー室には、斑目の弁護士会会長就任祝いのスタンド花がずらりと並んでいた。佐田がスタンド花を見上げていると、

「新たな証拠が見つかったそうだ」

斑目が声をかけてきた。

「……新たな証拠？　深山の父親の事件のですか？」

「うん。現場に第三者がいたんじゃないかと思われるね」

「……二十六年前の事件ですよ？　証拠が一つ見つかったからといってそう簡単に進展があると

も思えませんが」

佐田は会議テーブルに座っている斑目の向かい側に腰を下ろす。

「一人では大変かもね」

「それで尾崎も行かせたんですか？　尾崎は前回だけの契約のはずです」

佐田は顔をしかめる。

「じゃ、君が行ってくれるか？」

「行きません。あなたに任された刑事事件専門ルームに穴をあけるわけにはいきませんから」

「そうだね」

斑目が言うと、佐田は一礼して席を立った。そしてスタンド花にぶつかりそうになり、小さく舌打ちをして出て行った。


明石は段ボールを、舞子は紙袋を二つ抱え、金沢の駅に降り立った。

「おい深山！　会いたかったぞー」

明石は噴水の前で待っている深山を見つけ、片手を上げる。と、深山も笑顔になったが、次の瞬間、明石たちとは別方向に走り出した。

「え？　おい、なんだよ、おい待て！」

慌てて後を追おうとした明石は段ボールを落とした。そのドンくささに、舞子はうんざりした表情を浮かべた。


深山は橋の上で欄干に肘をつき、流れる川を見下ろしていた。

「おい！　なんで逃げんだよ」

「なんとなくです」

深山はいつものように飄々とした態度だ。

「は？　無駄に疲れさせてなんだよ」

明石は深山のそばまで歩いてきて段ボールをどさりと置いた。舞子もハアハアと肩で息をしながら、両手に持っていた紙袋を置く。

「え？　二人付き合ってんの？」

深山は二人の顔を交互に見たが、

「付き合ってません！」

二人は同時に声を上げた。そして、舞子が一歩前に出る。

「お呼びじゃないことはわかってます」

「じゃ、お帰りください」

深山は言った。

「斑目先生の命を受けてここに来ましたので」

「元裁判官だと感覚が麻痺《まひ》してんじゃないかなぁ」

「麻痺？」

「足手まといになるだけなんで、お帰りください」

深山はそう言うと、舞子が運んできた紙袋を自分で持ち、歩きだした。

「はーあ？」

舞子が唖然として声を上げたが、

「意外と重いな、これ」

深山は聞いていない。

「重いんだよ」

明石は段ボールを抱えて深山に続く。と、深山は振り返って段ボールの上に紙袋を置いた。

「はい、よろしくー」

「ま、前が見えない……」

明石はふらついているが、深山はかまわずに先を歩いた。

「私、仕事として来ましたので」

舞子が追いついてきて、隣に並ぶ。

「……」

深山は無言で、ため息をついた。


その夜、丸川は金沢地方検察庁の資料室にいた。二十六年前に起きた大介の事件の資料を調べようと『刑事法　刑法　1991.01～1993.12』という棚をスライドさせた。そしてファイルを探していると『定軍山女子高校生殺人事件　深山大介①』というファイルが見つかった。

取り出して中を見ると『発見物件』の中に『御守り　但し、透明でガラス製、赤字で魚様の刻印……』とある。続いて②のファイルを見ようとすると、

「ずいぶん古い事件を調べてるな」

内田に声をかけられた。

「はい」

丸川はファイルを手にしたまま硬直する。

「気にせず続けてくれ」

「ありがとうございます」

「どうぞどうぞ」

内田は言ったが、丸川の方をじっと見たまま、その目は笑っていない。丸川は手にしていたファイルだけを持って、一礼して棚を離れた。

「なんだよ、それだけでいいのか?」

内田が声をかけてきたが、丸川はそそくさと資料室を出た。

深山たちは市内の温泉旅館に宿泊することにした。深山は部屋の壁一面に資料を貼り付け、さらに『平成3年5月8日』『20時40分頃　大介氏赤壁駅で被害者を自車に乗せる』『赤壁駅の防犯カメラに映っていた』などという手書きの文字で、時系列を貼り付けていく。舞子はテーブルの上に資料を広げ、一心に目を通していた。

「貼りすぎじゃね? 旅館の人が来たら絶対怒られるレベルだよ」

明石が言った途端、襖《ふすま》の向こうから従業員の声が聞こえてきた。

「お布団敷きに参りました!」

「言ってるそばから」

明石は焦りだす。

「よろしいですか?」

「だめでーす!」

明石が叫んだが、従業員が「失礼します」と、襖を開ける。

「ダメだって言ってるのに」

明石は入り口に出ていって、必死に視界を遮ろうと立ちはだかった。

「お布団を――」

「明石、敷きまーす！」

明石は笑顔で手を上げた。

「お客様に敷いてもらうわけには」

「明石、敷きまーす！」

「いえいえ」

従業員もなかなか引き下がらない。

「あああああ、あかし、あおおおおお」

明石は髪の毛を揺さぶり、威嚇する。

「きゃああ」

従業員が後ずさる。

「ああああ、あーかし、あああああ、あーかし……」

明石はさらに変な動きを続けて、従業員を部屋の外に出して、襖を閉めた。その勢いのままおかしな言葉を口走って部屋に入ってくると、ふう、と一つ息をつく。

「もはや危険な人物だと思わせるしかなかった」

従業員を追い払って会心の笑みを浮かべる明石を、舞子が軽蔑したように見ている。

「よし、まずは、これがどこのものか、突き止めないとね」

深山はテーブルにハンカチを敷き、封筒から水晶を出した。

「御守りかなんかかな」

明石がのぞきこんでくるが、深山は「近いよ」と、顔をしかめる。

「これ……」

さらに明石が話しだすと、唾が飛ばないように「気をつけてよ」と、水晶を手でブロックする。

「なんの紋章だ?」

深山は凝視した。水晶には、赤い模様が刻まれている。

「金魚じゃないですかコレ」

背後からのぞきこんできた舞子が言った。

「金魚か?」

「近いよ」

明石と深山がやり合っている後ろから、

「どう見ても金魚でしょ」

舞子はスマートフォンで水晶を撮影して、アップにした写真を深山に見せる。

「このアップ画像を中塚さんに送って調べてもらいます」

「ふうん」

深山が頷いたとき、

「ちょっとよろしいですか？」

と、部屋の外から女性の声がした。

「また来たか。任せろ。これが俺の役目なんだ……あーうぉおおおおー」

明石は頭を振り乱して走っていき、襖を開けた。そこには女性の警察官と男性の警察官がいて、明石を睨んでいた。その背後には、先ほどの従業員が怯えた顔つきで立っている。どうやら通報されたようだ。

「マチル……マチルダさーーーーーーん！」

明石は苦し紛れに叫び声を上げた。

翌日、深山と舞子は金沢城公園のベンチに座っていた。芝生に足を放り出して座っている明石が、ふわあああ、と、大あくびをする。

「眠そうだね」

「変質者と勘違いされて、巡回中のお巡りさんに捕まって、朝まで話聞かれて……」

ふてくされたように言う明石に、深山はからかうように小石を投げた。

「なんで石投げんだよ！」

「自業自得でしょ」

「そういうときは助けろよー。ジャリ投げんのやめろ、小学生か、おまえは！」

二人はもめているが、舞子は別の方向を向いていた。と、そこに丸川がやってくる。

「どうも」

深山が立ち上がる。

「三人もいるなんて聞いてないぞ」

丸川は深山に戸惑いを隠さず言うが、

「言ってません」

深山はしれっと返す。

「全く……」

呆れた丸川は、隣にいる舞子に気づいた。「新しい弁護士さんか？」

「尾崎と申します」

「検事の丸川さんです」

深山はニヤリと笑いながら、舞子に丸川を紹介した。

「検事？」

舞子が驚いて目をぱちくりする。

「どうも」

丸川は気まずそうに会釈をする。

「それで、捜査記録は？」

深山はさっそく本題に入った。

「ああ、調べてる時に上司に見つかって、まだ全部は確認しきれていない」

「遺留品の件はわかりました？」

深山は片手を耳に当てる。

「アレは被害者、鏑木美里の鞄の近くに落ちていた。事件後に雨が降ってできた水たまりの中で見つかって、指紋もＤＮＡも検出できなかったそうだ。警察は被害者の持ち物だと早くから決めつけて、遺族に返していた」

「被害者のものか、犯人のものか、第三者のものか、その確認はしなかったんですか？」

舞子が厳しい口調で尋ねると、

「そうみたいだな」

丸川は呆れたように言った。

「杜撰《ずさん》な捜査ですね」

舞子が眉をひそめる。

「尾崎先生。調書が全て正しいとは限らないんだよ」

明石が勝ち誇った口調で舞子に近づいていき、肩に手を置こうとした瞬間、舞子は丸川が持っている資料を見るために屈《かが》み込んだ。明石の手は空振りに終わる。

「検察はそんないいかげんな捜査記録を私たちに上げていたんですか？」

「私たち？」

丸川が舞子を見ると、

「元裁判官」

明石が説明した。

「なるほど。まあ、上が黒だと言えば、たとえ白でも黒になることもある。お宅もそういう組織だったんじゃないか？」

丸川は言った。

「他に裁判に上がってなかった捜査記録は？」

深山が尋ねと、丸川は手帳をめくった。

「ああ。けどこれは君の父親にとって不利な情報だが」

「不利な情報？」

「実は被害者はコンビニに立ち寄ってなかったんだ」

「立ち寄ってなかった？」

「捜査記録には、当時の店長の証言があった」

「立ち寄ってないなら、深山先生のお父さんは嘘をついてたという大きな証拠です。検察にも有利に働くはずです。なぜ裁判でその記録が出てこなかったんですか？」

舞子が丸川に尋ねる。

「コンビニに立ち寄らなかったという証言は、起訴時には証拠請求される予定だったんだ。しかしなぜか、公判の直前になって請求証拠から外された」

「当時の弁護人は被害者を降ろした後の父のアリバイを争点にしていた。それが裁判に勝つ唯一の道だと思ったそうです。だから、コンビニに立ち寄ったかどうかは追及しなかった……ってことか」

深山は考え込んだ。

「これって、その指紋のついた傘以外に深山先生のお父さんが現場にいたという証拠はないんですか？　近くの木や草にＤＮＡが付着していたとか、足跡とか」

舞子が言う。

「ＤＮＡの付着はない。足跡も殺害後に大雨が降って、何も残ってなかった」

丸川が言った。

「足跡も痕跡もない……あ！」

明石が声を上げると、舞子はうわ、と声を上げた。そして「何？」と睨みつける。

「犯人、透明人間じゃね？」

「黙ってもらえます？」

舞子が明石を黙らせる。

「とにかく現場には被害者と君の父親がいたという証拠しか残っていない。第三者につながる証拠はあの遺留品だけだが、何も検出されていない。状況的にはかなり厳しいぞ」

丸川はそう言うと「また何か掴めたら連絡する」と、立ち去った。

「ええ、お願いします」

深山は言うと「明石さん、旅館に戻って、これまとめといて」と、明石にノートを渡した。

「わかった。明石、戻りまーす！」

明石が走っていくと、

「こっちはコンビニを当たってみるか」

深山も歩きだす。舞子は仕方なくその後を追った。


大友修一は東京地方検察庁の個室で、電話を受けていた。

「ああ、そうか……」

「大友検事正が担当された事件ですよね。深山とかいう弁護士がどうも調べまわっているみたいで。丸川も一枚噛んでそうなんですが。こちらで手を打ちましょうか?」

金沢地方検察庁の建物を出たところで電話をかけているのは、丸川の上司、内田だ。

「いや、大丈夫だ。報告、ご苦労。じゃ」

大友は電話を切った。大友は東京地検の検事正だ。

少し前まで、検事として扱った裁判は、有罪率百パーセントを誇っていた。検事長を目指していたが、深山と丸川が闘った都内連続殺人事件と浜松強盗殺人事件が冤罪となったことが影響し、検事長の座を他の検事に奪われた。

あれ以来、深山の動きには神経を尖《とが》らせていたのだが、ついに金沢に姿を現したという。大友はさらなる警戒を強めた。

深山と舞子は、コンビニのあった場所に来ていた。そこは再開発され、現在は金沢商工会議所が建っている。

「ここにコンビニがあったんですか？」

舞子は足を止め、ガラス張りの、非常に凝ったデザインのビルを見つめた。

「ずいぶん変わったな。二十六年も経てばそりゃそうか」

深山は呟き、商工会議所に入っていき、受付で係員に事情を話した。

「少々お待ちください」

係員は奥に入っていく。受付横には『ざわもて運動推進係　かなざわもて子』という、金沢駅のシンボル、鼓門をヘアスタイルにしたキャラクターのパネルが置いてあった。

「コンビニに寄ってないというのは、深山先生のお父さんにとっては不利な情報ですよ？　調べる意味がないと思うんですが」

待っている間、舞子は深山に言った。

「ねえ、女性がさ、店の前まで来て店に入らない理由は？」

深山は舞子を見る。

「……遅くなったから早く帰った方がいいと思った」

「それなら、車で送ってもらったはず」

深山の言葉に、舞子は頭を巡らせる。

「財布を落とした」

「財布は所持品の中にあった」

「買うものがなかった」

「中に入って確かめるでしょ」

「私にこれ以上の想像力はありません」

「だろうね、残念でした」

そう言った深山に、

「私、深山先生が中にいたら店には絶対入りません」

舞子は言った。その言葉に、深山はハッとした。そういえばこの前、丸川もカフェの前まで来て、中に上司がいるからと引き返したということは……？

「お待たせしました。ここでコンビニを経営していた方なんですけれども、ええと……」

そこに係員が戻ってきたので、深山と舞子は再び受付カウンターの前に立った。

深山たちは、当時のコンビニ店長、藤原の自宅を訪ねた。

「お茶をどうぞ」

藤原の妻が、庭のデッキにお茶を運んでくる。

「どうも」

深山はグラスを手に取って口をつけると、芝刈り機で庭の芝生を刈っている藤原を見た。「事件当時のお店の状況って、覚えていますか?」

「警察に何度も聞かれたことやからね。二十六年経った今でもよく覚えとりますわ。彼女はな、バイト帰りにいつも寄ってくれとったんや」

藤原はキコキコと芝刈り機を押しながら、当時の美里の様子を語りだす。「家で留守番しとる妹さんのために、いつもシュークリームを買っとったんや」

「事件の夜二十時五十分頃、お店の中にお客さんはいましたか?」

深山はノートをとりながら尋ねた。

「いや、おらんかった」

「その記憶は確かですか?」

「ああ。間違いない。あの日は夜になって雨が降りだしたから、二十時以降は客は誰もこんかったよ」

「そうですか……」

旅館に戻ると、明石が丸川の話をまとめた資料を部屋に貼り付けていた。さらにその上に『殺害現場には大介氏と被害者以外の指紋、痕跡なし』など手書きのメモが貼ってある。深山は片手で耳に触れながら、それらを確認していた。

「客がいなかったとしたら、コンビニに嫌な相手がいたという線は消えますね」

舞子が言う。

「なんで入らなかったんだ……。他に理由があるのか……」

深山は『大介氏は自宅まで送ろうとするが被害者は「コンビニの前でいい」と言った』という手書きのメモをじっと見つめていた。その下には『被害者はコンビニに立ち寄っていない（コンビニ店長の証言）』と、赤いペンで書かれたメモがある。

「私はどうしても、この『指紋、痕跡なし』というのが気になります」

舞子は立ち上がり、メモを指さして言う。「私の経験上、衝動的に殺害してしまった事件では、犯人の指紋や痕跡が残っているはずなんです。もし、他に犯人がいたとしても、大雨が降ったからといって、この現場から全ての痕跡が消えることはないと思うんです」

「深山、やっぱり犯人は透明人間だよ」

明石は両手で人の形を作るようにして、ピンク・レディーのヒット曲『透明人間』の振り付けをしてみた。

「透明人間ねえ」

深山が呟いたところに、

「お布団敷きに来ました」

廊下から従業員の声が聞こえてきた。

「また来た。明石敷きまーす」

明石は「僕が一番うまく敷けるんだー」と、慌てて入り口から出ていく。

「お客様にやっていただくわけには……」

廊下で従業員と明石のやりとりが始まる。

「ねえ、遺留品ってどうなってるの？」

深山が尋ねると、舞子はスマートフォンを見た。

「まだ連絡ないですね」

「じゃ、透明人間を追ってみるか」

深山は言う。

「僕だって自信があってやってるわけじゃないのに！」

「いや、だからやっていただかなくても……」

「下がれ！　来るんじゃない！　こんなことに付き合う必要はない！」

「お客様！」

「もういいんだ、みんなやめろー！　ごめんよ、まだ僕には帰れるところがあるんだ。こんな嬉しいことはない。わかってくれるよね。ララァにはいつでも会いに行けるから」

明石は廊下で従業員と攻防戦を繰り広げながら、ガンダムのアムロのセリフを口にしている。

「君は当時美里さんが、顔を合わせたくない人がいなかったかどうか、妹さんに聞いてきてもらえる？　僕じゃ話してくれないと思うから」

深山は舞子に言った。

「ああ、はい」

舞子は頷いた。


中塚がハンドスピナーを回しながら作業をしていると、斑目が刑事事件専門ルームに入ってきた。

「進展はあったかい？」

「いや、まだこの金魚の紋章がどこのものか全然わからないんです」

中塚はスマートフォンに送られてきた画像を斑目に見せる。

「落合君が手伝ってくれてるんだね。ご苦労さん」

斑目は会議テーブルでパソコンを叩いている落合に声をかけた。

「ええ、尾崎先生のためですから。僕、検索技術者一級の資格を持ってるんです」

「……ああ、そう」

斑目は頷き、

「だったら早く見つけてもらえます？」

中塚は言った。

「もちろん、見つけ出すとも。尾崎先生と僕の未来のために」

落合は立ち上がって天井を見上げ、キスをするように唇を突き出す。

「うわ、またキモい奴がいた」

中塚が顔を歪めたとき「ただいま戻りました」と藤野が帰ってきた。

「あ、所長」

藤野は斑目を見て驚きの声を上げる。

「ご苦労さん。別件かい？」

「はい。刑事弁護のお断りをしに行ってきました」

「お断り？」

「はい、深山先生もいないし」

「佐田先生は？」

「週末なんで、しっかり休むそうです。家族と一緒に過ごして疲れを癒やすって」

「へえー。癒やしね」

斑目は思案顔で言った。


夜、温泉から出てきた深山が休憩所にやってくると、

「裁判官は感覚が麻痺してるの？」

舞子の声が聞こえてきた。見ると、いつものように両手の指を組み合わせて、腹話術のようにブツブツと呟いている。深山は首をかしげながら、自動販売機で買った『ひゃくまんゴクゴクフルーツ牛乳』の蓋を開ける。

「いただきマツコデラックス」

腰に手を当てて一気に飲み干し、プハー、と息を吐いてから椅子に腰を下ろす。そして、大介が料理を出してくれたときのことを思い出していた。


（お待ちどうサマードリーム）

大介が店のカウンター越しに深山の目の前に置いた皿には、ナポリタンとハンバーグ、そして

サラダと、皮をウサギの耳の形に切ったリンゴが盛りつけられている。

（どうだ、うまいか？）

（うん……この味）

深山が言うと、大介はゲラゲラと笑いだす。

（ウンコの味！）

声を上げて笑う大介に、

（もう二人ともご飯時にやめなさい）

母親が注意する。

（ハンバーグだからな）

それでも大介は言い、深山と二人で顔を見合わせて笑い続けた。


「十七点」

深山は腕組みをしながら呟いた。

「……いいお風呂でしたね」

背後から舞子が声をかけてきた。

「ああ」

「明石さんは？」

「風呂入らないで寝ちゃった」

「ええっ、汚い……」

舞子は不快感を露わにする。

「あとで消臭剤かけなきゃねー」

深山がふっと笑うと、舞子は少しためらいながらテーブルの角を挟んだ椅子に腰を下ろす。

「あの、私が麻痺してるってどういう意味ですか？」

「気にしてたんだ」

「失礼だと思います。発言の趣旨を明確にしてください」

舞子は裁判官口調で言った。

「抜けないねえ」

深山が言うと、舞子はハッとして口に手を当てた。

「裁判官はさ、被告人と直接向き合うこともなければ、何時間も話を聞くこともないでしょ」

「法廷でちゃんと向き合いますし……」

「でも、被告人と初めて会うときは手錠をはめられた状態だよね」

深山は舞子の言葉を遮って続けた。「普通の人は人の一生を決めるような判決を簡単には下せない。それを公正に判断できてると思っていること自体が麻痺してるってことだよ」

深山はそう言うと「じゃ」と、部屋に戻ろうとする。

「ちょっと待ってください」

舞子も立ち上がった。

「ん？　まだなんかある？」

「本題です。仮に真犯人がいたとして、この件に関しては時効が成立しています。なぜここまでして事件を解決しようとするんですか？」

舞子の頭の中に、連行されていく青年の姿がよぎる。

「……犯罪者の家族として生きるのが苦しくなったんですか？」

「全然」

深山はあっさり首を振った。

「じゃあなんで二十六年も前のことを掘り返すんですか？」

「僕は事実を知りたいだけ」

「人の気持ちはそんなに簡単にいかないと思います。それ以上の思いがあると思います」

「ねえ、妹さんのアポって取れたの？」

「……はい」

「じゃ、そっちはよろしく」

深山は数歩歩きだしてから振り返り、両手の指を組むと「おやすみ」と腹話術のような高い声を出して、ニヤリと笑う。舞子の真似だ。深山が去っていく背中を見送りながら、舞子は恥ずかしくなって両手で頬を覆った。


佐田はリビングで、のんびりと朝食を食べていた。

「あんな高いところまでよく拭けんな。あーあー、ロープが巻いちゃってるよぐるぐる……」

窓から外を見ながらぶつぶつ言っていると、妻の由紀子と娘のかすみが近づいてきた。

「パパ、休みだからってのんびりしないで」

「のんびりしないで」

「早く食器洗いたいの」

「今何時だと思っているの?」

「洗い物しないと遊びにいけないんだから」

「私たちにも予定があるのよ」

二人は佐田の背後に立ち、たたみかけてくる。

「わかった、わかった、わかったよ」

佐田が急いで食べようとコーヒーを流し込んだとき、チャイムが鳴った。

「はーい」

由紀子がインターフォンの画面を見に行く。「あら！　斑目さん！」

ゲホッ。

その声を聞いた途端、佐田はコーヒーを噴き出した。

「おはようございます」

斑目の声が聞こえてくる。

「おはようございます。今開けますね」

由紀子はロックを解除する。

「きったないなあ」

かすみは咳き込む佐田を見て顔をしかめているが、

「気管に入ったー」

佐田は咳が止まらなかった。

「同じマンションの最上階に引っ越したんだね」

リビングに通された斑目は、佐田の愛犬、ミニチュアシュナウザーのトウカイテイオーを抱っこしている。

「自分の頭の上に人がいるのがどうしても我慢できなかったんですって」

「でも三十八階から三十九階よ？　トラックのいらない引っ越しなんて初めてよね」

由紀子とかすみが言う。

「その一階が重要なんだ。こう、一つ上がってくるのが」

佐田はまだ朝食の続きを食べながら、抗議する。佐田は常に自分が一番上でないと気が済まないのだ。

「どうぞ」

由紀子は斑目にも朝食を用意した。

「なんか悪いね」

斑目がダイニングテーブルに移動してくる。

「いいえ。いつもお世話になってますから」

向かい側に座った由紀子はにこやかに言う。

「お食べになるんでしたら早く食べて、さっさと帰ってくださいね。娘がね、洗い物をしないと遊びに出かけられないって――」

佐田は言ったが、

「斑目のおじさま。ごゆっくりどうぞ」

かすみは満面に笑みを浮かべる。

「外面いいなー」

佐田が不貞腐れた声を上げると、

「君に似たのかもね」

斑目は言った。

「余計なお世話ですよ」

「いただき…………マングースだっけ」

斑目は深山の真似をして、両手を合わせながら言う。

「言わなくていいんじゃないですか、別にそれ。だいたいなんの用でいらっしゃったんですか？」

佐田が尋ねると、

「依頼人を断って、癒やしを求めてるんだって？」

斑目が問い返してくる。

「私にとってはとても重要な時間ですから」

「そうか……ただね、刑事事件の弁護をおろそかにするわけにもいかないんだよ。君が行ってくれると、早期解決が――」

「冗談じゃありません」

佐田はきっぱりと言った。

「奥さん。これ佐田先生への特別報酬。どうぞ」

斑目は内ポケットから旅行券を取り出して、由紀子に差し出す。

「こんなのいただいていいのかしら。かすみ、お礼を言いなさい」

「ダメだよ、それ、ダメだ」

佐田は首を振ったが、

「おじさま、ありがとう」

かすみは笑顔でお礼を言い、封を開ける。

「ダメだよ、それおまえ、受け取ったらダメ――」

佐田は慌ててかすみを止めようと立ち上がった。

「金沢！　最高級旅館？　ん？　日付が今日？」

だがかすみはもう中から旅行券を取り出している。

「行ってらっしゃい」

斑目が言う。

「ダメだ。おまえ、これから遊びに行く用事が――」

佐田はかすみに言った。

「友達は断る。ママ準備できるよね？」

「もちろん。これもパパが頑張ってくれたおかげね」

「いい癒やしになるといいね」

斑目は由紀子とかすみに微笑みかけた。

「このタヌキ親父め……」

佐田は斑目を睨みつけた。

「パパだーいすき」

「うるさいっ！」

佐田は思わずかすみを怒鳴りつけた。

「ねえ、知ってる？　石川県って日本で一番平均身長が高いのよ」

「へーすごい」

「ママのいたサークルで背の高い人上位三人が石川県出身だったわ」

由紀子と話しながら、かすみは友達に断ろうとスマートフォンを取り出した。そこにはストラップのような御守りが付いているのだが、水晶に赤い紋章が入っている。佐田はその珍しい水晶の御守りを見つめた。

翌日、舞子はカフェで美由紀と会い、話を聞いていた。

「会いたくない人がいたかって？　それが何か関係あるん？」

無理もないことではあるが、美由紀はいかにも渋々とした喋り方をする。

「ええ。お姉さんは事件の日、コンビニに寄っていなかったことがわかったんです」

舞子も事務的な口調で言った。すると美由紀は大きなため息をつく。

「これではっきりしたわ。駅前で乗せてそのまま林の中に連れ込んだ。やっぱり犯人は『キッチンみやま』のおじさんやってん。お店に行った時、お姉ちゃんにえらくサービスがよかったの」


美由紀と美里は、二人で『キッチンみやま』に行くことがあった。

(美里ちゃん、フライをもう一つサービスしておいたから)

(ああ、ありがとうございます)

(召しアガ……サクリスティ)

大介が親父ギャグを口にするので、美里が困ったように笑う。そんな光景を、美由紀はよく目にしたという。


「お姉ちゃんはね、誰かに付きまとわれてるって言っとった。それがあのおじさんやってん」

「それっていつ頃からですか？」

舞子はノートを開いた。

「事件の数か月前。家にも無言電話があったし」

「それは初耳ですね。ずっと黙ってたんですか？」

舞子が言うと、美由紀は首を振った。

「事件の後、私は警察に話しましたよ。そういう人間がいたって」

「警察？」


旅館に戻った舞子は、美由紀に聞いてきたことを報告した。

「え？　警察に話してたのかよ？」

明石が舞子が座っている隣に腰を下ろすと、舞子は「ええ」と頷きながら逃げるように立ち上がる。

「何？」

明石が尋ねると、舞子は「汚い」と顔をしかめながら、向かい側に座る。

「そのことは裁判記録にも残っていない。ね、話した警察官て、誰かわかる？」

深山は舞子に尋ねた。

「当時の江夏《こうか》派出所の三宅宏之《みやけひろゆき》という巡査部長です」

「その三宅さんとアポ取れんの？……」

深山は記憶をたどった。


深山は舞子と明石と共に、三宅の勤務先に向かった。

「三日四日風呂に入らないからってなんだっていうんだよ、なあ、深山？　あれ、深山ーっ？」

歩きながら、明石は深山に同意を求めた。けれど、さっきまで一緒にいたはずの深山がいない。

「深山――――！」

はぐれたことに気付いた明石は慌てて走り出した。


深山と舞子は警備会社『呂布《ろふ》警備』の応接室にいた。

「お待たせしました」

三宅が現れ、深山は「突然すみません」と立ち上がった。そして「深山です」と名刺を渡す。

「呂布警備の三宅です」

さしだされた名刺を見ると、『株式会社呂布警備・取締役三宅宏之』となっている。黒縁眼鏡をかけた、細身の男性だ。

「尾崎です」

「呂布警備の三宅です」

「よろしくお願いします」

　舞子とやりとりをする三宅の顔を見ていた深山に、幼い頃の記憶が蘇ってきた。『キッチンみやま』の前に集まる報道陣を整理していた巡査だ。深山がカーテンを開けて店の外を見ると、振り返った三宅と目が合ったことがある。

「もしかして、あの時の……」

「ん？　どこかでお会いしたかいね？」

「深山です」

　深山は改めて言った。

「深山……」

　三宅は深山の名刺を凝視する。

「ああ、あのときの少年か。ほうか、立派んなって」

「お忙しい中、お時間をいただき申し訳ありません」

「いやいやいや、ま、どうぞ」

　三宅は応接スペースの椅子を勧めた。「で、今日は？」

「当時のことでお聞きしたいことがあるんです。被害者の鏑木美里さんは『誰かに付き纏《まと》われていた』と言っていたそうですが、それを妹さんから聞きましたか」

深山はノートを広げながら尋ねた。

「ああ」

三宅は頷く。

「その情報は上に上げましたか？」

「もちろん」

「でも、どうしてその情報は裁判に出てこなかったんでしょう？」

「それは私の範疇《はんちゅう》じゃない。検察が決めることやから。でも、どうして今更、二十六年も前のことを？」

尋ねる三宅に、深山は水晶を見せた。と、一瞬、三宅の目が泳ぐ。

「……これが殺人現場に落ちてたそうなんです」

「これが……」

三宅が水晶を見る。

「当時、指紋もＤＮＡも検出されなかったため、被害者の持ち物として、ご遺族に返されたんです。でも最近になって、被害者のものではなかったことがわかりました。そして、これは僕の父親のものでもないんです。何か心当たりはありませんか？」

「いや、ないわ」

三宅は即座に答えた。

「いい情報が提供できなくてすまんなぁ」

「なぜ、謝るんですか？」

ずっと黙っていた舞子が口を開いた。「あなたたちの捜査に間違いはなかったんですよね？」

「ああ……」

三宅は一瞬何かを言いたげな表情を浮かべながらも、大きく頷いた。


「馬鹿な！」

金沢地方検察庁の廊下で電話を受けた丸川は、声を上げた。「そんな情報が？」

「おそらく、当時の資料に残っているはずです。調べてもらえませんか？」

深山は言った。

「わかった。今日の夕方から上司が出張で出かけるはずなんだ。それ以降に連絡する」

「お願いします」

深山は電話を切った。

深山と舞子が旅館の部屋に戻ると、ほどなくして明石も戻ってきた。

「ホント、気がついたらいないからさ。ホント探したんだから。もう汗だくだよ」

そう言って明石が舞子の隣に座ると、舞子は息を止めて席を離れる。

「何？」

明石が尋ねたが、舞子は読んでいた資料から顔を上げない。

「三宅さんが上に上げた情報が裁判に出なかったってことは、警察の上層部が握りつぶしたか、検察が隠したってことですか……」

と、そこにガラガラと音が聞こえてくる。

「また来たな！　明石、敷きまーす！」

明石が勢いよく走っていって襖を開けると、佐田が立っていた。

「佐田先生だ！　深山！」

明石は部屋に引き返していく。「今、お茶淹《い》れますね」

「なんで私一人でこんな持たされて……チクショッ」

佐田は由紀子とかすみの分もキャリーケースを引いている。

「どうしたんですか？」

深山はお茶を飲みながら出ていった。

「おまえがのろまなせいでうちの事務所の利益に問題が出るんだよ。そこで私が力を貸して、早期解決を図ってやる」

佐田は深山を指さしながら言った。

「お帰りください」

「おまえに断る権利はない！　とにかく、どこまでいったか説明しなさい」

「お帰りください」

深山は手前の部屋に続く障子を閉めた。

「つべこべ言わずにどこまでいったか説明しろっつってるんだ！」

佐田は深山に閉められた障子を開ける。

「嫌です」

深山がニヤつきながら言うと、佐田はチッと舌打ちをする。

「失礼しまーす」

深山は奥の部屋の襖を閉める。佐田がムキになって襖を開けようとすると、中から素早く襖が開き、明石が立っていた。

「びっくりしたーっ」

佐田は声を上げた。

「佐田先生、金粉入りのお茶でも飲んで落ち着いてください。僕が代わりに説明します」

「金粉？」

佐田は怒りに任せて大声で叫んだ。


「なるほど」

明石の説明を聞いた佐田が頷いた。

「犯人は透明人間です」

「え？」

佐田は問い返した。その唇の端には金粉がついている。

「透明人間」

「ん？」

「透明の……」

明石の言葉に佐田は首をかしげ「バカじゃないのか」と小声で呟く。

「元検事で優秀な佐田先生はどのようにお考えですか？」

佐田の唇の金粉に気づいた深山は笑いながら尋ねた。美里がコンビニに寄らなかったこと、そして誰かに付きまとわれていたという二つの証拠を検察が裁判に上げていなかったことについて。

「逆の可能性があるね」

佐田はムッとしながら答える。

「逆？」

深山はおちょくったような表情で問い返す。

「弁護士から見て検察に有利だと思われている証拠が、実は検察にとっては不利だったとは考えられないか？　私がその事件の担当検事なら、間違いなくその二つの証拠は採用して、裁判に臨むね。残忍な犯行に及んだ被告人を、確実に刑務所に送り込むためにな」

佐田は人差し指を立てて勢いよく振り下ろす。

「光ってるな」

深山は目を見開いて言った。

「たしかに裁判にその二つの証言が提出されていたら、判決を下す上で、決定打になります」

舞子が言う。

「深山、二十六年間解けなかった謎は、検察が表に出さなかった証拠の中に隠されてるかもしれないぞ」

「たしかに溶けてない」

深山は佐田の湯呑みに残った金粉を見て言ったが、佐田はハッハッハ、と得意げに笑っている。

「佐田先生、カッコいいです」

明石が言う。

「おまえたち、そんなこともわからなかったのか？　俺がいないと光り輝きもしない。な？」

佐田は笑うが、舞子と明石も佐田の口元に付着した金粉に気づき目を離せない。

「輝いてるなぁ」

深山は笑いをこらえながら言い、舞子は「……はい」と、困惑しながら頷く。

「で、これがその遺留品か……これ触っていいの、これ？」

佐田はテーブルの上に置いてある水晶を見た。そしてハンカチごと持ち上げ、

「あれ？　あ、これ……あ！」

佐田はかすみも同じものを持っていたことに気づいた。「あ⁉」

「え？」

深山が佐田を見る。

「あ、これ……」

「佐田先生、カッコワルイです」

明石が言う。

「は？　失礼だな君」

「キラキラしてます。ついてます」

明石が自分の唇に触れながら言う。佐田がようやく気づいて自分の唇を拭う。

「反対反対、逆逆」

「……言ってよー」

佐田は気まずそうに言った。


丸川は金沢地方検察庁の廊下で、内田の様子をうかがっていた。

「留守の間、頼んだぞ」

コートを着て、鞄を手にした内田が部下に声をかけている。

「お気をつけて」

部下が頭をさげ、建物を出ていく内田を見送る。丸川は内田が出ていったのを確認し、捜査資料室に入っていった。


深山の部屋には、かすみと由紀子が訪ねてきていた。

「かすみ、持ってきたか？」

佐田が尋ねると、かすみはスマートフォンを深山たちに差し出した。そこには例の水晶がついている。舞子が持っていた水晶の紋章と重ね合わせると、ぴたりと一致した。

「これ……」

舞子が深山を見る。

「ガチーン！　だな」

明石が言った。

「かすみちゃん、これどこで買ったの？」

深山は身を乗り出した。

「買ったんじゃないの。これは有名な縁結びの神社のものなの」

「縁結び？　なんでおまえが持ってるんだ」

尋ねる佐田に、

「彼氏にもらったの」

かすみはあっさり言った。

「カレ？　カレ……カレーシ？　カレ、カレ……あ、動悸《どうき》が……」

佐田は心臓を押さえてうずくまった。

「あなた黙って！」

「佐田先生、超カッコワルイです」

由紀子と明石が佐田に注意をする。

「かすみちゃん、これ、どこの神社のものかわかる?」

深山は再び尋ねた。

「彼氏が登山部に入ってて、その神社は信州の西塞山《せいさいざん》の山頂にあるらしいの。で、天に届くような高さの神社で買った御守りは必ず願いがかなうよって買ってきてくれたの」

かすみは嬉しそうに話す。

「どんなに高くとも私は引きずり落とす」

「あなた、みっともないわよ」

由紀子は佐田に注意をしたが、

「私は頂が大好きなんだ!」

佐田は一人、へそを曲げている。そのとき、佐田は上着の内ポケットからスマートフォンを取り出した。落合から電話だ。

「なんだよ?」

「尾崎先生に代わってください!」

落合が言う。

「なんでだ?」

「彼女に一番に結果を伝えたいからです」

「いいんだよ、私に最初に言えば！」

「ええーっ」

「ええーっ、じゃない！」

「判明しました」

落合は露骨に声のトーンを落として言う。「この水晶は御守りで、西塞山の神社のものです。この神社、恋愛が成就することで有名です――」

「恋愛はもういいんだよ！　二度も同じ話を聞きたくない！」

佐田は落合に八つ当たりをし、電話を切った。

「もう～」

「ものすごくカッコワルイ」

由紀子と明石が軽蔑の目で佐田を見る。

「うるさい！　おまえ、だいたい彼氏っていうのはいつからお付き合いをしているんだ？」

「半年前」

「半年？」

佐田はかすみと話しながら、納得のいかない様子で騒いでいる。と、深山の携帯に丸川から電話が入った。

「もしもし」

深山はテーブルから少し離れて電話に出た。

「騒がしいな」

丸川が言うように「え、知ってたの?」「知ってたわよ」「知ってるの?」と、佐田は今度は由紀子と会話をしながら大声を出している。

「わかりました?」

深山は丸川に尋ねた。

「膨大な資料で、まだ全部は読みきれていないが、取り急ぎ、君に聞かれた第一発見者を調べた」

丸川が続いて何か言おうとしたが「同じ学校に登山部ないじゃないか? 登山部って嘘だろ」と、佐田はまだ騒いでいる。

「ちょっと待ってください」

深山は丸川に言い「お静かに」と佐田たちを黙らせると、スマートフォンの会話をスピーカーにした。

「どうぞ」

深山は丸川に言った。

「第一発見者だが、君の予想通り派出所の三宅と、後輩の小倉《おぐら》という警察官だ」

丸川の声が、旅館の部屋に響く。

「今わかることはそれだけだ。何かわかり次第また連絡する」

「お願いします」

深山は電話を切った。

「発見したのが誰なのかなんて、関係ないですよね？　どうしてそんなことを調べてもらったんですか？」

舞子が深山に尋ねた。

「犯人が警察官だとしたら、現場に指紋やDNAが残ってたとしても証拠から除外されるでしょ」

深山の言葉に舞子はハッと息をのみ、

「透明人間の正体は警察官だったのか！」

明石は立ち上がってピンク・レディーの振り付けをしながら言う。

「だとしたら、三宅さんが犯人の可能性が出てくる」

深山は明石を無視して話を進めた。

「どうして、三宅さんが怪しいと？」

舞子は尋ねた。

「この御守りを見たときに一瞬だけ動揺したから」

深山は言った。「じゃあ行きますか」

深山の言葉に明石は頷いたが、佐田は「どこに？」と尋ねた。

「西塞山」

深山は当然のように言う。

「何言っちゃってんの？」

佐田は思わず笑う。

「え？　わざわざ山登る気？」

舞子も驚きの声を上げた。

「だって、この御守りが本当にそこにあるか、確かめなきゃね」

「四人で行きまーす！」

明石が張り切った声を上げる。

「三人で行けばいいだろ？」

佐田は言ったが……。


翌日、四人は西塞山の『登山道入り口』にやってきた。

「一、二、一、二」

先頭の深山はトレッキングポールを手に、テンポよく歩いている。青いウインドブレーカーにカーキのズボン、黒のレッグカバー、背中には登山用リュックと、完全装備のウェアを装っている。

「足引っ張らないでくださいよ」

深山は佐田の方を振り返って言う。

「馬鹿なこと言うなよ。俺は中学高校と陸上部だったんだよ」

「陸上関係ないですよね」

「足腰が関係あるだろーが」

「こんな完全装備にする必要あります？」

舞子が佐田に尋ねた。

「山をなめるなよ。山はな、何があるかわからないんだよ。それにおまえ、士気を高めるために俺がこれを買い揃えてやったんだから、文句を言うのはやめなさい」

「なんで俺だけコレなんですか？」

最後尾の明石が尋ねた。明石だけはベージュのヘルメットにサファリジャケット、揃いの短パンと、まるで探検隊のような格好だ。

「それはまあ……あれだよ」

佐田は口ごもる。

「行きますか」

深山は前を向き、出発した。佐田と舞子も続く。

「あれってなんだよ。よくこれ売ってたな」

明石はぶつぶつ言いながらも最後尾からついていく。

「おっと、焦んなよ。トランキーロだよ、おまえ」

佐田は、以前部下だった彩乃がよく言っていた言葉を真似して言う。「山に登る前に入山記録をつけな。万が一にも我々が遭難した時のための備えにもなるからな」

佐田は入山受付所の名簿に名前を書いた。

「じゃあ書いておいてください」

深山は言った。

「ダメだよ自分で書かないと」

「なんで?」

「ダメ、自分で。山の神様に怒られるから、ほら、早く書きなさい」

佐田に言われ、歩きかけていた深山は名前を記入するために戻ってきた。そして深山はふと、脇にある過去の記録簿を見た。

「深山、なんか俺、この山に登ったら、今年こそ司法試験に受かる。そんな予感がするんだよ」

明石が言ったが、深山は無視してノートに名前を書く。

「ほら、行くぞ！」

張り切る佐田が声をかける。

「みんな気合い入れて登るぞ！」

そしてなぜか探検隊姿の明石を先頭に、四人は『ようこそ西塞山へ』と書かれた登山口から歩きだした。

「一、二、一、二」

「行けるか、大丈夫か？　ついてこいよー」

まだ歩きだしたばかりだというのに、佐田は最後尾の舞子に声をかける。

「明石、先、行きまーす」

そのうちに階段が現れた。明石は軽快に駆け上がっていく。

「なんなんだよ、あいつは」

佐田は早くも、ハアハアと息が荒くなっている。

「陸上部……じゃ……なかったん……ですか？」

疲れきっている舞子が佐田に声をかける。

「走り幅跳び専門だった……」

立ち止まり、肩で息をする佐田の前を、幼い兄弟がワーッと駆け抜けていく。

「子どもはなんであんなに元気なんだ……ケーブルカーって書いてあるじゃん、深山！」

佐田は『ケーブルカー乗り場この先１００ｍ』という看板に気づいて文句を言う。

「ええ、二十六年前はなかったんで」

深山は笑顔で佐田を追い抜かしていく。

「道中再現する必要はないだろ！　御守りがあるかないか確かめりゃいいんだから」

「再現するにはきちっとしないとね」

「……ンだよ」

佐田は文句を言いながら深山に続く。


三人が山頂の羽津鯉神社の石段を上がっていると、

「あとちょっとだぞ、深山ー！　前向けー、深山ー」

先に到着していた明石が、最後尾にいる深山に声をかけた。深山は顔を上げ、余裕の笑顔を返す。

「頑張れ、あとちょっと、はい、頑張ったー」

明石は、最初にゴールした佐田をねぎらう。

「頂は気分がいいな」

明石は階段の上から山々を見渡し、

「私はやっぱり、頂上が大好きー！」

佐田も空に向かって大声で叫んでいる。盛り上がっている二人を横目で見ながら、舞子が到着し、しゃがみ込む。そして最後に、深山が上がってきた。

「はい、着いたー！　頑張ったー！」

明石が拍手で迎え「ほら、時間ないから」と『神符授与所』に、深山を連れていく。そして二人は遺留品と同じ水晶の御守りを探し始める。

「あ」

深山は『初恋成就　恋愛成就』と書かれた水晶の御守りを見つけ、遺留品の御守りと比べてみる。「おお！　一緒だねえ。確認完了」

ハアハアと息をしながら言う。

「うわーコレ、金魚じゃなくてコイの紋章だってよ」

明石はその御守りを受け取って舞子に見せた。

「え？」

「偉そうに金魚って断言してたのにカッコワル！」

舞子は笑っている明石の足を思いきり踏みつけた。

「アイタ！」

明石は思わずうずくまる。

「じゃ、下りますか」

深山はハアハアと荒い息をしながらも、満足げに踵を返す。

「おいちょっと待てよ……少し、休ませてくれよ！」

佐田が声をかけた。

「すぐに下山して、入山受付所に行きたいんです。当時の入山記録が保管されていれば、そこに三宅さんの名前があるかもしれないんで」

「えー」

「行きましょう」

深山は歩きだす。

「待ておまえ！　下りるのはケーブルカーじゃないのかよ？」

「ケーブルカーの駅は山の反対側なんで」

「山をなめるなよー、クソ」

「行きますよー」

深山は三人を置いて歩いていく。

「……行くぞ」

仕方なく、佐田も歩きだす。「その前にちょっと待って」

「あ、俺も」

明石は授与所に戻って巫女に「すみません。弁護士になれるお守りください、効くやつ。弁護士に効くやつ」と言う。

「娘がー、彼氏と今すぐ別れますようにー。よし、行こ」

佐田は拝殿の方に行って手を合わせた。

「……サイテーの父親」

舞子は心底、呆れていた。

入山受付所に戻ってきた一同は、山小屋の奥のスペースで入山記録を見せてもらうことになった。

「これが二十六年前から三十年前の五年間の記録です」

従業員は一九九一年一月から遡《さかのぼ》った入山記録をどさりとテーブルの上に置いた。三十センチほどの冊子の山がいくつもある。

「ありがとうございます」

深山は礼を言った。

「え、五年分？　これ全部見るんですか？」

目を丸くする舞子に、深山は「もちろん」と頷いた。

「嫌なら負け犬のようにしっぽ丸めて帰っていいんだぞ。ここには弁護士になることを約束された男がいるからな」

明石は首から十個ほどさげた御守りを見せつけた。舞子は一瞥すると、すぐに座って無言で入山記録を調べ始める。

「無視かよ……無視かよ！」

そう言いながらも、明石も作業を始める。

「おまえこれ早くやらないとさ、日が暮れちゃったら帰れなくなるよ。ある程度はしょってさ」

水を飲んでいた佐田が、ようやく息を整えて言うと、

「早期解決のために来てくれたんですよね？」

深山は佐田の顔を見た。

「……そうですけど」

佐田は持っていたボトルを乱暴にテーブルに置く。

「ガン、ってやらない」

深山が佐田の肩を叩く。

「クッソー」

佐田は顔をしかめながら重い資料を持ち上げて、舞子の向かい側の席にリュックを置き作業を始める。そして背中合わせに座った深山にも、ぶつかっただのなんだのと文句を言っている。

「静かにできないんですか?」

舞子が注意すると、

「早く帰りたいじゃん、だって」

と、まだ文句たらたらだ。それでも四人で手分けし、五年分の膨大な入山記録を調べ始めた。

丸川は資料室で捜査資料を調べていた。何か手掛かりはないかと資料をめくっていると『鑑定結果2』というページが出てきた。そして丸川はそのページを凝視した。そこには殺人現場で発見された折りたたみ傘の柄の部分の写真が載っていた。

『1.指紋採取者　金沢北警察署司法巡査　小倉学』

『1．採取部位（ア）柄部分（イ）生地部分』

『2．採取指紋（ア）柄部分　右手　Aは中指、Bは中指末節……（イ）生地部分　左手Aは小指、Bは中指……』とあるのを確認しながら、丸川は「え？」と驚きの表情を浮かべた。


大友は『32期　司法修習同期会』に出席するため、都内のホテルに来ていた。そこに電話が入ったので、人目を避け、会場の外で電話を取る。

「そうか、いやいや……ああ。すでに死亡してるか。いやあ、手間を取らせたね。ありがとう」

電話を切ったところに「大友」と声をかけられ顔を上げる。

「おお、斑目。元気か？」

大友は立ち上がり、会場から出てきた斑目に向かって手を上げた。

「ああ。実は、うちの深山先生が、今、金沢に行っててね」

「……そうか」

「君のところに何か報告がいってないかと思ったけど……」

「ええ？　いやあ俺は何も知らんな」

「今更新しい事実が出てくるとは思えない。君が心配することは何もない」

斑目が言うと、大友は肩を揺らして笑う。

「それを聞いて、俺が圧力をかけるとでも？」

「まさか。大介の事件は、もう終わったことだ」

「そうだとも」

「だが、もし深山先生が何かを掴んだとしたら、その時は誰の邪魔も入ってはいけない。私は彼を、全力で守るよ」

斑目は大友に一歩近づき、真剣な表情で言った。大友が笑顔を返すと、斑目は会場内に戻っていく。大友の顔からはスーッと笑顔が消えた。そして険しい表情で振り返り、斑目の背中を睨みつけた。


山小屋の窓の外が闇に包まれても、入山記録のチェックは続いていた。

「遅くまでご苦労様です」

近所のおばあさんが、握り飯とインゲン料理を持ってきてくれた。

「いただきます。普通で美味しい！」

深山が声を上げる。

「美味しいでいいじゃん」

向かい側に座った明石が注意する。

「佐田先生。まだそれだけですか？　元検事ですよね？　もっと早く確認してください」

舞子が、佐田の作業ぶりを見て驚きの声を上げた。何ごとにも優秀な舞子は事務処理能力が高く、名前のチェックがダントツで速い。

「……デリカシーのない言い方」

佐田は悔しそうに歯をギリギリ言わせながらも空腹を感じ、「腹に入れとかないと」と、インゲン料理に手を伸ばす。

「食べたかったら手を動かしてください」

舞子は料理の入った皿を取り上げた。そして自分が「いただきまーす」と食べ始める。佐田は舞子を恨みがましく見た。


それからしばらく経ち……。

「三宅……三宅……ない！」

佐田が最後の入山記録を閉じ、作業が終わった。

「こっちもない」

明石も言う。

「もうここの分は全部見ました」

舞子がインゲン料理を食べながら言う。

「ということは」

とっくにチェックを終え、腕組みをしていた深山が言う。「三宅さんの名前はどこにもない」

「やっぱり透明人間なんだよ！」

「よし！　席交換してもう一回ダブルチェック」

疲労困憊といった様子の佐田が言う。

「ええええ！」

明石は文句を言ったが、

「トリプルチェック！」

佐田は声を上げた。「私もね、できればやりたくないんです。疲れ切って眠いし、この人食べさせてもくれないし。しかしここまで来て、チェックミスなんてことは私が関わってる以上、許されないんだよ！」

佐田の言葉に、深山はニヤリと笑い、立ち上がった。

「じゃあお皿持って移動しますか」

深山が立ち上がる。

「皿は持たなくていいだろう」

佐田が言う。

「じゃあ食べないんですね？」

「食べるよ！　ただ、同じもんだからいいじゃないか！」

佐田は空腹のせいかものすごい剣幕で怒鳴り散らす。

「やるぞ、明石！」

そして、まだ文句を言っている明石に声をかけた。先ほどとテーブルをチェンジし、舞子は明石がいた場所に、佐田は深山がいた場所に、深山は舞子の場所、明石は佐田の場所に、それぞれ席を替わる。

「しっぽ巻いて逃げたらいいんじゃないですか、明石さん」

舞子は明石を挑発するように言った。そしてまた作業を開始させる。

「三宅……ない。三宅……ない。三宅、三宅……三宅三宅三宅……」

佐田は口に出しながら確認している。舞子は淡々と作業をこなしている。明石が全く動かないので深山が見ると、目を開けたまま寝ているので、パン、と顔の前で手を叩く。

「ホンットお腹すいたんだけど。ちょっとだけもらって——」

佐田が握り飯に手を伸ばそうとすると「ダメ！」舞子がすかさず手の甲を叩いた。

「痛い……！」

「食べるのは終わってから！」

「自分は終わる前に食べてるじゃん」

二人は子どものように言い合いになる。

「三宅……ない。三宅……ない」

佐田が仕方なくまた作業を始めると、

「あった」

深山が声を上げた。

「え？」

皆が深山の見ていた入山記録を見る。深山は入山記録を指さしたまま、黙っていた。

（第三者があの事件に絡んでいたということか？）という丸川の言葉……。

（深山先生が中にいたら絶対に入りません）という舞子の言葉……。

（二十時以降は客は誰もこんかったよ）というコンビニの店長の証言。

深山自身が導き出した、大介がコンビニの前で美里を降ろしたけれど、美里は立ち寄っていなかったという事実――おそらく、中に会いたくない人物がいたからだという推測……。

そして（弁護士から見て検察に有利だと思われている証拠が、実は検察にとっては不利だったとは考えられないか？）という佐田の言葉と、美里が持っていたという縁結びの神社の御守りを見せたときに動揺して泳いだ三宅の目……。

さまざまな言葉や出来事が深山の中でつながっていく。

「美里さんに付きまとっていた……透明人間」

深山は呟いた。そして、インゲン料理が入っていた皿を見て、ハッと立ち上がる。

「……どうしたんだ、深山」

佐田は深山に声をかけた。だが深山は山小屋を飛び出して全力で走って行ってしまう。

「おい深山！」

「どこ行くんだ、深山！」

三人も深山を追った。深山はしゃがみ込み、山小屋の外にある一盛99円の野菜の販売スタンドのカゴをあさり始める。

「何やってんだ、深山。意味不明なんだけど」

「それ、野菜だぞ」

「ねえ、なんか怖いんだけど、意味不明すぎて」

佐田と明石が声をかけると、

「あった」

深山は言い、立ち上がった。そして佐田達の方に向き直る。

「怖い怖い、その顔」

佐田はわけがわからず怯えている。

「透明人間……と、美味《うめ》いいんげん」

深山はインゲンを手に持ち、渾身《こんしん》のギャグを口にする。

「……三十二点」

明石は呟いた。

「すげえの出た、なんかすげえの出た」

佐田は大爆笑だ。

「……なんなのこれ」

舞子はこれまで避けていた明石に近づいていって尋ねた。

「すぐに慣れる」

明石はそう答えるしかない。深山がしょうもない親父ギャグを言い、なぜか佐田だけがツボにハマる。何度も繰り返された光景だ。

「うまくかかってるじゃん、形容詞と……」

笑っている佐田に向かって、深山は「待て」とばかりに右手を出した。

「何？」

不思議そうに問いかける佐田に、深山はキュウリとトマトを手に持って
「キュウリ走り出して、トマトったでしょ」

と、言う。

「やばいやばい！」

佐田は大喜びで手を叩いている。

「この瞬間は親友なんだけどね」

明石は舞子に言った。

深山はさらにナスを手にして、

「ナスすべなし」

と、ニヤニヤしながら言う。

夜の山に、佐田の笑い声が響いていた。


東京に戻ってきた深山は、佐田と舞子と共に、検察庁の廊下を歩いていた。やってきたのは大友の個室だ。

「お時間、取らせてすみません」

佐田は丁寧に頭を下げた。斑目に間に入ってもらい、どうにか時間を作ってもらったのだ。

「話があるなら手短に頼むよ」

大友は言い、ソファに腰を下ろした。

「僕の父親の事件に関してです。被害者のご家族に返された遺留品の中からこの御守りが出てきたんです」

深山は封筒の中から御守りを出した。「しかし、妹さんの証言でこれは被害者のものではないことがわかりました。もちろん、僕の父親のものでもない。つまり現場には、第三者がいた。父が犯人じゃない可能性が生まれたことになります」

深山の説明を聞いていた大友がフンと鼻で笑う。

「何を今更……」

「まず」

深山は話を続けた。「証拠となった傘についてお聞きします。傘についた指紋は誰のものだったんですか？」

「君の父親と、被害者の女性のものだ」

大友は言った。

「その二人だけですか？」

「そうだ」

「おかしいな。僕が調べた限りでは、遺体の第一発見者である警察官の指紋がついてたってあったんですが」

「どこからの情報だ？」

「重責を深く自覚し、常に公平誠実に、熱意を持って職務に取り組む人からです」

それは、丸川から電話で聞いたことだ。

「その警察官の指紋って、証拠から除外しました？」

「……覚えちゃいないが。誤って触れてしまった指紋で警察官を逮捕していたら、キリがない」

「普通手袋をしますよね？　そんな素手で触るようなドジな警察官がキリがないほどいるんですかね」

深山は皮肉めいた笑みを浮かべる。

「何が言いたい」

大友も薄く笑う。

「警察官の指紋があったかどうかの確認です」

「二十六年もの間、何件の事件を担当してきたと思っている。全てを覚えていられるわけじゃない」

「では、被害者の鏑木美里さんが、誰かにしつこく付きまとわれていたのはご存知ですか？」

「うーん、どうだったかな」

「こちらも記憶にない。僕はおそらく、付きまとっていた男性こそがこの事件の真犯人だと思いました」

「ほう」

「僕の父親はコンビニの前で、美里さんを降ろしました。なのに美里さんはコンビニには立ち寄っていなかった。おそらく、中に会いたくない人物がいたからだと思います」

「客はいなかったという証言が上がってたはずだが……」

「検察に有利な証言は覚えてるんですね」

舞子がすかさず言う。大友は憮然と舞子を見た。

「その通りです。『お客さんは』誰もいなかったんです」

深山は意味ありげに微笑んだ。


西塞山で佐田とのダジャレ合戦を終えた後、深山は元コンビニ店長の藤原宅に電話をかけていたのだった。

「夜遅くにすみません。事件の夜、店内にお客さん以外の方はいませんでしたか？　お客さんではない人物が、店内にいたはずです」

「そう言われれば……おったな。交番のお巡りさんが」

藤原は言った。


「お客はいなかったけど、巡回中の警察官はいたんです」

深山の言葉に、大友は眉をひそめた。

「清掃員とか駅員とか、制服を着て働いている人物はその場に溶け込み、人の記憶に残らない……まあ、『透明人間』になってしまうことがある。二十六年前のあの時、コンビニの店長は、警察官は最初から事件に無関係の人間と考え、『誰もいなかった』と答えたんです」

佐田が補足するように、説明した。

「おそらく美里さんはその警察官と顔を合わせたくなかったから、コンビニに入らなかった」

深山は言ったが、

「憶測だ。こんなの時間の無駄だよ」

大友は取り合わない。だが深山も気にせずに続ける。

「次は現場に落ちていた御守りです。これが誰のものか。僕たちは御守りが売られていた西塞山に登り、二十六年前から三十年前の入山記録を確認しました。そこに名前があったんですよ。犯人であろう男の名前が」

深山の言葉に、大友の頬がピクリと動く。

「入山記録のコピーです」

舞子がテーブルの上に紙を置いた。深山がその紙を大友の前に滑らせる。

「三宅宏之さんはご存知ですね？」

「……さあ」

大友は首をひねった。

「事件当時、あの地域の派出所の警察官だった方です。遺体の第一発見者ですよ。覚えてるでしょう？　で、三宅さんに会つて、入山記録に名前があった男のことを聞いたんです。三宅さんと同じ派出所に勤めていた小倉学《おぐらまなぶ》さんのことをね」

深山の言葉を、大友は微動だにせずに聞いている。佐田は入山記録を指さした。そこには、事件と同じ年の五月四日の欄に『小倉学９：　小倉学』とあった。

西塞山で入山記録を入手し、コンビニ店長と丸川からの情報も得た深山は、金沢から戻ってくる前にもう一度、三宅と会った。

「美里さんに付きまとっていたのは、小倉さんだったんですよね？」

深山が尋ねたが、三宅はうつむき、何も言わない。

「小倉さんは同じ御守りを持っていませんでしたか?」

舞子がテーブルの上に置いた御守りを指しても同様だ。

「一緒の現場にいたなら、彼が傘を触ったのも見たんじゃないですか? おかしい、と思ったんじゃないですか? そもそもあなたは小倉さんが被害者に好意を持っていたことに気がつかれていたんじゃないでしょうか?」

佐田が畳みかけるように言うと、

「私は……」

三宅は絞り出すようにそれだけ言い、首をひねる。

「その上で、彼が犯人じゃないかと疑っていたんじゃないんですか。だから、深山の父親が犯人とされたまま死亡したことに対して、ご自身の疑いの念を押し殺してきたんじゃないんですか?」

佐田がさらに言うと。深山は「三宅さん」と呼びかけ、身を乗り出した。

「あなたを責めるつもりはありません。僕はただ、事実を知りたいだけなんです」

「この男は、自分の父親が犯人にされたんです。もう、傍観者を続けるのは、よしてください」

深山と佐田が三宅に迫る。三宅はなおも苦悩の表情を浮かべていたが、「お願いします」と佐田が頭を下げた。三宅は大きくため息をつき、小さく何度か頷くと、ついに口を開いた。

「……たしかに、彼がその御守りを持っとった」

二十六年前、江夏派出所で、小倉は自分の机で御守りを見つめていた。

(縁結びの御守りなんです。彼女、きっと喜ぶやろうなあ)

(小倉、おまえにもそんな相手がおるんやな?)

三宅は冷やかすように言った。

(うまくいったら紹介しますよ)

小倉は照れくさそうに告げた。

(ほうか、ああ)

三宅は笑顔を返した。


「そして事件が起きて……」

三宅は深山たちに説明を続けた。

三宅と共に現場となった山へやってきた小倉は、林の中に入っていった。そしてしばらくすると、大声で三宅を呼んだ。

(三宅さんいました、いました!)

小倉の声がする方に三宅が走っていくと、セーラー服姿の美里が倒れていた。小倉は美里の口元に手を近づけ、息をしていないか確認している。

（死んどります）

小倉は言った。そして（あ！　傘があります！　彼女のもんじゃない）と、近くに落ちていた傘を拾い上げた。先ほどまでは軍手をしていたように思ったが、素手だ。

（馬鹿野郎、素手で触るなー）

三宅は軍手をはめた手で、慌てて傘を取り上げた。

（すみません）

小倉は言った。


それからすぐ、三宅と小倉は石川県警の一室に呼びだされた。

（小倉！　殺人事件の大事な証拠品を素手で触るとは、何事か！）

県警の刑事が、鑑定書を机の上に叩きつけた。（あほんだら！　警察学校で習うてこんかったんか！）

（大変申し訳ありませんでした）

小倉は深く頭を下げた。三宅はその様子を複雑な思いで見つめていた。

「傘には小倉の指紋が二箇所にあった。小倉は一回しか触れとらん。しかも、左右の手の指紋やった。どういう状況でそうなったのか、私は理解に苦しんだ」

三宅は言った。「君のお父さんが起訴されてからやった……私は小倉を怪しむようになった。落ち着きがなくなったり、以前から好きだと言っていた女性のことを、いっさい口にしなくなった。そのとき、付きまとっていた男がおったという妹さんの証言を思い出した。そういえば派出所の前を通りかかる被害者に、小倉が親しげに声をかけとったのを思い出して……」

小倉は美里が通ると「テストはどうやった?」などと声をかけていたという。

「私はその疑念を上司に報告した。そやけど上司は『わかった』と言ったまんま、再調査をすることはなかった……」

三宅はかけていた眼鏡をはずし、目と目の間をもむような仕草をした。

「すでに起訴され、レールに乗っていたから……」

舞子の言葉に、三宅は二、三度小さく頷いた。


深山は、三宅から聞いた話を大友に伝えた。

「あなたは覚えていないと言いましたが、疑念を押し殺せなかった三宅さんは、上司が取り合ってくれなかったから、あなたに報告したと言っていました」

深山は言ったが、大友は無言だった。

「こんな重要な報告、覚えてないわけないですよね」

舞子に問いかけられ、大友は当時を思い出した。


二十六年前――。

（君は小倉が真犯人だと、百パーセントの確証を得ているのか？）

検察庁の廊下で、大友は三宅に尋ねた。（そこまでして小倉がシロだったら、どうする？　警察と検察を揺るがす、大事件になるぞ？　そうなったら我々の首を差し出すだけで済む問題じゃなくなる）

半ば脅迫するように、大友は言った。

（しかし……）

三宅は尚も食い下がろうとしたが、大友は威圧的な口調で言った。

（条件が揃ったからこそ、深山を起訴したんだ。それに、最後に裁くのは私たちじゃない。もし、私たちが間違えているとすれば、それを判断するのは裁判官だ）

「この事実は表に出ることなく、裁判は始まり、父には有罪判決が下った」

深山大介に出た判決は、無期懲役だった。少年だった深山はその裁判を傍聴していた。

「三宅さんは全てを話してくれました。犯人は小倉学さんで間違いないでしょう。小倉さんは、証拠が除外される警察官だったからこそ、現場に父と美里さんしかいないという状況を作り、透明人間を演じることができたんです。事件の真相は、おそらくこうです」

深山は自らの推測を語りだす。

あの晩、美里はコンビニの前で大介の車から降りた。いつものように妹にシュークリームを買うためだ。美里がいつもコンビニに寄ることを知っていた小倉は、巡回という名目で、店の中で待っていた。ガラス越しに目が合った美里は、店の中には入らずに逃げ出した。

「あの日、コンビニから去る美里さんを見かけた小倉さんは、後を追いかけて交際を迫った。しかし、それを美里さんが拒み……」

（これ縁結びの御守りやから）

小倉は美里に追いつくと腕をつかみ、もう片方の手でポケットから御守りを出し、美里に渡そうとした。

（お断りしたはずです）

美里は拒んだ。

（もう一回、考えてくれんか？）

だが美里は振り切って再び駆け出した。

（やめてー！）

美里はどんどん山の中に入っていった。

（待って！）

小倉は尚も追いかけ、美里を捕まえた。美里は必死で抵抗し、もみ合いになった。そのときに御守りが地面に落ちた。

（なんだよ！）

小倉は逆上し――。


「美里さんは傘で必死に抵抗した」

深山は言った。そして小倉がとっさに傘を掴み、指紋が付着した。

「カッとなった小倉さんは思わず彼女を殺してしまった」

（なんでだよ、なんでなんだよ！）

小倉は我を失っていた。美里が仰向けに倒れ、自分が何をしたかようやく気づいた小倉は、現場から逃げ去った。

　そして翌日……。

「現場で遺体を見た際に、もみ合った時に傘を触ってしまったことを思い出したんでしょう。だから、指紋が残るように、わざと素手で掴んだんです。でも、逆の手で掴んだとは思わずに、三宅さんに疑われる原因となった」

　深山の推測を、大友は厳しい表情で聞いている。

「美里さんがコンビニに立ち寄らなかったことと、誰かに付きまとわれていたという有利な証言を、あなたが裁判に引き出さなかったのは、検察の主張にボロが出ることを避けるためだったんじゃないですか？」

「……まあ、なんとも素晴らしい想像力だな」

　大友はふてぶてしい口調で言った
「小倉さんのことについてはこちらで調査を行いました。警察を辞めたあと海外に移住しています。ただそのことにより、時効が成立していない可能性があります。必ず彼の居場所を突き止めて再捜査を要求し、当時の捜査がいかに杜撰だったかを証明します」

　佐田が言うと、大友は立ち上がり、深山たちに背中を向けた。

「君達の努力は尊敬に値する。弁護士が君達のような奴らばかりになったら、検察も裁判官もおちおちしてられんな」

その言葉を聞いた舞子は、大友の背中を睨みつけた。

「しかしな、今更掘り起こしてもどうにもならんぞ」

「私の部下はですね。あなたにとっては一つの小さな事件でも、犯罪者の家族として苦しんできました。その責任は取っていただきたい」

佐田が勇気を振り絞って言うと、大友は振り返った。

「小倉は、すでに亡くなっている。チベットの山に登り、三年前に滑落して亡くなった。これは外務省からの情報だから、確かだ。残念だったな」

「残念なことなどありません」

深山は言った。「僕はただ事実を知りたかっただけなので」

大友が、深山と視線を合わせた。深山は立ち上がり、ゆっくりと大友に近づいていき、向き合った。

「あなた、小倉さんのこと調べてたんですね。どうしてですか?」

深山は鋭い眼差しで大友を見つめた。大友も深山を見ていたが、先に目を逸らした。数秒間沈黙が流れたが、深山はソファに置いていた鞄を手に、部屋を出ていった。すぐに後を追おうとした佐田だったが、足を止め「大友さん」と呼びかけた。

「あなたにとって深山の父親はなんだったんでしょう？　なぜ深山の父親を犯人にしなければならなかったのですか？　いっそ個人的な恨みがあったからだとでも言われた方が、まだ深山は納得できたかもしれません。検察は『最後に裁くのは裁判官だ』と言う。裁判官は『検察が上げてきた証拠だ』と言って判決を下す。そして我々弁護士も、時に依頼人の利益を優先して、打算的になることがある。裁かれる人の人生には誰も責任を負おうとしない。裁判とは、いったい誰のためにあるんでしょうね」

佐田はそう言って、部屋を出た。立ち尽くす大友を残し、舞子も二人を追った。

深山は再び金沢に行き、鏑木美由紀のアパートを訪ねた。そして、美里の仏壇の前で手を合わせた。

「当時、交番のお巡りさんやった三宅さんから手紙をもらわなきゃ、ずっと誤解したままやった」

美由紀は言った。テーブルの上には、三宅から来たという手紙が置いてある。何枚もの便せんに書かれた最後には『深山大介さんと、また事件の真相を知ろうと私を訪ねてきた息子の大翔さんの思いも受け取り、お手紙とさせていただきます』と結んであった。

「本当にごめんなさい。お父さんにも謝らんと……。ごめんなさい」

頭を下げる美由紀に、

「謝らないでください」

深山は言った。そして、美里の遺影をじっと見つめていた。


美由紀のアパートを出た後、深山は丸川と公園で落ち合った。

「そうか……最後まで認めなかったか」

「ええ」

深山は頷いた。

「結局、小倉も海外に移住していた期間はわずかで、時効も成立か。真犯人がわかったっていうのに、現在の司法システムでは君のお父さんを救うことはできない」

丸川は静かに、だが激しく憤っている。

「……もし、今回協力してもらったことで、この先あなたに対して、見えない力が働いたとしたらそれは申し訳なく思います」

その言葉に、それまで遠くを見ていた丸川は、しっかりと深山の方を見た。

「今回の件は私の判断であり、私は自分の中にある信念に従ったまでだ。もしそうなったとしても悔いはない」

「そうですか」

深山も丸川の目を見て言い、立ち上がった。「いろいろとありがとうございました。では」

「深山先生」

丸川は立ち上がり、深山を呼び止めた。深山は振り返る。

「この大きな過ちに対し、事件に関わった全ての検察官、裁判官は誰も君に謝らないだろう」

丸川は深山に近づいてくる。「同じ立場の人間として、せめてもの償いに」、そして、深々と頭を下げた。深山は黙って背を向け、歩きだした。


舞子は日比谷公園のベンチに座り、これまで記録だけを読んで、有罪だと判決を下してきた自分を振り返っていた。

「ゲコ」

舞子は両手の指を組み合わせ、腹話術の声を出した。「『起訴状に書かれたことが君達にとっては事実。でも、本当の事実は違う』ぴょん」

そして指と声を元に戻すと、

「……麻痺してんのかな」

舞子はため息をついた。

（日本の裁判官は「疑わしきは被告人の利益に」という大原則を軽んじてる気がする）

今度は、斑目の言葉を思い出す。舞子の頭の中を、連行されていく青年の姿がよぎっていく。

舞子は鞄から取り出した弁護士バッジを上着につけ、決意に満ちた表情で歩きだした。


深山が大介の墓地にやってくると、斑目が手を合わせていた。

「大介の思いを……果たすことはできなかったか」

斑目は立ち上がって無念そうに言う。

「でも、事実は見えたんで」

「しかし、無実を証明できてない」

「無実を証明できても、父は戻ってこない」

深山は墓に供えた二つのおにぎりを見つめた。海苔の髪の毛と顔がついたおにぎりだ。

（いただき……マングース）

大介と二人でおにぎりを食べた光景が蘇ってくる。

（うまいねこれ）

（普通で美味しい）

幼いくせに、深山は生意気な口調で言ったものだ。

「だから、たった一つの事実が見えたこと。それだけで十分です」

「大友から連絡があってね。辞職したそうだ。あいつなりにケジメをつけたってことかな」

斑目は言った。「ただね、本来は大友だけが責任を取れば済むって話じゃないんだ。最後の砦《とりで》である裁判所において、裁判官が公正に真相を見極められなかったことにも問題がある。我々が戦う相手は闇が深いな」

斑目が言うと、深山は何も言わずに去っていった。

「大介。すまないな。でも……やっと終わった」

斑目は深山家の墓に、小さく微笑みかけた。


検察庁から出てきた大友は、立ち止まって庁舎を仰ぎ見た。そして深く一礼し、立ち去った。


斑目法律事務所の刑事事件専門ルームでは、舞子が契約書にサインし、印鑑を押していた。そして、斑目に渡す。

「では、就任のご挨拶をお願いします」

藤野が言ったが、

「俺は絶対に認めない！」

明石は叫んだ。

「こうなってしまったか」

佐田も不満げだ。

「弁護士の立場から、法曹界を見直したいと思います」

舞子が言うと、藤野と中塚が「よろしくお願いします」と、にこやかに言う。

「いい抱負だね」

斑目も満足げだ。

「よろしくお願いします」

舞子は皆に頭を下げた。

「ということで、新しい案件だ」

斑目が案件の書類を掲げると、深山が受け取りに来る。そしてリュックを背負うとすぐに出ていった。舞子も鞄を取って、一緒に部屋を出ようとする。

「へ？」

深山は舞子の顔を見た。

「私も一緒に行きます。それと、私、麻痺してませんから」

「……ふうん。あ、ズボン、やぶれてるよ」

「え？　ん？」

舞子がズボンを気にしているうちに、深山は一人で部屋を出ていく。

「ん？」

ズボンがやぶれていないかチェックしていた舞子は深山がいなくなったことに気づき「あ、待って！」と、追いかけていく。

「いいチームだね」

斑目は微笑ましく二人を見送った。

「男性弁護士と女性弁護士が茶化し合いながら出ていく。一年前と全く同じ光景だ。先が思いやられるな、これは」

佐田は頭を抱えた。

「君も民事と兼任できるんだから、もっと素直に喜べばいいんじゃないか？」

「そうですね。よかったー……ってそんなわけないでしょ！」

佐田は斑目を睨みつけた。

「どこがやぶれてるんですか！　もう、待ってくださいよ！」

舞子は深山に追いつき、並んで歩きだした。

「だから……やぶれてるよ」

深山はもう一度舞子のズボンを指す。

「え?」

キョロキョロしている舞子を見て、深山は楽しそうに笑った。

第3話

前代未聞の出張法廷！　裁判官の思惑

十月に入り、秋の気配が濃くなってきた。

『いとこんち』のカウンターには、相変わらず加奈子がいた。その横で、坂東が観葉植物に水をやっている。

「ちょっ、何それ」

「ん、これ？　パキラっつーんだ。お客さんにもらったんだよ。幸せになれるんだって」

こけし模様の鉢にアフロ頭のようなコケ玉が植えてあり、さらにそこにパキラが植えてある。

「幸せになりたいの？　その風貌で」

「風貌関係ないだろ！」

坂東が声を上げたところで、

「はい」

厨房で料理を作っていた深山がカウンターに料理を出した。

「きゃあーーー美味しそう！」

加奈子が声を上げる。

「お、すごいな」

坂東も、テーブル席に座っていたアフロの常連客も、カウンターをのぞき込んだ。

「はい。焼酎煮豚と奈良漬け和え」

深山はそう言いながら自分もカウンターに出てきて、加奈子の手前に腰を下ろす。

「美味しそー！　いただきますー！」

加奈子は箸を手に取った。

「いただき松任谷由実」

深山は両手を合わせていつものダジャレ挨拶をした。

「松任谷由実」

加奈子が深山に続くと、

「荒井由実」

背後からアフロおじさんが言う。

「旧姓ね」

加奈子の隣の席でスマホをいじっていた明石はついつい、言ってしまう。そして……「ん？　誰だ？　J.Cって誰だ？　ジャッキー・チェンか？」

スマホでニュースをチェックしていた明石は、眉根を寄せた。画面には『ロック界のカリスマ

ＪＣが殺人に関与？　警察に任意で取調べを受ける』と、タイトルが出ている。

「ジャッキー・チェンはおまえ、ロック歌手じゃないだろ」

スマホをのぞきこんだ坂東が記事を見て言うと、加奈子が「ん？」と箸を止めて、ニュースの内容を読み上げた。

「『先日、都内でジャーナリストの安田尚樹《やすだなおき》さんが殺害された事件で、殺害された安田さんとある大物ロック歌手Ｊ……．Ｃに意外な関係があるとわかった。被害者であるジャーナリストの安田さんは、Ｊ……．Ｃのある弱みを握り、恐喝していた可能性がある。警察はＪ．Ｃがこの事件のなんらかの事情を知っているとみて、任意で何度も取調べを行っているという』」

加奈子はいつものようにクセのある読み方をする。

「ううう、誰なんだ、Ｊ．Ｃ」

明石は気にしている。

「Ｊ．Ｃね……」

坂東は腕を組んで考え始めた。そしてふとついているテレビを見上げ、「ああー、勝手おじさん？」と、声を上げた。以前、この店に来店した佐田を明石が「勝手おじさん」と呼んでいたのだが……。

「え？」

振り返ってテレビを見上げた深山が眉根を寄せる。

『何度も申し上げている通り、茅ヶ崎《ちがさき》さんはこの事件に関与はしておりません。これは明らかに不当な捜査であります！』

テレビでは佐田が会見を開いている様子が映っている。佐田の隣にはミュージシャンのジョーカー茅ヶ崎が渋い表情で座っていた。

「J．Cってジョーカー茅ヶ崎さんかよ！　J．Cっていうなよ、茅ケ《ちが》ちゃんだろうが！」

明石は立ち上がり、テレビを見て興奮している。熱弁を振るう佐田の横には、黒い革ジャンにリーゼント、口ひげ顎ひげにゴツいネックレスというでたちのジョーカー茅ヶ崎が座っている。

茅ヶ崎はもうかなりの年齢だが、すらりとした体型を保っているせいか、カリスマ性は全く失われていない。

『なぜ実名を出してまでこのような会見を開こうと思ったのですか？』

記者が質問すると、

『それは……』

茅ヶ崎が口を開いた。

『ネット上に拡散している間違った情報に対して、身の潔白を証明するためであります』

佐田は茅ヶ崎を遮って言う。

『ジョーカーさん、殺害されたジャーナリストの安田さんの事務所から、あなたが出てくるのを目撃された方がいるそうですが』

『何か情報を掴まれ、安田さんに脅迫されていたのではありませんか？』

記者たちのさらなる質問に『あのねえ』と茅ヶ崎が反論しようとするが、

『潔白だからこそ、取調べは任意であるにも関わらず、何度も応じてきました。ただそのことによって、これほどの風評被害が広まっております。このような根拠のない捜査をぜひとも謹んでいただきたいと思っております！』

佐田はすぐに遮り、早口でまくしたてた。

「茅ヶちゃん！　俺、大ファンなんだよ。佐田先生が顧問弁護してんだな。よし、今度サインしてもらおうっと！」

明石は俄然、張り切り始めた。

『守秘義務がございますので、こちらでお答えすることはできません。このような報道が……』

佐田は相変わらず、茅ヶ崎が答えようとすることを全部自分がさらって喋りまくる。

「目立ちたがりだねえ」

深山はそれを見てニヤリとした。

「やっぱり先生ここにいた。〆切間近になると必ずここに来るんだから。帰りますよ、もう！」

そこにアフロおじさんのアシスタントが飛びこんできて、おじさんの頭からかつらを取る。おじさんは有名な漫画家だ。そして強引に立たせて連れていこうとする。

「ツ、ツケといて！」

おじさんは坂東に会計をツケにしてもらうよう頼むと、

「ほら、〆切、〆切！」

アシスタントに引きずられながら店を出ていった。

「何者？」

加奈子は首をかしげて二人の背中を見送り、坂東はテーブルに置きっぱなしになっていたかつらを手に取り、忘れ物……と、かざした。


「ジョーカー、ジョーカー、ジョーカー！」

会見場となっていたビルの駐車場に続くドアを出てくると、茅ヶ崎のファンたちが待ちかまえていた。みんな茅ヶ崎とお揃いの指空きの黒いレザーグローブをはめて、ジョーカーコールをしながらジョーカーポーズをしている。

茅ヶ崎はファンたちに近づいていき、差し出されたＤＶＤジャケットやタオルにサインをし始めた。ギター、ベース、ウッドベースなど大きなものもある。

「信じてるよ、俺は！」

「頑張ってください！」

ファンたちは口々に叫び、ジョーカーは何度も頷いた。


舞子は『うどん鳳亭』の前にやってきた。店の前でしばらく足を止めていたが、襟の弁護士バッジに触れてから、気持ちを整理するように一つ息を吐いて、入っていく。

「いらっしゃい！　おお！舞子ちゃん！」

舞子だと気づいた店主が、嬉しそうに声を上げる。

「こんばんは」

「マドンナ帰ってきたよ！」

「ちょっとやめてください」

舞子は慌てて店主を止めた。

「いつものでいいか？　かけとおにぎり」

「あ、はい」

舞子は笑顔で頷いた。

「あいよ。あ、懐かしい人たちも来てるよ……ほら、川上さん、舞子ちゃん」

と、店主は、奥の大テーブルの一辺に並んで座っている川上たちに声をかけた。

「おう、尾崎」

川上に声をかけられ、舞子は深々と頭をさげた。川上の両隣に裁判官時代の先輩である山内《やまうち》徹《とおる》と、当時の上司であった遠藤啓介《えんどうけいすけ》がいる。遠藤は、舞子を見て露骨に顔を歪めた。

「こっち来いや、おまえ。ほらおまえ、向こう行けや」

川上は山内をどかせて、舞子を座らせる。

「かけうどん大におにぎり。鮭ね！」

店主は奥に注文している。この店はかけうどんが二百五十円、油揚げやちくわ天などのトッピングを五十円で乗せられる。

「はい、おまちどおさま」

舞子の前に、すぐにかけうどんとおにぎりが運ばれてきた。懐かしいメニューだ。舞子が感動していると、

「斑目法律事務所？」

川上から舞子の所属先を聞いた山内が声を上げた。

「優秀な奴は引く手あまたっちゅうこっちゃ」

川上が言うと、

「すごいなあ」

山内は感心したように言い、水割りを作って、遠藤の前に置く。

「出世頭でバリバリ事件を裁いていたおまえが弁護士に成り下がるなんてな」

遠藤が枝豆に手を伸ばしながら、皮肉っぽく言った。

「尾崎の処理能力は、後輩ながら本当にすごいと思って尊敬してたよ」

山内がとりなすように言ったが、遠藤はまたすぐに厳しい口調で言う。

「おまえは一つの事件にのめりこみすぎなんだよ。おまえのせいで未済の案件がたまって、どれだけ迷惑してるかわかってんのか」

な?と、遠藤が山内に問いかける。

「もうええやろ、おまえ。真面目なのが、山内のええとこやないか」

川上は笑い飛ばしたが、遠藤は「しかし……」と、反論しようとする。

「久しぶりに尾崎と会ったんや。こんなとこで説教すんのはやめい、おまえ」

川上はかばってくれたが、舞子は出されたかけうどんにも手を付けず、うつむいていた。

「この世界に戻ることは……皆さんに失礼に当たることも重々承知しています」

そして川上たちに頭をさげる。

「アホなこと言うな。わしは、おまえの気持ちを十分理解して、辞めることを止めへんかったんやないか。裁判官であろうが弁護士であろうが、おまえはおまえらしくやったらええ。はよ食べ、伸びるで、おまえ」

「はい。いただきます」

舞子は両手を合わせ、箸を取った。

「『ジョーカー茅ヶ崎、疑いを晴らす』」

翌日、刑事事件専門ルームでは、藤野がパソコンのニュース画面を読み上げていた。机のまわりには深山以外の面々が集まって、画面をのぞきこんでいる。

「『警察の不当捜査に怒り爆発！』」

「いい仕事したな、この弁護士な」

佐田は自分の画像を指さし、ご満悦だ。

「あれだけ犯人扱いされてたのに」

舞子は感心している。

「それにしても佐田先生、いい顔してるじゃないですか」

藤野は佐田を持ち上げる。

「あの会見一発でこんなに変わるもんですかね」

藤野と中塚が頷き合う。

「お金にならない案件に首つっこむなんて、よっぽど目立ちたかったんですね」

深山はからかうような視線で佐田を見た。

「バカだなおまえ。無実の人間が逮捕されちゃったら、真の悪は世に放たれたままになってしまうだろ」

佐田が言うと、

「佐田先生！　ありがとう！」

明石は佐田に抱きついた。「茅ヶちゃん助けてくれてありがとう！」

「なんだよ、おまえのためにやったんじゃない。気持ち悪いな、離れろ。バカじゃねえのか！」

佐田が鬱陶《うっとう》しそうに体を離したとき、ヒヒーン、と携帯の着信音が鳴った。武技宇技《ぶぎうぎ》音楽事務所の女社長、元木から電話だ。

「事務所の社長から電話だよ。律儀な人だなあ」

「サインお願いします……茅ヶちゃんのサイン……」

明石は佐田の背後にしつこくくっついていく。

「もしもし、茅ヶ崎さんが、はい。逮捕された？　あーそうですか……え？茅ヶ崎さんが逮捕された？　そんなバカな！　ど、ど、どういうことですか？」

佐田はすぐに顔色を変えた。

「えっ」

明石は顔色を変え、

「えーーー？」

舞子も驚きの声を上げた。他の皆も同様だ、そんな中、深山だけはニヤリと笑っていた。

「逮捕の理由はなんなんですか？」

藤野は、電話を切って悄然《しょうぜん》としている佐田に尋ねた。

「茅ヶ崎が目撃者を襲って、重傷を負わせたらしい。なんか、意識不明の重体らしいんだ」

それを聞いた深山はさっそくリュックを背負う。

「じゃ、接見行ってきまーす」

「おまえは行かなくていい！　私が行く。おまえはこの件に首を突っ込まなくていいからな！命令だ！」

佐田は深山を捕まえて押し戻した。

「どうしたんですか？　急に」

驚いている深山には何も答えず、佐田は舞子の方を向いた。

「尾崎、ついてこい」

「私ですか？」

佐田と舞子が出かけようとしたが、深山も一緒に行こうとする。

「深山！　ついてこなくていい。こなくていいから」

佐田は深山の前に立ちはだかり、まるで相撲でもとってるかのように両手で深山を押しとどめ、必死で行かせないようにする。

「ついてこなくていいからな、座ってろ！」

「なんで？」

キョトンとしている深山に向かって、鞄を手にした舞子はニヤリと笑った。

「行ってきます」

「行くぞ、尾崎。深山、追いかけてくるなよー。ぜーったいだ！」

佐田は深山に念を押すと、舞子を連れて出かけていった。

「佐田先生、絶対なんか隠してるよね」

藤野の言葉に、中塚が頷く。

「ですね」

「茅ヶちゃーん」

明石はひたすら茅ヶ崎の無事を祈っていた。

「うちの事務所の尾崎です」

留置所の接見室で茅ヶ崎とガラス越しに向かい合うと、佐田はまず舞子を紹介した。

「尾崎です、よろしくお願いします」

舞子はいつものように、茅ヶ崎から自分の名前が見えるように、ガラスに名刺を立てかける。

「よろしくね」

茅ヶ崎はミュージシャンっぽく挨拶をする。

「イメージと違いますね」

舞子は倒れた名刺をもう一度立てかけながら、茅ヶ崎に声をかけた。トレードマークのリーゼントスタイルではなく、目の前の茅ヶ崎は無造作に髪を下ろしている。無造作……というより、ぐしゃぐしゃだ。それなりに白髪も混じっていて、いつものカリスマ性は感じられない。

「オフん時はいつもこうだよ」

「そうですか。茅ヶ崎さん、なんでこんなことしたんですか？」

舞子はさっそく尋ねた。

「なんで危害を加えたんですか！」

佐田もいらついた口調で言う。

「決めつけてんじゃねーよ。俺は目撃者が誰かも知らねえし、だーれも殺してねえの」

主張する茅ヶ崎に、佐田は頷いたが、

「あなたは殺人と殺人未遂の容疑で逮捕されているんですよ」

舞子は容赦ない。

「そうですよ、どういうことですか？」

佐田は我に返ったように、身を乗り出す。

「俺は佐田先生に言われた通りに警察に話したら、動機を隠してウソついてる、って言われたんだよ！」

茅ヶ崎は激しい口調で言い、佐田を指さした。

「ええっ？」

声を上げる佐田を、茅ヶ崎は指さしたまま睨みつける。

「俺？」

「佐田先生、どういうことですか？」

舞子は尋ねた。茅ヶ崎はずっと指をさし続けている。

「いやいやちょっとちょっと……一から話せば、そもそも二週間前に……」

あれは九月二十二日のことだ。

佐田は落合を連れて、武技宇技音楽事務所を訪れていた。安田の事務所に呼ばれて違法賭博の件で脅迫されたので、どうしたらいいか……という相談だった。会議用のテーブルには、社長の元木と茅ヶ崎が着いているが、茅ヶ崎はサングラスをかけ、足を組んで面倒くさそうに座っていた。

（かつて違法賭博場に行っていたのは事実なんですか？）

落合が、安田からの質問状――そこには、和解金額も提示されていた――を見ながら尋ねた。

（一年前にね、何回か。それ以降はやってないから）

茅ヶ崎はサングラスを取り、落合を見る。

（佐田先生。私たちは安田の脅迫に応じるのではなく、事実を全て公表しようと思います）

元木の言葉に、佐田は頷いた。

（この手の脅しに応じると、必ず次もあります。そうですね……しばらくの活動休止はやむを得ませんが、すでに更生の道を歩み始めていらっしゃいますんで、そのことを世間にアピールすれば、復帰までの期間は短くて済むでしょう。大丈夫です）

佐田が、その時にそういったやりとりがあったと説明すると……。

「ところが、それから、公表される会見が開かれる前に、安田が殺されちまってよ」

茅ヶ崎が、ガラス越しに舞子に言う。


九月二十六日、佐田は再び事務所を訪れ、席に着くなり言った。

(会見は中止にしましょう)

(どういうことですか?)

元木が尋ねる。

(唯一、脅迫してきていた人間が亡くなったんです。被害者の方には気の毒ですが、こうなった以上は敢えて茅ヶ崎さんが、違法賭博場に通っていたという事実を公表することはありません)

佐田は方針を変えることにした。

(それでいいんだ?)

茅ヶ崎は軽い調子で尋ねた。

(大丈夫です)

佐田は大きく頷いたが、しかし――。

「その二日後、目撃者が現れたからって、任意の取調べの要請があった時も!」

茅ヶ崎はガラス越しに佐田を睨む。隣にいる舞子も、信じられない、という視線を佐田に送る。

九月二十八日、佐田は事務所に三度目の足を運んだ。

（茅ヶ崎さんの身が潔白なのであれば、任意の取調べには堂々と応じた方がいいでしょう。ただし、警察の方から持ち出されない限り、茅ヶ崎さんの方から、賭博の話を切り出す必要はありませんから）

（……わかった）

茅ヶ崎はいかにもロックミュージシャンという口調で、決めポーズをしながら頷いた。

（大丈夫です！　大丈夫です）

佐田は何度か、頷いた。


「だから！」

ガラス越しの茅ヶ崎は、巻き舌になっている。「俺は取調べの席でも……」

（脅されてもいねーし、殺してもいない！　俺は無実だから！）

と、刑事にひたすら主張したのだという。

「言う必要がないって言ったのは佐田先生だからな。だから！　違法賭博のことも、脅されてたことも隠してたんだよ」

茅ヶ崎は人差し指で佐田を指す。「それからさあ、佐田先生が会見を開いてくれたおかげで、疑いが晴れたと思ったら、今度は俺が目撃者を襲ったなんて疑われて逮捕された挙句によ！　違法賭博をやっていたことまで突き止められちまって……まいったよ、ホントに！」


数時間前、茅ヶ崎は取調べを受けた。

(違法賭博をやってたらしいな。この事で安田に脅されてたことは、内偵調査で裏付けがとれたんだよ)

刑事は言った。

(それはね、公表するつもりだったの。だけど、弁護士の先生が、言う必要はないからって……)

茅ヶ崎は刑事に言ったが、

(そんな都合のいい話があるか！　あんたは安田を殺す動機を隠すために黙ってたんだろ)

刑事は机を叩いて高圧的に迫った。

(違うんだってば！)

茅ヶ崎も感情を荒らげたが……。

「どうすりゃいいのよ？　先生！」

茅ヶ崎はものすごい形相で、佐田に迫ってくる。そして、舞子は冷たい目で佐田を見ている。

佐田はまさに四面楚歌《そか》の状態に陥っていた。

佐田と舞子はその足で武技宇技音楽事務所に向かった。

「違法賭博については公表するつもりだったから、茅ヶ崎さんはもうこれ以上弱みを握られることもないはずだった。そのことを最初からちゃんと警察に話していれば『弱みを握られて脅されていたから殺害した』という警察側が考える『動機に関するストーリー』を否定することができたんじゃないですか」

舞子はマスコミに配るはずだった違法賭博を認める内容の用紙を見て言った。

「二つ目の事件さえ起きなければ、私が開いた会見で事態は収まっていたはずなんだよ」

「どうしたらいいんでしょう」

元木が佐田に尋ねた。佐田は助けを求めるように舞子を見たが、舞子は佐田を責めるような視線を送ってくるだけだ。

「事態の収拾は我々に任せてください。ただ会見に応じた私が今動けば、事態はマイナスに働く可能性があります。そこで、いったん、尾崎に任せて、私は後方から……後方から、後方から、サポートします」

佐田はあくまでも自分は後方からだ、と、強調して言った。

「え？」

舞子は目を丸くして佐田を見た。

「お願いできますか？」

元木にすがるような目で見つめられ、舞子は「ああ、はい」と頷くしかなかった。


深山たちは、刑事事件専門ルームのテレビでニュース番組を見ていた。ニュース番組もワイドショーも、安田さん殺害事件、さらにその目撃者が茅ヶ崎によって襲われたという事件を、連日かなりの時間を割いて報じている。この日は、茅ヶ崎が襲ったとされている目撃者、石川敦子の婚約者の村野正義が、病院の前でインタビューに応じていた。

『石川さんは、安田さん殺害事件の目撃者なんですよね？』

記者が村野にマイクを向ける。

『そうです。彼女は善意ある目撃者なんです。それなのに……』

細身で長身の村野は、看病疲れなのか、茅ヶ崎への怒りなのか、目を充血させながら答えている。

「茅ヶちゃんと同じ髭だね」

鼻の下と顎髭を生やしている村野を見て、藤野が言うが、

「違いますよ、全然違う！」

茅ヶ崎を崇拝している明石は否定した。

『石川さんは、就寝中に襲われたということでしたが』

『私が倒れている彼女を発見し、病院に搬送しました』

『石川さんの容体はいかがですか？』

『彼女は昏睡状態です。いつ目覚めるかわかりません』

村野は声を震わせた。

『ジョーカー茅ヶ崎さんは容疑を否認しているようですが』

『目撃者を襲うなんて卑怯だと思うんです』

「茅ヶちゃんはそんなことしない！」

「うるさいよ」

明石は藤野に注意される。

『こんなことが許されるわけがない。彼女の身に何かあれば、僕は……』

村野は言葉に詰まった。『……すみません』、村野が後ろを向き、涙を拭った映像で、会見は終了した。

『以上、病院前から中継でした。では続いてのニュースです。大手携帯ゲーム会社のオロゴンホビー社が、海外で人気の携帯ゲームアプリ、ゲテモノＧＯの日本版を来月十日に配信することを発表しました。ゲテモノＧＯはスマートフォンのＧＰＳ機能を……』

キャスターが次のニュースを伝え始める。

「この村野さんって人、業界ではかなり有名なＩＴ関連会社の社長なんだって」

藤野が言ったところに、佐田と舞子が戻ってきた。「お帰りなさい」

「いいか、茅ヶ崎さんの主任は尾崎が担当することになった。皆で協力してやってくれ」

佐田が入ってくるなり、晴れ晴れした表情で言う。

「……勝手おじさん」

暗い目で佐田を見る舞子を「しっ」と佐田が黙らせる。

「何？　ちょっと早いんじゃねえか！」

明石がいきり立ったが、

「ライバル心は司法試験に受かってからにしよう」

藤野になだめられる。

「佐田先生は降りられるんですか？」

中塚が尋ねた。

「あの会見の後だろ。私が表に出ると、茅ヶ崎さんにとってはプラスにならない。後ろからサポートする」

そんな佐田の顔を、深山は呆れ顔で見つめた。

「中塚さん、お願いします」

舞子はノートを渡した。

「読みやすい！」

舞子のきれいな文字を見た中塚が感動の声を上げる。

佐田が個室に戻ろうとすると、深山は椅子を滑らせていき、行く手をふさいだ。

「なんだよ？」

ぶつかった佐田は文句を言ったが、

「別にどうぞ」

深山はニヤニヤしながら佐田を見た。佐田がムッとしながら歩きだそうとすると深山は手足を思いきりのばしてあくびをした。佐田は深山の脚にひっかかる。

「なんだよ？」

佐田は不快な表情を浮かべながらも、迂回する。

「あ、あきらめた」

藤野と明石はそんな深山と佐田の様子を見て実況している。

と、深山はまた椅子をこいでいき、佐田を邪魔した。

「なんだよ?」

結局、佐田はあきらめて刑事事件専門ルームに残ることになった。


中塚がホワイトボードに描き終えたので、舞子が事件の概要を説明し始める。

「まず一つ目の事件、安田さん殺害についてです。安田さんは九月二十五日、港区にある事務所で殺害されました。犯行時刻は十七時。この時、犯行時刻と同時刻に安田さんの事務所のあるビルから出てくる茅ヶ崎さんが目撃されています」

五階に安田の事務所『株式会社安田企画』が入っているSDSビルの向かい側に、喫茶店がある。一番入り口に近い席でパソコンに向かっていた石川は、ガラス越しに、ビルから茅ヶ崎が出てくるのを目撃した。その日は雨で、茅ヶ崎はビニールの傘を差していた。

「そして、二つ目の事件。茅ヶ崎さんを目撃した石川敦子さんが十月五日の深夜二時頃、自宅で就寝中に何者かに襲われました。凶器は部屋にあったモアイ像の写真立てです」

「え、モアイ像? モヤイ像? どっち?」

深山が変なところに引っかかる。

「……モアイ像です」

舞子は言った。石川の部屋には、オブジェ風の写真立てに村野との婚約記念に撮った写真が飾ってあったが、それが凶器となった。

「モアイ像とモヤイ像の違いって知ってる？」

深山が立ち上がった。

「え？」

「イースター？　渋谷？　新島？」

深山に尋ねられ、舞子が動揺する。

「え、新島ってなんですか？」

藤野が尋ねた。

「知らないんですか？　新島にあったのが、渋谷に行ったんですよ。モアイ像とモヤイ像は全然違うの」

深山が言うが、

「説明してるから静かにして」

ホワイトボード前の大テーブルに座っている佐田が注意をした。

「続けます。石川さんは頭部に深い傷を負い、現在も意識不明の重体。凶器の写真立てから茅ヶ崎さんの指紋が検出され、逮捕に至りました。容疑は安田さんに対する殺人、石川さんに対する殺人未遂です」

「ねえ、茅ヶ崎さんは、『安田さんに、違法賭博場に通っていたことを握られて脅されていたから殺害した』ってことになってるけど、実際はどうだったの？」

深山が尋ねた。

「ああ、今ちょっとそれは置いておこう」

佐田が慌てて話題を変えようとする。

「いや、置いとけないでしょ」

「今、説明してるから、尾崎が。説明……せつめ……」

佐田は舞子を見た。が、舞子は腕組みをして佐田のすぐそばに来て、顔をじっと見ている。

「そんな目で見たらバレちゃう……」

佐田が小声で言うと、

「バレる？」

深山がすかさず大声で言う。そして笑顔を浮かべながら佐田に近づいていく。

「え、いやいやいや、違う」

深山は佐田と舞子を交互に見た。舞子は小さくため息をつきながら佐田を見る。

「何隠してるんですか？」

深山が佐田に尋ねる。

「隠してないよ」

「いや、なんか隠してる」

刑事事件専門ルームのメンバーたちも口々に言い始め……。


観念した佐田は、茅ヶ崎の違法賭博に関して隠蔽《いんぺい》を指示したことを、順を追って皆に説明した。

「なるほどねえ。はーあ、余計なことしてくれたもんですねー」

深山は佐田の周りをゆっくりと歩きながら言う。

「うるさい！　二つ目の事件さえ起きなければ……」

佐田は肩身が狭そうだ。

「実際に起きちゃったからなあ」

深山の言葉に、佐田は「ぐっ」と喉を詰まらせる。

「佐田先生の大失敗はともかく、実際のところはどうなんですか？」

中塚にまで大失敗といわれ、佐田は「げっ」と声を発した。

「深山、尾崎をサポートし、今すぐ事実を突き止めろ」

佐田は深山に命令した。

「僕、関わるなって命令されたんですけど」

「撤回するから、今」

「勝手おじさん」

明石は呆れて言う。

「深山、事実を見つけたいだろ。いいからやれよ、命令だよ」

佐田は偉そうに言い放った。と、深山は佐田が座っている大テーブルの前に両手をついた。そして佐田の顔をじっと見つめて口を開く。佐田はその様子を見て舞子に助けを求めるような視線を送ったが、舞子はプイ、と横を向いた。

「リピートアフターミー」

そして深山は大げさに懇願する口調で『やってもらえますかぁ？　期待してるぞー』」と言った。佐田はわなわなとふるえている。

「言いましょう」

「ここは言っといた方がいいんじゃないですか……？」

明石と藤野が佐田に勧める。

「いや、言えないだろ」

「言った方がいいですよ。やってもらえますかー、期待してるぞーって」

「助けてーって」

明石と藤野が背後から囁く。

「……やっ……て……」

佐田は苦悶の表情を浮かべながらどうにかそこまで言った。

「もらえますか?」

深山が促す。

「もらえますかって」

「ほら、大丈夫だよ。コワくないよ」

明石と藤野は、佐田の左右に顔を寄せて言う。

「やってもらえ……」

佐田はどうにかそこまで言った。

「ますか?」

藤野がフォローする。

「期待して、るぞ」

佐田はなんとか最後まで言ったが、あまりにも棒読みだ。深山は首を振った。

「心の中で言った、今。心の中で」

佐田は小学生のようなことを言う。

「伝わらないなあ」

「言える子だよ？」

明石と藤野が言うが、

「ノーーーーーーーーーーーーーーー!!」

佐田は屈辱に耐えきれず、ついに大声を上げた。

深山はくるりと背中を向け、ホワイトボードを見る。

「どうするんですか？」

舞子は深山に尋ねた。

「一つ目の事件には目撃証言がある。二つ目の事件には、凶器に指紋がついている。無実だと証明するには、この両方を崩さないとね」

深山は答えた。佐田はまだ悔しさにぶるぶるとふるえているが、スマホを見ていた中塚が声を上げた。

「佐田先生！　これ！」

画面には、佐田に対する激しいバッシングが表示されている。

「『殺人犯を守るために嘘をついた悪徳弁護士#佐田篤弘』」

「『#佐田篤弘は世の中に殺人犯を放った男』」

画面をのぞきこんだ藤野と明石が、内容を読み上げた。

「あああ〜〜〜」

深山はわざとらしく声をあげる。

『この弁護士、顔からして胡散臭い#佐田篤弘』

などと、ハッシュタグ付きで言いたい放題だ。そしてそのすべてがリツイートされまくっている。

「顧問弁護を務めている取引先まで全部アップされてます」

中塚が言うとおり、

「『#佐田篤弘顧問契約企業リスト　・所商事・合コンサルティング・斉藤工務店……知ってる企業だけでこんなにある。マジこんな弁護士がついてるなんて企業イメージさがるわぁ〜』

と、実名が挙げられている。

「まずい。中塚、これ、の、の、の……載っている企業をピックアップしろ。深山、尾崎、必ず事実を突き止めろー、わかったなー?」

佐田は慌てて部屋を飛び出していった。

「突き止めてくださいって」

「期待してるよーって」

明石と藤野は佐田の背中に向かって言った。

「じゃ、行き……」

深山がリュックを背負って振り返ると、舞子に手で制された。

「私が主任ですので。行きましょう」

舞子は鞄を手に先に部屋を出ていく。

「へえ」

深山は感心したような声を上げながら、後に続いた。


深山と舞子は茅ヶ崎の元を訪れ接見していた。

「タバコはどれぐらい吸われますか？」

ノートを広げた深山が茅ヶ崎に尋ねる。

「目覚めの一服だろ、食後の一服、それでもって楽屋で一服。あー、吸いたくなっちまった」

「ヘビースモーカーですね」

「そうなんだよ」

「なるほど」

深山のノートは、茅ヶ崎の生い立ちからの情報で埋め尽くされている。

「……二時間。本当に必要なのかしら……生い立ちから聞くの」

舞子は小声で呟いた。

「ちなみに写真と全然違うんですね、髪型」

深山は茅ヶ崎の宣材写真を、自分の名刺の横に立てかけた。

「ああ、仕事以外のときはね、下ろしてんだよ」

「仕事以外は下ろしてる」

深山はそれも書きとめた。

「そう」

「なるほど……うん。では、一つ目の事件についてお聞きしますね」

深山のその言葉で、うんざりした表情を浮かべていた舞子がようやくしゃきっとする。

「安田さんの事務所には行かれたことがありますか？」

「ああ、あいつに脅されて金の要求をされたときに、一回だけね」

「事件当日の九月二十五日、殺害時刻の十七時に、安田さんの事務所に行かれましたか？」

「ちょっと前なら覚えちゃいるが、そんなに前だとチトわからねえな。なんちゃって、冗談だよ、冗談。あの大雨の日だな」

「雨が降ってたんですか?」

「どしゃ降り。もう街じゅう水浸しだ」

「それで?」

「俺は十六時半までスタジオでミーティングしてて、その後、車でフィットネスジムへ向かった」

「ジムに着いたのは何時ですか?」

「十七時半かな」

「どっか、途中で寄り道はしましたか?」

「いやいや、車が混んでてさ。まっすぐジムへ向かった」

「ちなみに髪型は?」

深山が尋ねると、茅ヶ崎はフッと笑った。

「ジム行くのにさ、トサカ立てて行けないでしょ? 下ろしてったよ」

茅ヶ崎は身振り手振りを交えながら言う。

「下ろして」

深山も頭のトサカを触るようなジェスチャーをしながら、笑顔でノートに書きとめる。

「なるほど。では、二つ目の事件についてお聞きしますね。目撃者の石川さんが襲われた十月五日の深夜二時、あなたはどこで何をしていましたか?」

深山は耳に手を当てる。

「あの日はね、ライブが終わった後、まっすぐ自宅に帰って、風呂入って寝た」

「家にいたことを証明できる人はいませんか？」

「うーん、うちのかわいいにゃんこちゃんしかいないね」

「にゃんこちゃん？」

「どうしてっかなあ～」

茅ヶ崎は心配そうな表情を浮かべる。

「モアイ像の写真立てですか……。それが凶器として使われました。そこにあなたの指紋がついていたそうです。どこかで触ったとか、心当たりはありませんか？」

「あるわけないじゃん、見たこともねーし、触ったこともねーよ」

「触ったことも、見たこともない……」

深山は耳たぶに触れながら、頷いた。


「♪それが悩みの種じゃん～」

翌日、明石は鼻歌を歌いながらビニール傘を手に、ＳＤＳビルの前に立っていた。その日のいでたちは革ジャンに黒いレザーグローブ、髪はもちろん、リーゼントで決めている。

「ここから石川さんは茅ヶ崎さんを目撃したのか」

深山は、石川がいたという喫茶店の、入り口近くの席に座っていた。そして、両手の人差し指と親指でフレームを作って顔の前にかざし、ビルの前に立っている明石に、ピントを合わせてみる。深山は一つ頷くと、トランシーバーを手に取った。

「明石さーん。いいよ」

「明石、行きまーす」

明石はビルの入り口に入っていき、傘を差して、出てくる。

「ねえ、当日の雨の量ってどれぐらいだったの？」

深山は背後に立っている舞子に尋ねた。

「一時間に十ミリになってたので、かなり降っていたと思います」

舞子は資料を見て答える。と、そこに、

「こんな日に傘を差していると変な目で見られる」

と、トランシーバーが明石の声を受信する。

「大丈夫、いつも変な目で見られてるから」

深山は即座に答えた。

「何を〜！」

「じゃあ次ちょっと上向きで」

「了解」

「ちなみにそれ、似合ってないよ」

「うるせー！」

「明石行きまーす」

「どうぞ」

深山が言うと、明石は上を向き、雨脚を確認するようなポーズで出てきた。

「顔、判別できますね」

舞子が言う。

「当日が激しい雨が降っていたなら、見えなかった可能性もありえるね」

「目撃者が見たと言っている上に、その目撃者が襲われた。ここまで揃っていれば、もはや絶対に見えなかったことを証明できなければ、裁判では意味をなしません」

「同じ状況になんないかねえ」

「一時間に十ミリ以上の雨は、そう簡単に降りませんよ」

「だね」

深山は空を見上げた。この日は、曇り空だ。雨が降るという予報は出ていない。

「明石さんもう一回。次、下向いて」

「明石、行きまーす」

「どうぞー」

深山が言ったところに、藤野と中塚がやってきた。

深山は二人に声をかけた。

「どうも」

「明石くんって丸わかりですね」

「ね」

藤野と中塚は歩いている明石を見て笑っている。

「あ、深山先生、ここからジムまでは車で十五分かかりました」

「犯行後、ジムに十七時半に到着するのは可能です」

二人が報告する。

「なるほど。一つ目の事件のアリバイは証明できないか」

深山が渋い表情を浮かべていると、舞子が鞄を手にした。

「私は茅ヶ崎さんのマンションに行って、石川さんが襲われた日の防犯カメラの映像を入手してきます。茅ヶ崎さんがライブから戻ってきた後、外に出ていなければ、二つ目の事件のアリバイの証明になりますから」

「なるほど。じゃ」

深山も立ち上がったが、

「私一人で大丈夫なので、深山先生は来なくて結構です」

舞子は丁重に断る。

「ふ～ん」

深山は再び腰を下ろしたが「でも、明石さんは連れていった方がいいと思うよ」と、トランシーバーに向かって、明石に呼びかけた。

「えっ、もう一回？　明石行きまーす」

明石はもう一度マンションに入っていく。

「明石……さん？　なんで？」

舞子が尋ねたが、深山はニヤつくだけで何も言わない。明石はマンションから出て歩いているが、誰ひとり見ていなかった。


舞子と明石は、茅ヶ崎のマンション『サクセス代々木』にやってきた。明石はマンションのエントランス付近をデジカメにおさめる。舞子はエレベーターの前に防犯カメラがあるのを確認した。

「ここで待っててください。管理人にもらってきます」

舞子は言った。

「君に防犯カメラの映像が、入手できるかな」

明石がフッと笑う。

「はあ？　何言ってるんですか」

舞子は中に入っていった。


深山は一人で石川のマンション『コーポラス　リュウ』に来て、管理人に話を聞いていた。

「いい子なんだよ。いつも廊下とか掃除してくれてて。まあ、婚約者ができてから忙しくなったのか、最近は掃除が雑になってきてたりしてね」

「雑？」

メモを取っていた深山は顔を上げた。

「ゴミが残ってることもあったけどさ」

管理人の女性はおしゃべり好きなようだ。深山が一階の廊下を歩いていくと、廊下の隅に葉っぱなどのゴミがたまっている。深山はそれを確認しながら、ドアの前で立ち止まった。

「ここですか？」

管理人の方を振り返ると、

「その奥」

と、教えてくれる。

「ここ？」

「ええ」

管理人が頷いた。深山は石川が廊下をほうきではいている様子を思い浮かべながら、辺りを見回してみた。石川がいないせいもあるのか、廊下の隅にはゴミがずいぶんたまっていた。


舞子は管理人室を訪ねていた。

「防犯カメラはエレベーター前の一つだけですか？」

「そうです」

管理人の中年男性は、お菓子をほおばりながら答えた。テーブルの上に広げたお菓子を一日中食べているのか、ずいぶんだらしない体型だ。

「その映像を提出してください」

舞子は当然のことのように言った。

「はあ？」

「はあ？　ではなく、早く提出してください」

舞子の口調はあくまでも、上からだ。

「……弁護士さんだよね？」

「そうです。重要な証拠になるんです。早く」

「後からいろいろ言われるの嫌だから、警察や裁判官の許可がないとうちはお渡しできませんよ」

管理人は柔らかい口調で、拒絶した。

「え？　私、元裁判官です」

舞子は言ったが、

「元なら関係ないよね」

管理人には響かない。舞子が困惑していると、背後から明石が現れた。舞子の肩を叩こうとするが、舞子はさっとよける。空振りした明石の手は管理人のテーブルに叩きつけられた。睨みつける舞子に向かって、明石は口を開いた。

「まだまだ、ヒヨっ子だな。俺に任せな」

「は？」

挑戦的な視線を向ける舞子が見ている前で、明石は床に膝をつく。そして……。

「お願いします！」

と、管理人に向かって頭からスライディングするように、うつぶせで倒れ込む。明石の得意技、土下座ならぬ土下寝だ。

「ちょっと何やってるんですか？　こんなところで……」

舞子は慌てて明石を立たせようとした。何事かと明石をのぞきこんでいた管理人は、

「しょうがないな」

お菓子を食べながらニコリと笑った。

「えええ⁉」

舞子は信じられない思いで明石を見た。顔を上げた明石は、思いっきり勝ち誇った表情を浮かべていた。


その夜、深山はヴァーン出版の『ダウノ編集部』にやってきた。記者はほとんど出払っているようだ。だが、深山の目当ての記者、清水かずきは自席でカップラーメンをすすっていた。初めて清水を訪ねたときもカップラーメンをすすっていたのを思い出す。声をかければ届く距離だが、深山は受付の『お気軽にお声がけください』というチャイムを押した。だが、清水は反応しない。もう一度、さらにもう一度、と、何度か押してみる。

「はい！」

何度目かでようやく清水が反応した。

「ンだよ」

面倒くさそうに顔を上げた清水は、深山だと気づき、

「おお、おお、おお、おおー」

と、受付に出てくる。

「ご無沙汰してます」

「久しぶりじゃんか」

清水は深山に抱きついてきた。深山はかなり引いていたが、とりあえず黙って、清水が腕を解いてくれるのを待つ。

「何？　またいいネタ持ってきてくれたの？」

清水は親しげに深山の肩の上に手を置いて尋ねた。

深山と清水は、以前協力して静岡県浜松市で起こった強盗殺人事件を捜査したことがある。結果、深山は冤罪を晴らし、清水はその経過を『週刊ダウノ』に掲載した。

「そうならいいんですけど」

深山は肩に載せられた清水の手を下ろす。

「ああ」

清水は笑いながらまた手を載せたが、深山はもう一度その手を下ろして、編集部の中を指した。

「座る？」

尋ねてくる清水に頷き、清水の席の横に座って今回の事件について説明する。

「それじゃあ、ジョーカーは犯人じゃなかったたってことか」

「その可能性があるんです。真犯人がいるとしたら、安田さんが他にもっと大きなネタを掴んで脅そうとしてた人間なんじゃないかと」

「で、俺たちの同業者に、その安田ってのがネタを持ち込んでなかったか調べろってことだな」

「調べてもらえますか？」

「ああ、任せろよ！」

清水が再びハグしてこようとしたが、深山は素早く椅子ごと後ろに下がった。

「じゃ、わかったら連絡ください」

深山はそう言いながら立ち上がって歩きだす。

「うん、連絡するー」

編集部を出るとき、少し寂しげな清水の声が聞こえてきた。

舞子は持ち帰った防犯カメラの映像を、藤野にも協力してもらい、明石と三人でチェックした。

モニターには、エントランスに入ってきた住人らしき女性が、エレベーターが下りてくるのを待っている様子が映し出されている。

「茅ヶちゃん、出てこないでよ、茅ヶちゃん」

明石は両手を合わせて祈っている。

「このエレベーターに茅ヶ崎さんが乗ってたら……」

藤野が呟くのを、

「不吉なこと言わない」

舞子は制した。と、エレベーターが一階に着いた。

「茅ヶちゃん乗ってないぞ、俺がついてる」

明石はひたすら祈りをささげる。

「乗って……ないですね」

藤野は言った。ドアが開き、待っていた女性が乗り込んでいったが、中には誰もいない。

「マンションを出ていく茅ヶ崎さんが映ってない！　これで石川さんを襲った日のアリバイは証明できる」

舞子が声を上げ、

「よっしゃー、アリバイ成立！」

「やったー、俺たち！」

明石たちも笑みを浮かべた。

「あれ？　これ、非常階段じゃない？」

『サクセス代々木』の写真を見ていた深山が呟く。

「え？」

明石が深山の方に行く。

「ほら、これ」

明石が撮ったエントランスの写真に、かすかに非常階段が映っているのが見えた。

「……ホントだ」

「確認した？」

深山は舞子を見た。

「いえ……防犯カメラはエレベーターの前にしかないって……」

「いや、でもここ降りたとしたらカメラには映らないよね」

「え、じゃあ俺の土下寝は⁉」

明石はムキになって言った。

「意味ないよね」

「何よ、それ。私たちが一生懸命もらってきたのに」

舞子も不満げに言うが、

「確認しなかったのは君たちでしょ」

深山は落ち着き払った口調で言う。

「しっかりしなよ。主任」

深山の言葉が、舞子の神経を逆撫でする。

「そもそも茅ヶ崎さんの指紋がなぜか凶器だけに残っていたのはおかしいし、犯人じゃないなら、検察の主張には矛盾が出てくるはず。せめて、目撃者の石川さんが意識を取り戻して証言してくれたらなあ」

深山は言った。

「目撃者が目を覚ましても、同じ証言をするだけで、検察側の有利な証言になるだけです」

舞子があきらめたように言う。

「襲われたときに犯人を見ているかもしれないよね」

「どちらにせよ。今はカードがないってことでしょ?」

「うん」

そう言って、深山は再度、資料に視線を落とした。

「状況はどうだ？」

と、そのとき、佐田と中塚が帰ってきた。

「現状、こちらは手の打ちようがありません」

舞子は無力感にさいなまれていた。

「君は法廷回しに長けてるよな。裁判官として培ったその経験を生かして、なんとかこの事件の突破口を見出すんだ。私が弁護人席に座ると、裁判員に不利に働くだろうから、傍聴席で見守ることにする」

「傍聴席でも、法廷にいたら逆効果でしょ」

深山は言ったが、

「そこは対策済みだ」

佐田は自信満々の口調で言った。

深山と舞子は裁判所にやってきた。舞子は警備員に襟元のバッジを見せ、大きく息を吐き中に入っていく。バッジをつけていなかった深山はポケットの中にあったバッジを見せ、舞子の後に続く。

舞子は緊張していた。

（判決を言い渡します。被告人を、懲役一年に処する）

裁判官時代、自分が判決を下してきた裁判の数々が頭をよぎっていく。

そしてあの雨の夜……。手錠と腰縄をつけられ、連行されていく青年の目を思いだし……。

舞子足を止めた。そして、襟元のバッジに触れた。

深山はそんな舞子を追い越し、先に法廷内に入っていった。

やがて手錠をかけられ、腰縄をつけた茅ヶ崎が入ってきた。深山が傍聴席を見ると、革ジャンを着た茅ヶ崎のファンでぎっしりと埋まっていた。と、その中に、革ジャン姿の佐田が紛れ込んでいた。リーゼントのかつらも装着している。深山が思わず噴き出すと、佐田は「前を向け」と、追い払うような仕草をする。

そして最後に、裁判官の山内が法壇の上に現れると、全員が立ち上がって礼をした。山内がちらりと舞子を見て、軽く頭をさげたことに、深山は気づいた。

裁判が始まった。舞子は弁護人証拠第一号証である、降水量のデータについて説明していた。

「当日はこれだけの大雨が降っていたので、石川さんが本当に顔を確認できたかどうかは不確かです。見えていなかった可能性があるにもかかわらず、その真偽を確かめようのない調書の内容を、果たして信用してよいのでしょうか？」

深山は椅子を揺らしながらその様子を聞いていた。

次に、検察官の松井が反論する。

「善意ある第三者が見えなかったことを見えた、という理由はなんですか？　そもそも石川さんがここに立って証言もできないのは、被告人が襲ったからですよ」

「おいおい！　俺は襲っちゃいねえから」

茅ヶ崎は「ノーノー」とばかりに手を振りながら声を上げた。

「被告人、勝手な発言は控えてください」

山内がすぐに注意をする。

舞子は、元木を弁護側の証人として呼んで質問をした。

「違法賭博の件に関してはきちんと公表する予定でした。本人も活動休止を覚悟していました」

元木が証言する。

「ということは、茅ヶ崎さんには動機がないということです」

舞子が尋ねるのを聞いていた茅ヶ崎が佐田の方に振り返り「だよなあ」と訴えてくる。佐田は
茅ヶ崎を慌てて手で制した。

「そう思います」

元木が答える。

「賭博の件を本当に公表する予定であったのであれば、なぜ最初から言わなかったんですか？　茅ヶ崎さんは警察に対して脅されていないと、供述してますよね」

反対尋問で、検察官が元木に質問をする。

「弁護士の先生のアドバイスを真に受けてしまった私が馬鹿でした」

元木の発言を聞いた深山は、椅子を回して傍聴席の佐田を見る。佐田は顔をしかめているが、深山はさらにからかうような表情を浮かべた。

「そんな都合のいい言い訳が通用すると思いますか？」

松井が厳しい口調で元木に尋ねるのを聞き、佐田はいたたまれなくなってサングラスをかけた。


「ゲコ」

刑事事件専門ルームに戻ってきた舞子は、裁判で打ちのめされ落ち込んでいた。

「おまえにできることはなんだゲコーーー！」

いつものように両手の指を組み、自席で椅子をくるりと回し、壁を向いてブツブツ呟いている。

深山がからかうように背後からのぞきこんだが、舞子は気づいていない。

「おまえたちいいニュースと悪いニュースを持ってきた」

そこに、佐田が入ってきた。

「いいニュースと悪いニュース？　なんすかそのアメリカ人みたいな」

と、藤野が立ち上がると、

「そんなことより」

深山が遮り、佐田の前に立つ。

「さっきのなんですか。とんだ対策でしたね」

さっきの、とは、佐田の変装についてだ。

「誰も気づいてなかったぞ」

「いや、バレバレでした」

「J.Cファンの中に溶け込んでたよ」

「で、いいニュースっていうのは？」

「……目撃者の石川さんが、意識を回復したぞ！」

佐田が言うと、
舞子が目を輝かせた。

「証人喚問できるってことですね？」

「ただな、まだ出廷できるほどの体調ではないようだ」

佐田が顔をしかめる。

「そっちが悪いニュースかー」

「証人喚問できないなら、状況は変わらないな」

藤野と明石ががっくりと肩を落とす。

「だが方法はある。出張尋問なら可能だ」

佐田は言った。

「出張尋問？」

中塚が言う。

「証人が病院などにいて裁判所に出頭できない場合には、裁判所が出張し、尋問を行うことができる」

深山は言った。


数日後——。

ストレッチャーに乗せられた石川が、病院内の大きな一室に運ばれてきた。まだ頭に包帯を巻いた姿は、痛々しい。

部屋の正面には裁判所と同じように、裁判官の山内、書記官が並んでいる。そして向かって左側に検察官の松井、右側に深山と舞子が座っている。そしてストレッチャーの上半身の部分をわずかに持ち上げ、尋問が行われることとなった。病室内には村野も付き添っている。

「あなたはジャーナリストの安田さんが殺害された日に、ビルから出てくる茅ヶ崎さんを見たんですね？」

松井の質問に、

「はい。間違いありません」

石川はか細い声ながらもしっかりと答えた。

「あなたを襲った犯人の顔、もしくは何かしらの特徴を覚えていませんか？」

「寝ていたので、わかりません」

「証言明確化のために検察官請求証拠甲第十三号証を示します。ここに写っているものに見覚えはありませんか」

松井は凶器となったモアイ像の写真立てがプリントされた紙を石川に見せた。石川は目を細めながら、紙に顔を近づける。

「……凶器ですね。彼との婚約祝いの写真を入れるためにお揃いで購入して、部屋に飾っていました」

石川が答えるとすぐに、

「あの」

深山は立ち上がった。「一ついいですか？　就寝中に襲われたのに、なぜそれが凶器だとわかるんですか？」

「彼から当時の状況をいろいろと教えてもらったので。違うんですか　そうですよね？　正義《まさよし》さん？」

石川は村野の姿を探した。

「ああ、そうだよ」

裁判官の机の横に座っていた村野が答えると、石川は笑顔になった。

「付添人の方。証人がどうしても、というので付き添いを認めましたが、供述の内容に影響を与えるような発言は控えてください」

山内に注意をされた村野は「すみません、失礼しました」と、すぐに謝罪する。

「ちなみに、この置物を今まで自宅からどこかに持ち出したことはありますか？」

松井は尋ねた。

「いえ。外に持ち出したことは一度もありません」

「では、弁護人、反対尋問をどうぞ」

山内が言うと、舞子が立ち上がった。

「弁護人の尾崎舞子が質問します。では……」

「ビルから出てくる茅ヶ崎さんを見たとおっしゃいましたが、間違いありませんか？」

深山がさっと立ち上がり、舞子を遮って石川に尋ねる。

「はい。顔を見ました」

石川は深山に答えた。

「……あのー」

隣で舞子が呆れているが、深山はかまわずに尋問を続けた。

「その日、茅ヶ崎さんはどんな服を着てましたか？」

深山が譲る気が全くないので、舞子は腰を下ろした。

「……雨でよく見えませんでした」

石川は正面に顔を戻して言う。

「顔は見えたのに服は見えなかったんですか？」

その質問に、舞子がハッとして深山を見上げる。

「はい、見えませんでした」

石川は遠い目をして答えた。

「服の色はどうですか？」

「それも、見えませんでした」

「当日、どれくらい雨が降っていましたか？」

「かなりだと思います」

「パラパラ？　ザーザー？」

「ザーザーです」

「その中で顔だけは見えたんですね」

「茅ヶ崎さんは特徴のある髪型をしているので」

舞子は顔を右に動かして深山を見る。

「ちなみに、茅ヶ崎さんはあの日、髪は下ろしていたそうです」

深山が言うと、石川は視線を泳がせ、また正面に顔を戻す。

「特徴のある〝顔〟です。言い間違いました」

石川は言ったが、

「でも、顔より体の方が範囲は広いですよね」

深山はさらに追及する。

「ちょっと、待ってもらってもいいですか？　すみません」

石川が苦しそうに顔を歪めると、医師と看護師が立ち上がって駆け寄っていく。

「石川さん、どうしました？　大丈夫ですか？」

医師は石川の様子を見ながら、山内をうかがう。

「証人尋問はいったんここまでで、後日再度行います」

山内が言うと、医師たちは病室からストレッチャーを運び出した。村野は山内らに一礼し、一緒に病室を出ていく。

「裁判長、証人の目撃証言には極めて曖昧な部分があります。次の尋問までに、本当に顔が見えたのかどうか、供述をは明確にするため、もう一度同じ状況で確認したいと思っています」

深山は、荷物を片づけ始めた山内の前に立って言った。

「天気を待てっていうのか？　いいかげんにしてくれ」

松井は冗談じゃないと、声を荒らげた。

「本件は石川さんの目撃証言の信用性が最大の争点です。双方立ち会いのもと、改めて、実験すべきです」

深山の言葉を山内はしばらく考えていたが……。しばらくすると、立ち上がった。

「この件は一度、持ち帰って検討します」

山内の言葉に、松井はうんざりした表情を浮かべたが、

「お願いします」

深山は頭をさげた。

山内が東京地裁の刑事第一部のフロアに戻って作業をしていると、隣の席の遠藤に声をかけられた。

「山内」

「はい」

「今月も二十件積み残してるじゃないか。新受が三十件、既済が十件。これじゃ赤字だろ」

遠藤は手持ちのタブレット端末を、山内に見せた。そこには『刑事部・今月未済件数表』のグラフや、部下の裁判官たちがこなした件数をグラフにしたものが表示されている。『新受』とは裁判官が新たに担当する起訴された事件、『既済』とは審理が終了し、判決まで至った事件だ。

「おまえのせいで部全体が迷惑を被ってるんだ。わかってるのか？」

「……はい」

「いつも言ってんだろ。一つの事件にのめり込みすぎるな」

遠藤は一言言うと、部屋を出ていった。

深山と舞子は、佐田の個室にいた。

「裁判の延期か。裁判員裁判を仕切り直すことは、場合によっては、裁判員を選び直すってことになるぞ。それはさすがに異例の判断だ。相当難しいかもしれないな」

「でも延期できなかったら、完全にアウトです」

「それはおまえ、そうだけど……」

佐田の言葉に、舞子はじっと考え込んだ。そんな舞子を、深山はちらっと見る。

「じゃ、私はこれで。お疲れさまでした」

舞子は佐田の部屋を出ていく。佐田は机に置いてあるムチをしならせながら、苦い表情を浮かべた。

「荷物まとめなきゃね」

深山がからかうように言う。

「まとめません」

「完全アウト」

親指を立てて言う深山に、佐田は早く帰れ、とムチを動かした。

「うるせえな、おまえ」

深山は部屋の外に出ていってからも、ガラス越しにアウト、としつこく親指を立てた。

帰りに、舞子は『うどん鳳亭』を訪れた。かなり混雑している店内を見回すと、奥の方に山内が座っているのが見えた。

「おお、いらっしゃい」

店主が舞子に気づいて声をかけてくる。舞子は一つ空いているカウンター席を案内された。大柄な男性客を一人隔てた、山内の二つ横の席だ。

「いつものでいいか」

店主に聞かれて舞子は「はい」と頷く。でも山内は舞子に気づいてないようだ。

「おう！　かけと、おにぎり鮭大ね！」

店主が厨房に声をかけると「あいよ！」と威勢のいい声が返ってきた。

「千七百円です」

「あ、ちょうどあります」

舞子の右隣の大柄な男性客が店主に金を払った。この季節だというのに黒い半そでTシャツを着ている。長髪にした髪の毛は半分だけ金髪だ。

「ありがとうございます。ヨシタツさん、頑張ってくださいね、ハンターチャンス！」

店主がプロレスラーらしき客に声をかける。

「今もうそれやってないんで」

客は笑いながら席を立った。

「ハハハ、そうですか。どうも、毎度ありー」

店主は男性客を見送った。と、山内が舞子に気がつき、まだうどんを食べ終えていないのに席を立とうとする。

「……独り言だと思って聞いてください」

舞子は山内に声をかけた。山内は無言で一度座り直す。

「法壇から降りて、違う立場になって、気づいたことがあります。刑事裁判は、検察側が圧倒的に有利です。しかも、検察が出した調書が全てとは限らない。それなのに私はなんの疑いも持たずに、公平に判断できていると思っていました。自分の傲慢さに反省させられているんです」

舞子は山内を見た。山内も舞子を見て、互いの視線が絡んだとき、

「おお、おまえやないか」

川上がやってきた。

「あ、あの、他に席が空いてなくて」

驚いた舞子は立ち上がった。

「いやいや、ええでええで」

川上は舞子を座らせようとしたが「あ、そや。おまえら裁判中やったな」と、気づいたようだ。

「いいがな。中身の話をしてなかったらそれでええねん」

そう言って、川上は二人の間の席に腰を下ろした。

「まあしかし、おまえらみたいな優秀な奴が裁判で向き合うてるなんて、元上司としては感慨深いわ。検察は検察の立場で立証し、弁護人は弁護人の立場で立証し、裁判官は裁判官の立場で公平に裁く。ええがなあ。法廷ではガンガンいかなあかんなあ。二人とも頑張らなあかんで」

川上は山内と舞子の顔を順番に見た。

「ありがとうございます。では、私はこれで。失礼します」

舞子は立ち上がり、店を出た。

「はい。おまちどおさまです……あれ、舞子ちゃんは？」

舞子の頼んだうどんが運ばれてくる。「あいつ、うどん頼んどったんか？」「帰ったの？」

「それやったらちょうだい、わし食うわ」

川上が言ったが、

「いやいや、これは舞子ちゃんに食べてほしかったなあ」

店主はかけうどんとおにぎりが載ったトレーをそのまま厨房に戻そうとする。

「もらう言うとるねん。金出すんやから、ええから、ここ置きや」

「もったいないからね。しょうがねえな」

「しょうがないっておまえ、どういうこっちゃ」

川上は目の前に置かれたうどんを食べ始める。

「……川上さん。裁判を延期しようか悩んでいます」

山内が思いつめた表情で、口を開いた。

「そんなことしたら大ごとになるで」

川上も箸を置き、真面目に答える。

「そんな大ごとをわざわざやって、結果が変わらなければ裁判所にとっても大問題です。それに自分が処理しなければいけない案件も他の人にお願いしなくてはならなくなり、迷惑をかけることになります」

「何者にも染まらず、何者にも左右されず、裁判に挑む。それがおまえの着てる服の意味やろ。この裁判の裁判長はおまえや。自分が正しいと思うことを信じて進んだらええ。おまえが選んだ道をわしは尊重する。ええ、判決せえよ」

「……ありがとうございます」

山内は川上の方を向いて頭をさげた。


翌日、深山たちは刑事事件専門ルームでニュースを見ていた。

『殺人などの刑に問われている茅ヶ崎被告の裁判について、東京地方裁判所は、検証のために裁判の延期を決定したそうなんです。いかがですか、菊池さん』

アナウンサーがコメンテーターに尋ねる。

「愛ちゃんかわいいなあ」

明石がデレデレしていると、

「あれ、なんか前別の人のこと言ってなかった?」

藤野が尋ねる。

「愛ちゃん一筋です」

明石は主張した。

『これは異例の判断です。裁判所は弁護士の圧力に屈したんだと思われます』

『そうですね。さすがに裁判所が腹をくくって方針を固めたら、検察側も無視できませんしね』

『はい』

『今後も、裁判の動向に注目していきたいと思います』

茅ヶ崎のニュースが終わった。ニュースを見ながら、舞子は自席でくるりと椅子を回し、また両手を組み合わせた。

「ゲコ」

深山に背後から言われ、舞子はハッとして顔を上げた。

「ね、それなんなの？」

深山が尋ねた。ほかのメンバーたちも、皆、舞子に注目する。

「……腹話術です」

「腹話術⁉」

深山が声を上げると、

「腹話術～～⁉」

「腹話術だったの、これ⁉」

明石と藤野も近づいてくる。

「中学時代、腹話術部にいて」

「腹話術部？」

深山は舞子の言葉を繰り返す。舞子はバツが悪そうに目を閉じた。

「うまくなれるように、日常的に練習する癖がついてしまって……」

舞子は両手で顔を覆った。

「日常的に？」

深山が言うと、

「へんなのー」

明石はそう言いながら「とにかく、あとは天気を待つのみかー」と、机の後ろの段ボールを探った。

「誰も喋らない部活か〜？」

深山はまだ舞子をからかっている。

「テッテレー」

明石はそこに、自分が作った作品を掲げた。

「逆てるてる坊主ー」

明石はてるてる坊主を逆さにして手に持っている。それは老人の顔をしていて、てるてる坊主というよりは、朽ち果てた彫刻作品のようだ。

「変なの」

舞子がひとこと言う。

「で、大会とかあるの？」

藤野が舞子に尋ねているが、深山はすでに関心をなくして自席に戻った。

「もう〜〜〜」

舞子はまた両手で顔を押さえる。

「マイ人形とか持ってるの？」

藤野は質問し続ける。

「逆てるてる坊主〜！」

明石は叫んでいるが、誰も注目しない。

「マイ人形やっぱ買わされるの？　部費で？」

藤野が舞子を質問攻めにし、明石が叫び、ワイワイと騒がしい中、深山は外の天気を眺めていた。


川上は東京裁判所の自席でお茶を飲みながら、新聞を手に取った。一面に『ジョーカー茅ヶ崎、公判延期が決定　異例の判断で仕切り直しに』と報じられている。川上は一面をじっと眺めながら、眼鏡が曇るほど熱いお茶を口にした。


数週間後、深山たちはニュース番組を見ていた。

『明日のお天気をお伝えします。明日の関東地方は秋雨前線の影響で大雨となるでしょう。お出かけの際は傘の準備を忘れないようにしてください』

キャスターが告げるのを聞き、深山たちはいよいよだ、と、顔を見合わせた。

「予想降水量一時間に十ミリ！　よっしゃ！」

明石がガッツポーズをする。

「藤野さん、裁判所に連絡して。中塚さん、犯人候補の人たちの写真って用意できてますよね？」

深山はてきぱきと指示を出した。

「よし、やりますよ～」


翌日は天気予報通り、大雨だった。

退院した石川と、検察官の松井の立ち会いのもと、喫茶店で検証実験が行われることになった。

「今日は当時とほぼ同じ状況です。茅ケ崎さんを見たのはこの位置で間違いありませんか？」

深山は店の中から、向かい側のＳＤＳビルの入り口を見る。

「はい」

入り口に近い席に座った石川が頷く。頭にはまだ、ネット状の包帯をつけている。

「向かいのビルの入り口も見えますか？」

深山は尋ねた。ビルの入り口には、ビニール傘を差した明石が立っている。

「ええ」

石川はその姿を確認して頷いた。

「じゃあやりましょう。回して」

深山は、石川のすぐ後ろでビデオカメラを回す藤野に言った。

「はい、回りました」

「明石さん行くよ」

トランシーバーに向かって言うと、

「いつでもいいぞー」

明石はそう言って入り口に入っていく。

「では、出てきてください」

深山が声をかけると、スーツ姿の男性が傘を差して出てきた。そしてそのまま去っていく。藤野は石川のテーブルの上に、写真を並べ始めた。スーツ姿の、雰囲気の似た男性だ。と、四枚目にプロレスラーの写真が出てくる。

「中塚くん……！　すいません」

藤野は慌てて四枚目を片づけた。テーブルの上に出ているのは三人の男性の写真だ。

「誰だったかわかります？」

深山が尋ねると、石川は写真をさっと見て、

「見えませんでした」

と、あっさり言った。

「え？」

舞子は思わず声を上げた。松井も驚きの表情を隠せずにいる。

「私が目撃した時はここまで雨が強くなかったです」

石川は言った。

「たしかにその日より雨が強かったということであれば、この検証は無意味です。だいたい、自然現象で同じ状況など作り出すなんてことはできない。実験はここまででいいですね」

松井は出て行った。

「そんな……ちょっと待ってください」

舞子は松井を追いかけていく。

「明石くん、無意味って言われちゃった。撤収ー」

藤野がトランシーバーを手に取り、明石に伝える。

「ラジャー」

明石からは軽い調子で反応が返ってきた。皆それぞれ片づけを始めたが、

「ここの店はよくいらっしゃるんですか？」

深山は石川に声をかけた。

「はい。仕事場がこの通り沿いなので」

「じゃ、この道はよく通ってるんですか」

「ええ」

「ここの席には？」

「よく座ります。眺めがいいですから」

「たしかに。あ、あそこの幼稚園って、えーっと、何幼稚園だっけな」

深山は立ち上がり、マンションと道を隔てた位置にある幼稚園の看板に目を凝らした。「あれ、ごめんなさい。僕、コンタクトするの忘れて文字が見えないや。なんだっけな」

「『王泉《おおいずみ》幼稚園』ですよ」

石川は言った。

「そう書いてあります？」

「ええ。あんなに大きな看板、見えないんですか？」

「そうなんですよ……何幼稚園でしたっけ？」

「王泉幼稚園です」

「そうだ！　王泉幼稚園。ありがとうございます」

深山は石川に笑いかけると「藤野さん、早く撤収してください」

藤野にカメラを片づけるよう声をかけた。

刑事事件専門ルームに戻った深山は、佐田と舞子と一緒に、松井が帰った後の深山と石川とのやりとりを撮った映像を見ていた。ホワイトボードには『11／14検証実験実施　結果：実験時の雨が強すぎたので見えなかった』と書いてある。

「なるほどな」

佐田が納得したように頷く。

「こんなことして大丈夫ですか？」

舞子が深山に尋ねた。

「僕は事実を知りたいだけだから」

深山は淡々と言う。そして何気なく、検証の際に紛れ込ませたプロレスラーの写真を写真立てに戻している中塚を見た。写真立ての裏をはずして、また入れなおしている。

「佐田先生」

舞子が佐田に確認しに行くと、

「依頼人の利益を考えたら当然のことだ」

佐田も深山の行動を認めるような発言をする。

「これで目撃証言は崩れた。あとは凶器のモアイ像についてた指紋検証だけ……」

ホワイトボードには『茅ヶ崎さんの指紋が凶器だけに残っていたのはおかしい。11／2所在地尋問実施　結果：凶器が写真立てだと何故わかったか↓村野から教えてもらう』とある。

と、深山のスマホに着信が入った。

「もしもし」

「ああもしもし、清水だけど」

「清水？」

「いやいやいや。『週刊ダウノ』の清水」

「週刊……あーあー、清水さん」

「そうそう。ラーメン食ってる」

「なんかわかりました？」

「ああ。あのさ、実は、安田に脅迫されてた奴の中に面白い名前を見つけたんだよ」

「面白い名前？」

「ＩＴ企業の社長でさ、村野正義。目撃者、石川の婚約者だ」

「……村野さん？　婚約者？」

深山は電話を切ってホワイトボードに近づいていく。

「あ！」

舞子が立ち上がった。

「どうした？」

佐田が尋ねる。

「凶器と同じモアイ像がもう一つ……」

舞子は村野と石川がお揃いで写真立てを買ったと言っていたことを思い出した。


翌日、深山と舞子は村野の自宅マンション『四沢ウイングテラス』を訪ねた。部屋番号を押し、インターホンを鳴らす舞子。

「こんなことして大丈夫なの？」

深山は背後から声をかけた。

「事実を知るにはこれしかないんでしょう？」

舞子が言ったとき、

『……はい』

村野が出た。

「弁護士の……」

「弁護士の深山です」

深山が舞子を押しのける。

『……いきなりなんですか？』

村野が警戒した声を出す。

「石川さんを襲った犯人が別にいることがわかったんです。そのことで、ご報告したいことがありまして」

深山が言うと『ああ……どうぞ』村野はドアを開けた。

「開きましたー」

深山は明るい調子で入っていく。


村野はリビングに二人を通し、コーヒーをいれてくれた。

「あ。普通で美味しい」

深山は向かい側に座る村野に言った。村野は苦笑いを浮かべている。

「失礼ですよ」

舞子は慌てて深山に囁く。

「本当にほかに犯人がいるんですか？」

村野が口を開く。

「そのようですね」

深山はコーヒーカップを置いた。

「警察から、そんなこと何も聞いてませんよ？」

「ジャーナリストの安田さんは他にもネタを掴んで、脅迫していた人物がいたそうです」

深山が説明している間、舞子はキョロキョロ部屋を見まわした。と、背後のカップボードの上に凶器と同じモアイ像の写真立てを見つけた。舞子は深山を見て、後ろを見ろと首を振って合図を送ったが、あまりにもあからさますぎる。

「どうかしました？」

村野が挙動不審な舞子に尋ねた。

「あ……寝違えてしまって。あ、痛たたたた……」

舞子はわざとらしく、首をさすった。深山は冷めた目で舞子を見る。

「そもそも彼女を襲った凶器に茅ヶ崎の指紋がついていたんですよね？」

村野が尋ねた。

「そこなんですよー。指紋。そこが謎で。どうやって凶器につけたんでしょうねえ」

「……そうなんですね」

村野はホッとしたように言い、ちらりと舞子を見る。

「おかわりもらえますか？　なんか……すごく美味しい」

舞子はコーヒーを一気飲みして、村野に言った。

「……あ、ちょっと待ってください」

村野は立ち上がり、キッチンに行く。

「コーヒーメーカーにコーヒー残ってんの見えるでしょ？」

深山は舞子に言った。

「え？」

「これも飲み干して」

深山は自分のコーヒーカップを舞子の方に滑らせる。

「え」

「早く！」

深山に言われ、舞子はカップを手に取った。けれどついさっき自分の分を飲んだばかりでお腹がいっぱいだ。

「来ちゃうよ、早く！」

深山が有無を言わさぬ口調で言うので、残っているコーヒーを飲み干した。深山はそのカップを自分の前に置く。そこに、村野が戻ってきて、舞子の前にカップを置いた。

「このコーヒー、普通で美味しいんで、僕もおかわりもらってもいいですか?」

深山はカップを差し出した。

「あ、なくなっちゃったんで、淹れ直しますね」

「すみません、お願いします」

深山がにこやかに言うと、村野はカップを持ってキッチンに向かった。

深山はハンカチを手に素早く立ち上がり、凶器に使われた石川とお揃いの写真立てを見に行く。

「もうちょっとうまくやってくんないかな」

深山は、続いて写真立ての方にやってきた舞子に言う。

「人に飲ませといて、何言って……」

「しー!」

深山は慌てて舞子を黙らせ、写真立ての裏に回った。「これが同じものか……思ったよりでかいな」そこには『2016.9.14婚約　相思相愛』と書いてある。深山は凶器の写真を思い出していた。そして、あることに気がついた。

舞子を見ると、スマホを取り出して、キッチンの方を気にしながら写真立ての写真を撮っていた。深山は舞子の手からスマホを取り上げて、撮った写真を見た。

「写真がぼけてなくてふぉっとしたよ」

深山が言うと、舞子はぽかんとしている。

「あ、写真を撮るときはしゃしん忘るべからず」

もう一つ親父ギャグを思い出して言うと、

「えっと……三点」

舞子はとりあえず点数を付けた。深山はムッとして、

「君とはやっぱり合いそうもない」

と言う。そして写真立てを持ち上げ、

「合いそうモアイ」

と、笑った。舞子はつらくなり、背中を向ける。でも深山はその背中に向かって、

「ね、モーアイつ来るかな。ねーねーモーアイつ来るかな。ねーねー」

と、声をかけ続ける。

「どうしろっていうのよ！」

舞子は背中を震わせた。

「モーアイつ、来るかな。モーアイつ、コーヒーいれ終わるかな」

深山の親父ギャグ攻撃は止まらない。

「助けてー、明石さん、助けてー」

舞子は声をひそめて、思わずそこにいない明石に助けを求めた。


やがて、延期されていた裁判の日がやってきた。検証にかかる合意書面の取調べが行われたことを前提に、舞子が石川の証人尋問を始める。

「証人が被告人を目撃したとする場所ですが、証人はよくその場所を訪れているということでしたね」

「はい。落ち着くのでよく行っています」

石川は答えた。もう、けがは完全に癒え、包帯はしていない。

「窓から外を眺めることは」

「ええ。眺めがいいので、窓際の席からよく外を眺めています」

「見慣れた景色、ということですね」

「何が……言いたいんですか」

石川は念を押す舞子に尋ねた。

「裁判長、証人の記憶喚起のため、先日行った現場での立ち会い実験の様子を弁護人が撮影した動画を再生したいのですが」

舞子は言った。

「証拠としてはまだ申請されていませんが、検察官、どうされますか」

山内が松井を見る。

「報告書が出ているので必要ないと思いますが……まあどうぞご自由に」

松井は不愉快そうな口調ではあったものの、了承した。

「では、どうぞ」

山内が言うと、深山は喫茶店での実験の様子を再生した。スーツ姿の男の顔が識別できない様子が再生される。

『見えませんでした』

石川がそう言った様子が流れ、茅ヶ崎は顔をしかめた。その後、松井が出ていってしまい、藤野が明石に撤収、と声をかける。そして……。

『ここの店は……よくいらっしゃるんですか?』

深山が石川に尋ねるシーンが流れ出す。

「どういうことだ?　映像を撮り続けていたなど聞いてないぞ!」

松井が舞子に向かって抗議した。

「あなたが勝手にやめたんでしょう」

舞子は冷静に対応する。

「静粛に。弁護人、この映像の取扱については後ほど改めて検討します。いったん尋問を続けてください」

山内が言い、映像は流れ続ける。といっても、出入りのないマンションの入り口が映っているだけだ。ただ、深山と石川の声が入っている。二人は幼稚園の名前の話をしていた。

『……なんだっけな』

『王泉幼稚園ですよ』

『そう書いてあります？』

『ええ、あんなに大きな看板……』

と、そこで映像は看板の寄り画面になった。そこには『奈《な》ッ《っ》楠《くす》幼稚園』とある。でも映像からは『王泉幼稚園ですよ』と笑う石川の声が流れてくる。

「弁護人、この映像の扱いについては、後ほど改めて検討します」

山内が舞子に言う。「いったん尋問を続けてください」

「映像を見ればわかるとおり、この看板には『奈ッ楠幼稚園』と書かれています。なぜなら前日に私たちが幼稚園の許可を得て、張り替えたからです。それなのになぜ証人はその看板を見て、『王泉幼稚園』だと言ったのでしょう」

「異議あり」

松井が立ち上がった。「看板に細工した映像を前提に尋問するなど認めるわけにはいきません」

「弁護人、意見を」

山内が舞子に言う。

「読み間違えたということは、茅ヶ崎さんを見ていないという決定的な証拠になり得るんです」

「なぜそれが決定的な証拠になり得るのですか？」

山内は尋ねた。

「検察側の主張通り、天候を再現することはできません。見えないと言われればそれで終わりです。しかしながら、私たちは証人の目の異変に気がついたんです」

「私には見えています」

石川は声を震わせた。

「証人の住む家の大家さんに話を聞いたところ、掃除好きだったあなたがゴミを見逃すようになったと。それと、病院で婚約者の方がどこにいるかわかってなかったですよね？　その状況を見て、証人は目に病を抱えているのではないかと推測しました。証人の目が見えないことがはっきりすれば、目撃証言は全て覆ります」

「絶対にそんなことありません」

石川は強く否定した。傍聴席の村野はうつむいている。

「お考えはわかりました。弁護人はこの映像を後ほど速やかに証拠として提出していただけますか」

「ちょ、ちょ、ちょ、ちょっと待ってください。こんな映像、証拠として採用すべきではないでしょう」

松井が慌てて立ち上がる。

「証拠として採用していただけないのであれば、我々としては証人に医師による視力鑑定を受けていただくのでもかまいませんが？」

舞子の言葉に、松井は言い返すことができない。

「裁判所としては先ほど申し上げたとおりです。この映像に基づくこと以外で他に尋問事項があれば弁護人は続けてください」

山内が言った。

「ありがとうございます。では、最後の質問に移ります。証人の記憶を喚起するため、検察官請求証拠甲第十一号証を示します」

舞子はビニールに入った凶器の写真立てを石川の元に持っていく。松井も席を立ち、確認した。

「これはあなたが襲われた時に使われた凶器です。確認していただけますか？」

舞子に言われ、石川は写真立てを見る。

「これはあなたのものですか？」

「はい」

「あなたと婚約者の彼が楽しそうに写っていますね。私はこんな大切なもので殴った犯人が許せません。あなたもそうですよね」

「もちろんです。彼との思い出の品で……」

「裏にメッセージも書かれてるんですよね？　もう一度、よくご覧ください」

舞子が言うと、石川は目を凝らしてメッセージを見た。写真立ての裏には、『相思相愛』と書かれた『相』と『愛』の間に小さくひらがなで『も』と書いてある。

「も……も……も……モアイ」

石川は突然、声を震わせた。

「どうされましたか？」

山内が、様子のおかしい石川に声をかけた。

「裁判長、申し訳ありません。私が嘘をついていました」

石川が言うと、法廷内にざわめきが起こった。

二〇一六年秋、石川は村野のマンションにいた。二人は婚約記念にお揃いのモアイ像の写真立てに、婚約した九月十四日に撮影してプリントした写真を飾り、裏側の板に日付を入れて『相思相愛』と記入した。

ソファに並んで腰かけた二人は、写真立てを同時にテーブルに置き、フフフ、と、微笑み合う。

（コーヒーいれてくる）

村野がソファから立ち上がった。

（うん、ありがと）

その隙に石川はいたずらっぽく笑いながら、一つの写真立ての『相』と『愛』の間に『も』と書き入れた。

（『相思相……モアイ』）

そして笑いながら、肩をすくめた。

「茅ヶ崎さんは……犯人ではありません」

石川の発言に、この日もバッチリ変装している佐田はガッツポーズをしそうな勢いで立ち上がった。村野は崩れ落ちそうになっている。

「静粛に」

山内が言うと、ざわめきがおさまる。佐田も慌てて、ずれかけたかつらを直す。

「以上です」

舞子は満足げに笑みを浮かべ、席に戻った。

「あんた、あの子のなんなのさ」

茅ヶ崎は村野の方を指さし、かっこよくポーズを決める。

「被告人、今は勝手な発言は控えてください」

だがすかさず山内に注意をされ、茅ヶ崎は叱られた子どものようにしょぼくれる。

深山は椅子を回し、ちらりと舞子を見た。


刑事事件専門ルームに戻ってくると、舞子はようやくたどり着いた事件の真相を語り始めた。

「村野さんは、安田さんにインサイダー取引の情報を掴まれ脅されていて、安田さんの殺害を計画。たまたま事務所で鉢合わせになった茅ヶ崎さんも脅されていることを知り……殺人の罪を茅ヶ崎さんになすりつけようと考えたんです」

「イエス！」

刑事事件専門ルームの外に置いてあるリクライニングチェアに座っていた佐田が、ひっくり返るほどチェアを揺らして大きくガッツポーズをする。

九月後半のある日――。

（村野さん、わざわざお越しいただいてすみません）

（ああ、いえいえ）

（単刀直入に言わせてください。インサイダー取引されてますよね）

（ハハハ、何をおっしゃっているのか）

村野は笑い飛ばそうとしたが、

（こちらをご覧ください）

安田は一枚の紙を見せた。そこに村野の会社がインサイダー取引を行ってきた事実が、一覧表としてまとめられていた。

『安田企画』から出てきた村野は、思わずふらつき、壁に手をついた。全身から血の気が引いているのがわかる。片方の手を口に当て、どうしたらいいのか考えていると、エレベーターが開いた。出てきたのは茅ヶ崎だ。

（ああ、すみません）

お互いにふらついているので、すれ違った村野と茅ヶ崎はぶつかりそうになった。茅ヶ崎も安田に脅されているのか、どこか思い悩んでいる様子で『安田企画』に入っていく。そのとき、村野はひらめいた。

「その目撃者に石川さんを仕立てたのですが、白内障を患っていた石川さんが事情聴取後に弱気になったんで、口封じのために村野さんは石川さんを殺害しようとしたんです」

舞子が説明を続ける。

「イエース！」

「あの、凶器の指紋はどうやってつけたんです？」

藤野が尋ねる。

「お揃いの写真立てを……」

「イエース！」

「佐田先生、お静かに」

舞子に注意され、佐田は「あ、はい」と小さくなる。

「お揃いのモアイ像の写真立てを利用したんです。ガラスと裏の板をほかの写真立てと取り換えて……」

舞子は説明を続けた。

安田の殺害、そしてその罪を茅ヶ崎になすりつけることを思いついた村野は、凶器のガラスの置物にジョーカー茅ヶ崎の写真を貼り、細工を施した。

自分の家のモアイ像の写真立てにはめてあったガラスを別の写真立てにはめ込み、そこに茅ヶ崎の写真を入れる。そして、『相思相愛』と書かれた裏側の板をはめる。

「それに茅ヶ崎さんの写真を入れて、ライブの後に出待ちをして……サインをもらうときに、指紋を採取したんです」

村野は革手袋をはめ、ファンに紛れ、茅ヶ崎の写真を入れた写真立てにサインをもらった。そして家に帰ってきて、茅ヶ崎さんのサインを消し……」

「茅ヶちゃんのサインを消した？」

明石は声を上げたが、舞子はスルーする。

「ガラスと裏の板を指紋のついたガラスをモアイ像の写真立てに戻した。その凶器を使って、村野さんは石川さんを殺害しようとした」

石川の部屋に忍び込み、寝ている石川の頭を殴って、凶器のモアイ像の写真立てを床に置く。そして自分は石川の部屋に飾ってあったおそろいの写真立てを持って、部屋を出た。そして持ち帰り、自分の部屋に飾っておいたのだが……。

「お揃いのモアイ像なのに、どうして凶器が彼のものとすり替わっていたことがわかったんですか？」

中塚が疑問を口にした。藤野が「たしかに」とうなずく。

「石川さんは彼にあげたモアイ像の裏にだけ、裏に書いたメッセージに『も』と付け加えた。法廷で凶器を見せられた石川さんは書き加えた『も』に気づき、自分を襲った犯人は村野さんだと知った」

深山は言った。

「裏切られたと知った石川さんは真相を全て話したってわけですね」

藤野は頷く。

「イエス」

深山が落ち着いた口調で言うと、

「イエッス！」

佐田がまた大声で言う。

「しかし、目撃者の石川が白内障を患っていたってよくわかったな」

明石は言った。

「それは深山先生です。本当に細かいというか」

舞子が深山を見る。佐田はまだ「イエッス！」と叫んでいるがもはや誰も相手にしない。

「まあまあだね」

深山が舞子に言う。

「何が？」

「法廷の進め方。ちょっと詰めが甘いけどねー」

「イエスイエス！」

「ほら、イエスって言ってる」

「うるさーーーーい！」

舞子が声を荒らげた時、

「イエス！」

佐田がいいタイミングで声を上げた。


そして、判決の日がやってきた。

山内に言われ、茅ヶ崎は立ち上がる。

「被告人、証言台へ」

「それでは、判決を言い渡します。主文、被告人、茅ヶ崎万次郎《ちがさきまんじろう》は……無罪」

その途端に、傍聴席のファンが歓声を上げた。茅ヶ崎も満面に笑みを浮かべ、傍聴席や、深山たちに向かってポーズを決めてくる。この日は変装していない佐田は、隣の席の元木とがっちり握手を交わした。

川上と遠藤は、裁判所の廊下を歩いていた。

「本来なら、こんな足並みを乱すような判断は、断じて許すわけにはいきませんが、結果として、山内も良い判断をしてくれましたね。これで真相が明らかにならなければ、大変なことでした」

遠藤が川上の顔色をうかがいながら喋り続ける。

「あいつの成長は川上さんのおかげです」

そして足を止め、頭をさげた。

「そんなことあるかいな」

川上がそう言ったとき、ちょうど階段から舞子が下りてきた。

「おおー、尾崎やないか」

「川上さん」

舞子は立ち止まったが、

「お先」

と、深山は行ってしまう。

「あ、はい」

舞子は深山の背中を見送った。

「なんやあいつ、愛想のないやっちゃなあ」

川上は去っていく深山を見て笑った。そして舞子に向き直り、

「尾崎、おまえ無罪、勝ち取ったらしいな。いやー、優秀な奴はどこに行っても力を発揮できるなあ」

と、言う。

「仲間の弁護士のおかげです」

舞子は深山を見送りながら言った。

「仲間か。ええがな」

「山内さんも公正に裁いてくれました。感謝しております」

「……ああ」

微笑みながら言う川上に、舞子も笑みを返す。

「では、失礼します」

「おう」

舞子のヒールの音が小さくなっていくと、

「遠藤」

川上は遠藤の方に振り返った。

「はい」

「山内は、東京で裁判官続けるのは向いてないかもしれんなあ」

「え？」

驚きで立ち尽くす遠藤を置いて、川上は舞子たちが下りてきた階段を上がっていく。

「あっこの穴子、うまかったやろ。蒸したやつ。俺は蒸しのが好きやねん」

川上は一段一段階段を上がりながら、後ろから追ってくる遠藤に言った。

「あ、はい」

「おまえは？」

「あ、はい。美味しかったです」

「焼き？　蒸し？」

川上は山内のことには二度と触れず、歩き続けた。

数日後、舞子は日比谷公園で落ち合った。

「いろいろありがとうございました」

「ああ」

この日も雨で、二人は傘を差しながら並んで歩いていたが、山内は心ここにあらずといった様子だ。

「どうしました？」

舞子は尋ねた。

「北海道の家裁の所長代行に空きができたんで、異動することになった」

山内は前を向いたまま言う。

「異動？　まさか、私たちのせいですか？」

「違うよ。栄転だ」

山内はそう言うと、ふりかえった。「むしろ君には感謝している。ありがとう」

そして頭をさげた。

「そんな……」

舞子は首を振った。

「僕がやることはこれからも変わらない。どこに行っても法と良心に従って、頑張るよ」

かすかに笑みを浮かべる山内に、舞子はかける言葉が見つからなかった。

刑事事件専門ルームに戻った舞子は、山内の件を深山たちに話した。

「それって左遷じゃないんですか？」

藤野が声を上げる。

「裁判官の世界っていうのも、窮屈なもんだな。目に見えない見えないルールがあって、そこから逸脱した者ははじかれていく。今に始まったことじゃないさ」

佐田は、落ち込んでいる舞子を励ますように言った。

「それじゃ、真面目な裁判官が馬鹿を見るってことですか?」

中塚は言うが、

「無実の依頼人は救われたんだ。君がやったことは間違っていない。俺たち弁護士はそういうことも戦っていかないといけないんだ」

佐田は舞子に向かって、握手を求めた。

「今はそういう気持ちには……」

「君は弁護士になったんだ」

佐田が強引に右手を握る。「よくやった」

そして今度は、深山に手をさしのべる。

「救われました。ありがとうございます」

そう言え、とばかりに深山は立ち上がる。

「おまえに言う必要はない。今回の主任は尾崎なんだ」

「事実を見つけたのは僕ですよ？」

「ああ言えばこう言う。ほらっ」

佐田に強要され、深山は一応握手をする。

「貸しですよ」

そしてそう言って、部屋を出ていった。

「よくやった」

佐田は舞子の肩を叩いた。珍しく拒否されなかったので、驚きながら佐田も部屋を出ていく。

「俺、司法試験に受かっても、絶対に裁判官になりませんｎ」

明石は高らかに宣言したが、

「大丈夫、なれないから」

藤野に失笑され、

「エンセリオ、マ・ジ・で」

中塚は両手を胸の前でクロスさせ、プロレスラーBUSHIの決め台詞を口にする。

舞子は自席で、佐田と握手を交わした右手を見つめていた。


数日後、裁判があり、川上は法壇の上に座っていた。この日の被告人は、若い女性だ。

「傍聴席に自分のお子さんがいるんですよね？　連れて来てもらえます？」

川上が言うと、傍聴席で赤ちゃんを抱いていた被告人の母親が、被告人の元に歩いてきた。

「抱きしめてあげて」

川上が言ったが、被告人は戸惑っている。

「ええから」

川上がさらに言うと、被告人は母親から息子を受け取り、抱きしめた。その途端に、被告人は泣き崩れる。

「その子の温もりをしっかりと感じてください」

川上の言葉に、被告人は何度も頷く。

「薬物を断つのは並大抵のことではありません。頑張りや。もう二度としたらあかんで。お天道様はな、いつも見てるで」

穏やかな口調で声をかける。これが川上流の裁判のやり方だった。

そして深山は一人、厳しい表情で廊下を歩いていた。

第４話

奇策！　民事法廷で刑事事件の無実を証明せよ

「それでは判決を言い渡します」　裁判長の舞子が言った。

「意義あり」

弁護人席の明石は手を挙げ、立ち上がった。

「本件は明らかに冤罪です。この私が弁護人となったからには、無実の者に罪を着せるなど、九十九・九九％許さない」

明石がびしっと決めたところに、今度は相棒の弁護士、藤野が登場した。

「日本の刑事裁判における有罪率は九十九・九％。いったん起訴されたらほぼほぼ有罪が確定してしまう。このドラマは、残りの〇・一％に隠された事実にたどり着くために、難事件に挑む弁護士、明石達也の物語である」

「今から弁護人、明石達也が〇・〇一％に隠された事実を、皆さんの前で明らかにします」

明石が証人席に向かいながら言うと、法廷内がざわつきはじめる。被告人は、深山だ。深山はエプロン姿で、悄然と立ち尽くしている。

「被告は、事件のあった時刻、別の場所で料理をしていたという証言があります」

明石は被告の深山の腕に、手を置いた。だが深山はその手を払いのける。

「その証言をするのは、料理を食べていたこの私です」

「そんなことより早く食べ……」

深山がボソッと言ったとき、

「異議あり！」

検察官の佐田が手を挙げた。佐田は口ひげをたくわえている。

「我々も新しい証拠を提出します」

「聞いてないぞ！」

明石は声を上げた。

「犯行時刻、殺害現場にいたのは、弁護人、明石達也です！」

「な、何を言ってんだよ……」

明石が焦っていると、

「検察官の異議を認めます」

舞子が言った。

「裁判長？　おかしいだろ！」

「判決を言い渡します。ゲコ」

舞子は編み物をしているおばあさんの腹話術人形を手に、立ち上がった。

「弁護人を、射殺」

舞子が腹話術の声で言うと、佐田が力強く「イエス！」とガッツポーズをする。

「しゃさ、しゃさ……射殺――？」

叫ぶ明石に、

「射殺」

腹話術人形の声を使った舞子が言う。

「トマトに失礼でしょうが」

深山は冷たく去っていき、明石は銃弾でハチの巣にされ……。

「ああああああああ……！　撃ったね？　親父にも撃たれたことないのに？　なんじゃこりゃあああああ！」

叫んだところで、目が覚めた。

明石の両手は血でベトベト……いや、トマトだ。

「うるさい！　今『モンスタークッキング』見てるんだから！」

加奈子に怒鳴られ、自分が『いとこんち』のカウンターにいることに気づいた。どうやら深山が作ったトマト料理を食べながらうとうとして夢を見ていたようだ。両手で皿の中の料理をつかんでしまっている。

「ちょっと、トマトに失礼でしょうが」

厨房にいる深山が、夢の中と同じセリフを言い、隣に座っている中塚が不快な顔でティッシュを出し、明石の手を拭いてくれる。

テレビには、プロレスラーによる料理番組『モンスタークッキング』が映っていた。今日は『特大☆中西ジャーマンポテト』だ。レスラーの中西学は、巡業中にツイッターでホテルの朝食をアップするのだが、そのあまりの品数と量の多さが『モンスターモーニング』と呼ばれ話題になっている。この番組は、その中西が、アシスタント役にやはりプロレスラーの北村克哉を従えて料理を作る。筋肉自慢の北村は、裸にエプロンだ。

「大翔のお嫁……、さんになるために料理の勉強してるのよ」

加奈子は料理番組をメモしながらアピールしたが、深山は完全にスルーしている。

「あー、夢かー。もったいない」

明石は目の前の皿を見て言った。

「ああ、通りにくい。パキラ、三か月で大きくなりすぎ」

坂東は一メートルをゆうに超えたパキラをかき分けながら、厨房からフロアに出てくる。

「だいたい料理を前に寝るなんてありえないでしょ」

深山が明石に言う。

「寝不足なんだよ！　司法試験まであと三か月。プレッシャーに押しつぶされそうで、毎晩悪夢で目が覚めるんだよ」

「大丈夫だよ。絶対に受かんない」

深山はおちょくるような顔で笑っている。

「その期待、見事に裏切ってやる！」

「うるさい！　聞こえないでしょー！」

加奈子は明石を怒鳴りつけた。

「中塚ちゃん、あのエプロンもデザインしてんの、あれ？」

坂東がテレビを見て中塚に尋ねた。番組で、中西と北村は、お揃いの黄色いエプロンをつけているのだ。

「新日本プロレスをずっと応援してたら、いつのまにか選手のTシャツとかもデザインするようになっちゃって」

中塚はデザインしたロゴを坂東に見せた。

「『ACE《アセ》』？」

「『ACE《エース》』」

中塚はすかさず訂正する。

「あ、オカダ?」

坂東はオカダカズチカの顔入りTシャツのデザインを見て言う。

「知ってるんですか?」

「うちに来たもの」

「えーーー! あ、これ、トランキーロ。焦るなよ」

中塚はどんどんTシャツのデザインを見せていく。

『えー、ここにコンソメを大さじ二杯入れるんだよな。これがな』

『中西さん! 違います、大さじじゃないです。小さじです!』

中西が北村に指摘された。「小さじかよ?」

メモを取っていた加奈子が声を上げ、メモを書き直す。

『ウソ? ホンマ?』

中西はカンペを見ている。

「小さじだよ!」

店にいたアフロおじさんも苛ついている。

「いいかげんな料理番組だね」

深山はおまたせ、と、料理の皿を持ってカウンターに出てきた。

「じゃあ中塚さん、今度うちの店のTシャツも作ってよ」

「ぜんぜんいいですよ！」

坂東と中塚はすっかり盛り上がっている。

「はい。『カリフラワーの早春サラダ』」

深山は皿をカウンターに置いた。

「あ、山田先生もどうぞ」

坂東はテーブル席にいたアフロおじさんをカウンターに呼んだ。おじさんは漫画家の山田貴敏先生だ。

「マジで？　いいすか？」

アフロおじさんが立ち上がったところに、またアシスタントが飛び込んでいた。

「いたよ、先生。もう、仕事の指示してくださいよ！　みんな待ってるのになんで一人で飲んでるんですか！　『コトー』再開するんですよね？　担当さん怒ってましたよ、携帯つながらないって！」

アシスタントは山田の頭からアフロのかつらを取った。

「あ！　取ったらおまえ、五パー引きにならないじゃねーかよ！」

この店は『アフロの方5％割引きします』の貼り紙がある。

「うるさいっ、聞こえないんだよっ！」

加奈子がもめている二人を怒鳴りつけた。

「いただきマゼラン海峡」

カウンターで、深山が手を合わせる。

「……三点」

採点したのは、アフロおじさん——山田先生だ。山田はアシスタントに引きずられるようにして帰っていく。テレビの中ではまだ中西があたふたして、北村に注意されている。

「うーーるせーーーーっ！」

加奈子は声を限りに叫んだ。その形相は、新曲『ロマンスのカニカマ』のジャケット写真の笑顔とはまったく別人のようだった。


その頃——。

『岩村モーター』の敷地内で、『たなはし機械製作所』の専務、棚橋幸次郎がスパナで殴られた。

「ううっ」

棚橋は声を上げて倒れ、絶命した。

「あーーーーーー！」

その近くのビル街で、叫び声が響き渡った。そして……。岩村モーターの社長、岩村直樹が『くらもと倉庫』ビルの裏に、落下した。白いセーターを着て、うつぶせに倒れている岩村の頭から、真っ赤な血が流れ広がっていく……。

一週間後――。

「どうもご苦労さまでーす」

藤野は刑事事件専門ルーム事件で、通販サイト『ｎａｍａｚｕｎ』からの荷物を受け取り、舞子の机の上に置いた。

「おはようございまーす」

そこに舞子が出勤してきた。

「あ、おはようございます。ちょうど荷物届いてますよ」

藤野が声をかけると、舞子はいつものクールな表情のまま、自分の机に歩いていく。

「いやぁー」

そして、ｎａｍａｚｕｎの段ボールを見て目を輝かせ、さっそく開け始めた。

「実家から差し入れか？　食い物ならお裾分けしろよ。リンゴか？　実家どこだっけ？」

明石が舞子に近づいていく。段ボールの中に入っていたのは……腹話術の人形だ。編み物をしている、外国のおばあさん風の人形を見て、

「あああああっ」

明石は声を上げて逃げ出した。夢の中で明石に『射殺』と言った人形だ。

「可愛い～。わ、目動いた！」

舞子は人形を抱き上げてうっとりしている。

「わっかんないな～」

深山は自席でコーヒーを飲みながら呟いた。

「わ、口も動いた！」

舞子はすっかり興奮している。

「棚が自分の城みたいになってきましたねえ……」

藤野は舞子の机の後ろの棚を見て言った。そこにはいっこく堂のうちわやタンブラーなど、いっこく堂グッズであふれている。いっこく堂と一緒に撮った写真も飾ってある。みんなに腹話術部だったことをカミングアウトしてから、舞子はいろいろと私物を持ち込んでいる。

「あれだね、明石さんと同じタイプだね」

深山は言った。たしかに明石の机の周りも、自分が制作したグッズであふれているし、中塚の

机はプロレスグッズ、藤野の机の周りは双子の娘の写真や作ってくれた工作で固められている。片付いているのは、飴が入っている入れ物しか置いていない深山の机だけだ。

「やめてください！」

舞子と明石は同時に抗議した。

「あ、揃った」

藤野が笑っている。

「あ、深山先生、尾崎先生、佐田先生がお呼びです」

中塚が入ってきて伝えると、

「わかりました～」

舞子は腹話術の人形を持ったまま腹話術の声で言った。そして、テンションが上がったのか、
クククク！と笑った。


斑目法律事務所の応接室には、岩村梢が訪ねてきていた。応対しているのは深山と佐田、舞子だ。

「なるほど……」

佐田が読んでいた刑事記録を深山に渡そうとすると、舞子が立ち上がってさっと奪いっていく。

「岩村さん。刑事事件の弁護の依頼で来られたんですよね？」

佐田が尋ねる。

「そうです」

梢がうなずいた。

「いただいた刑事記録には、ご主人が棚橋幸次郎さんを殺害したのち、それを後悔して自殺したと記されています。そして、被疑者死亡のまま書類送検されて、不起訴処分となっています。申し上げにくいですが、検察が被疑者死亡で不起訴にしたのは、これをもって犯罪の捜査を終了するという意味なんです。裁判が開かれることもありません。ですので、刑事事件での弁護はできないんです」

「主人は絶対に殺人なんか犯していませんし、自殺もしていません！」

強く主張する梢を、深山はじっと見つめた。

「岩村さん……」

口を開きかけた佐田を制して、

「そう思う根拠は何ですか？」

深山が尋ねる。

「深山」

佐田は、またいつものことかとうんざりした表情を浮かべる。

「主人から、死ぬ間際にメールが届いたんです」

梢は携帯をさしだした。

「拝見します」

深山はその携帯を受け取った。

「深山！　聞いてるのか？」

「ええ。すごくうるさいなと思ってます」

「それはすごくうるさく呼んでるからだ。いいか……」

「黙ってください。刑事記録で遺書とされているものですよね」

今度は、舞子が佐田を遮った。そして、刑事記録のメールが遺書とされているページを見せる。

「はい」

梢が舞子に頷く。

「『私は、取り返しのつかないことをしてしまった。棚橋さんをこの手で殺してしまったんだ。お前に迷惑をかけてしまい、本当に申し訳ない。許してほしい』。これが何か？」

舞子は内容を読み上げ、梢に尋ねた。

「このメールは丁寧すぎるんです」

「丁寧すぎる?」

「夫は無頓着でいつも句読点を打つことも、変換することさえもめんどくさがるんです」

「この文面はきちんと句読点もあって、変換もされてるから、変だと」

「そうです」

「死ぬ前だから丁寧に書いたんでしょう」

佐田は言った。

「いつも送られてくるのはどういうものですか?」

舞子が尋ねると、梢は岩村から送られてきた別のメールをスマホの画面に表示させた。

「お借りします」

舞子はスマホを受け取って画面を見た。そこには『きょうはいしゃにいく』とある。

「今日、歯医者に行く?」

「いえ、その時は医者でした」

梢は次のメールを見せた。そこには『きのうのはなしでおねがい』とある。

「昨日の話でお願い?」

「いえ、この時は昨日のはナシでお願いでした」

「ややこしいですね。少し、イラっとします」

舞子は顔をしかめた。

「私たちもかなり迷惑してたんです。メールでの意思疎通ができないんで」

梢は言う。深山はスマホを舞子の手から奪い、画面をスワイプした。

『こんげつはだいぶつかった』とある。

「大仏？　なるほどねぇ。これって警察にも話しましたよね」

「はい。でも、何も取り合ってくれなくて……。再捜査もしてもらえないんです」

「岩村さん、それが普通なんです。警察の捜査になんらおかしな点はないと、検察も判断しているんです。しかも、根拠がこのメールだけでは……」

佐田が言いかけたが、

「刑事記録を読む限りは、今のところ問題は見当たりません。それに、ご主人の指紋が凶器から検出されてますし」

舞子が遮ってきぱきと言う。その横で、深山は凶器の資料を手に取って読み始める。

「ひとつよろしいでしょうか。検察がこの刑事記録をご家族であるあなたに開示したということは、被害者側から慰謝料を求められてるのではないでしょうか」

佐田は尋ねた。

「……はい、実は損害賠償請求をされています」

梢は数日前の出来事を説明し始めた。

梢は『たなはし機械製作所』に呼ばれた。社長室には被害者の棚橋幸次郎の兄で『たなはし機械製作所』の社長、棚橋政一郎が、弁護士の森本貴とともに梢を待ちかまえていた。

（幸次郎さんは彼の大切な弟であり、この会社の共同経営者だった。彼がいなくなったことはこの会社にとっての大きな損失なんです）

森本は、社長室に置いてある写真立てを手に取って言った。そこには先代社長と兄弟が写っている。

森本が言うと、

（この責任はきっちりと取ってもらう！）

ソファに座っていた政一郎が勢いよく立ち上がった。

（ウェイト。落ち着いてください）

森本が政一郎に声をかける。

（岩本さん、こちらを）

そして森本が、賠償額の書かれた請求書を梢に掲示した。そこには『示談金として三億円の支払い義務がある』と書かれている。

（三億円？　無理です。こんな金額……）

　梢は言ったが、

（この示談に応じてもらえなければ、正式に訴訟を起こします。裁判になれば、もっと高額な請求をすることになりますよ）

（会社を売るなりなんなりして、用意すればいいだろう）

　森本と政一郎は厳しい口調で言った。

（そんな……）


　梢は困り果て、斑目法律事務所に来たという。

「三億円ですか……」

　舞子は考え込んだ。

「岩村さん。ご主人を信じたいお気持ちはわかりますが、不起訴という処分が確定して、これはもう終わった事件です。ただ、民事のスペシャリストとして一つアドバイスさせていただくと、この場合は相続放棄した方が賢明です。そうすれば損害賠償請求をされても、その支払い義務は消滅します」

　佐田は勧めたが、

「そんなことしたら、主人が罪を犯したことを認めることになります。私はやってないと、主人を信じております」

梢は必死で訴えた。

「残念ですが、うちではお引き受けいたしかねます。申し訳ございません。お引き取りください」

佐田は刑事記録を全て、梢の前に戻した。

「行くぞ」

佐田は舞子に声をかけ、応接室を出ていった。

「主人は、私が悲しいとか、寂しいとか、そんな気持ちをひょいっとすくいあげてくれたの……」

梢は遠い目をして、ひとりごとのように語りだす。

「あの」

深山は声をかけた。「これ、お預かりしてもいいですか?」

「……はい」

梢は大きな瞳をさらに大きく見開き、うなずいた。

佐田と舞子は刑事事件専門ルームに戻ってきた。その途端に舞子が口を開く。

「たしかに刑事事件では終わった話ですが、あんなに冷たくすることはないんじゃないですか?」

「いやいや、終わった事件にかかわるほどわたしゃ暇じゃないんだよ」

佐田は舞子を黙らせると「いいか、深山！　おまえも絶対に余計なことをするな！」と、振り返った。だが深山の姿はない。

「あれ？　深山は!?　おい、深山！」

佐田は刑事事件専門ルームを出て、階段を戻っていく。

「ちなみに、明石くんも今さっき出ていきました」

藤野が佐田に声をかける。

「深山先生から電話があったみたいです」

中塚も言う。

「じゃあ深山、あいつ現場行ったな？」

「ですかねえ……」

藤野が首をかしげる。

「尾崎、今すぐ連れ戻せ」

「また私ですか？」

舞子は迷惑そうな表情で佐田を見た。

「今後ずっと『私』です、その役目」

そう言い切った佐田を、舞子は睨みつけた。

ジュン＆モリモト法律事務所に戻った森本は、個室で顔をしかめていた。

「斑目法律事務所か……」


深山と明石は、刑事記録を手に岩村モーターの駐車場を見回していた。今現在、駐車場には一台だけ会社の車が停まっている。明石はその様子をデジカメで撮影していた。

「この車っていつもここに？」

深山は従業員に尋ねた。

「あ、はい」

「営業時間以外も……」

と、そこに、舞子がやってくる。

「深山先生。佐田先生から、この件に関わるなとお達しが出ました。今すぐ、事務所に戻ってください」

「今、事実を探してるから無理だと伝えてくれ」

明石が言ったが、

「あなたに言ってません」

舞子はぴしゃりと言った。

「刑事記録によると……」

深山は舞子を無視して刑事記録に目を通している。

「岩村さんの経営する岩村モーターは棚橋兄弟が経営する会社の下請け会社だった。被害者の兄、政一郎さんの証言によると、弟の幸次郎さんは一月十四日、十八時三十分にここで岩村さんと待ち合わせをして、契約破棄の話をしたとされている」

深山はその日の状況を頭の中で描いてみた。

入り口に棚橋幸次郎が立っていて、そこにやってきた岩村に、契約破棄を告げる……。

「その話にカッとなった岩村さんは、凶器であるスパナで幸次郎さんの頭を殴り、殺害。そして、その遺体を車の陰に運んだのち……岩村モーターから約一キロ離れたくらもと倉庫のビルの屋上から飛び降りて自殺した……」

深山は舞子を見た。

「それのどこが気になるんですか?」

「そもそも、契約打ち切りなんていう大事な話を、こんな入り口でするかなぁ」

「しないなあ」

「しませんね」

明石も、従業員も、深山に同意する。

「あとさぁ、カッとなった岩村さんは凶器であるスパナで殺害ってされてるけど、初めから、スパナを持って話してたってこと？」

「工場の中から持ってきたんでしょう」

舞子が言い、三人で少し離れた工場を見る。

「わざわざ、中まで取りに行って殺したってこと？」

「ちょっと待っとけ……明石、行きまーす！」

明石は従業員に案内してもらいながら工場内に入っていき、ダッシュでスパナを取って戻ってくる。

「うわあああああ」

明石はスパナを掲げて深山たちの方に走っていく。

「いやあああああ」

舞子は頭を抱えて座り込む。

「こんな奴来たら普通逃げるだろ」

明石は肩で息をしながら言った。

「どういう推測を立てようと、この刑事記録に違和感は感じません」

舞子は突っぱねた。

「でも、明石さんが走ってきたのは違和感を感じたでしょ」

「いいですか。この事件に関わった二人が亡くなってるんです。今やった検証が正しいかどうかは誰も証明できない」

「それなら、警察や検察が示した刑事記録も同じことが言えるよね？」

深山に問いかけられ、舞子は言葉に詰まる。

「被疑者死亡で不起訴になった場合、もはや裁判が開かれることもないし、警察の捜査も検察のチェックもおろそかになりがちになる」

「まあ、通り一遍のことしかやらないんだろうな」

深山と明石は言った。

（こんなことが通るのが司法なら、誰も幸せになれません）

舞子の頭に、友人の佳代が言った言葉が蘇ってくる。

「とにかくいったん事務所に……」

それでも舞子は立場上、そう言うしかない。

「とにかく岩村さんと弟の幸次郎さんとの間に何があったのか聞き込みに行こう」

深山は全く舞子の言うことなど聞かず、従業員にお礼を言って、帰ろうとする。

「君も行くよ」

そして舞子に声をかけた。


周辺は町工場が広がる地帯だ。深山は目に留まった工場に入っていき、作業員に話を聞いた。

「岩村さん、近々、契約切られるかもって困ってたんだよね」

作業員は言った。

明石も別の作業員に声をかけると、

「悩んでたよ。契約を打ち切られるって」

という答えが返ってくる。

舞子は『アダチ工業』という工場の社長、足立に話を聞いていた。

「棚橋社長、大事な弟さんを亡くして、ひどく落ち込んでて……」

足立は暗い表情で言う。

「岩村さんと亡くなられた弟の幸次郎さんとの間に何か揉め事というかそういうことがあったとか聞いてませんか?」

舞子は尋ねた。

「岩村から契約を打ち切られるって話は聞いてたよ。そのことで相当悩んでたからね……」

やはり返ってくる答えは想像通りだ。

深山が道で待っていると、聞き込みを終えた明石と舞子が戻ってきた。

「どうもこの辺り一帯は『たなはし機械製作所』の下請けばかりみたいだな」

明石が言う。

「やっぱり、岩村さんは契約打ち切りのことで相当悩んでたみたいですね。みんな口をそろえて言ってましたよ」

舞子も言う。

「おかしいねぇ」

深山は意味ありげに言った。

「何が？」

舞子は問い返した。

「刑事記録では契約打ち切りの話をされて、カッとなって殺したとなっている。でも、岩村さんが悩んでたってことは、事件が起きる前から、契約を切られることを知ってたってことになるよね」

「矛盾してるな」

明石が頷く。舞子も眉根を寄せた。

「次、岩村さんが自殺したビルまで行ってみよう」

深山は、『くらもと倉庫』までの一本道を歩き始める。ここはレンタルスペースだ。

「三谷工機……あの防犯カメラの映像を入手してきてもらえる？」

途中の工場に、防犯カメラがあることに気づいた深山は、舞子に言った。

「また？」

「今回は一人でできるかなー？」

と、深山は歩いて行ってしまう。

「俺が取ってきてやろうか？」

明石が得意げに尋ねてきたが、勝ち気な舞子は、一人で向かった。


舞子は『三谷工機』の事務員に頼み込んでいた。

「防犯カメラはプライバシーの問題とかうるさいから無理なんですよ」

だが、あっさりと断られてしまう。

「そうですよね……」

舞子は小さくため息をついた。その後ろで、勝手についてきた明石が誇らしげに舞子を見ている。舞子は明石の真似をして土下寝をするために床に膝をつこうとしたけれど、どうしてもプライドが許さない。

「私には無理！」

舞子が悔しさに唇をかみしめると、

「お願いします！」

明石が生き生きとした表情で前に出てきて、すかさず土下寝をした。

「しょうがないわねえ」

すると事務員はすぐに、データを貸してくれると言う。土下寝にはいったいどうしてこんなに効力があるのだろうと、舞子は首をかしげた。

深山は『くらもと倉庫』の屋上にやってきた。刑事記録と比較しながら、手すりを乗り越えて下を見てみる。さらに岩村が落ちた場所に行ってみて、刑事記録の現場写真と照らし合わせてみる。岩村が倒れていたのと同じように自分も地面にうつ伏せになってみた。と、血が流れていった先に、ブルーシートに覆われたセメントの袋が積んであることを発見した。

深山はその足で岩村宅を訪ねた。

「これが、警察から返された、凶器に使われたとされるスパナです」

梢は深山に言われ、ビニール袋に入った凶器のスパナを見せた。

「マッチョドラゴン……」

深山はビニール袋に入った凶器のスパナに書かれたメーカー名を読んだ。

「これはあの人が先代から受け継いだ特別なものでした。でも、あの人が使ったことはなかったと思います」

「ん？」

深山はスパナの先端に何か赤いものが付着していることに気づいた。

「引き受けてくださるんですか？」

梢が身を乗り出してくる。

「いいえ。個人的に気になっただけです」

「個人的に……ああ……」

梢はうなだれた。

「ありがとうございました」

立ち上がった深山は電話が置いてある棚に『真説・長州力』『天龍源一郎酒羅の如く』『２０１

1年の棚橋弘至と中邑真輔』などの本と一緒に『モンスタークッキングレシピ』というノートが置いてあることに気づいた。

「……あ、あれ」

「ああ、主人は『モンスタークッキング』が大好きで毎週欠かさず見てたんです」

「拝見します」

深山はノートを一冊手に取った。表紙にはご丁寧に中西と北村がポーズを決めている写真まで貼ってある。

「いつも番組で紹介される料理を作ってくれるんですけど、量が多すぎて食べきれなくて……」

梢が話すのを聞いていた深山の目に『2018.1.14　特大☆中西ジャーマンポテト』と書かれたページが飛び込んできた。

深山はその付箋を見つめ、記憶をたどった。

防犯カメラの映像を確認し終えた舞子たちは、刑事事件専門ルームで深山の帰りを待っていた。

「遅かったですね。どこ行ってたんですか?」

「え、なんで?」

「なんでってなんで?」

深山と舞子は意味のない問答を繰り返す。

「それより見ろよ！　岩村さんが防犯カメラに映ってたぞ！」

「今、テレビにつなげるから」

明石と藤野が興奮して声をかけたが、深山はまず机にリュックを置き、刑事記録等をカバンから出した。

「中塚さん、この刑事記録をまとめてください」

「ゼア！」

中塚は、永田裕志の敬礼ポーズを真似して言う。

「防犯カメラの前を通過した時刻は十八時五十二分です」

舞子はホワイトボードに、岩村の自宅からビルまでの地図を描いた。そして防犯カメラがある位置に印をして、『十八時五十二分』と書き加える。

「殺害時刻が十八時三十分ですので、遺体を隠してから、ビルに移動したということを裏付けることになりますね」

舞子が言うと、深山は立ち上がり、ホワイトボードの地図に岩村の自宅からビルに向かう交差点までの線を足した。そして、岩村の自宅に十八時四十分と記す。

「何やってるんですか？」

「岩村さんには、十八時三十分から十八時四十分の間は自宅にいたというアリバイがあった」

「どういうことですか？」

舞子に問いかけられ、深山はリュックの中から『モンスタークッキング』のノートを見せた。

「『モンスタークッキング』？　なんですかこれ」

「これが、岩村さんにアリバイがあった証拠」

深山は一月十四日のページを開いて、大テーブルに置いた。

「あ！　これ！」

中塚がが声を上げげた。『いとこんち』で坂東が『モンスタークッキング』をつけたときのメニュー『特大☆中西ジャーマンポテト』だ。

「一度『大さじ』と書かれたうえで『小さじ』と書き直されている。これはリアルタイムでテレビを見ながらメモを書いたという証拠になります」

深山は説明した。

「この番組は十八時三十分から十八時四十分までの十分間、放送されています」

中塚が付け加える。

「明石さん準備は？」

「あーできてるよ」

「早く出して」

深山は、防犯カメラの映像をパソコンで確認し始める。

「ちゃんと調べずに捜査を打ち切ったってこと……」

舞子はあごに手を当てて、考え込んだ。

深山は防犯カメラに映る岩村を見て、眉根を寄せる。

「だから言ったでしょ、被疑者死亡なら、警察も検察も通り一遍のことしか調べないって」

明石は偉そうに舞子に言っているが、深山はかまわずにまた刑事記録をめくり始めた。

「でも、凶器のスパナに岩本さんの指紋が残ってましたよね。これは決定的なんじゃないですか?」

藤野は深山に尋ねた。

「ああ、それも奥さんから預かって、民間の鑑定所に出してます」

深山は答えた。

「正式に依頼を受けてないのに、勝手に鑑定所に出しちゃって大丈夫なんですか?」

中塚は心配そうだ。

「なんで?」

深山は目を見開く。

「だって佐田先生に見つかったら怒られますよ」

「どうして?」

深山はさらに目を見開き、おどけた表情で言う。

「いやだって佐田先生……」

「なんで?」

深山が笑顔で問い返したとき……。

「お待ちしておりました。こちらへどうぞ」

と、廊下から佐田の声と足音が聞こえてきた。深山たちが廊下を見ると、佐田が個室から出てきたところだ。

「本当に引き受けてくださるんですか?」

落合に連れられて階段を下りてきたのは、梢だ。

「もちろんです」

佐田は満面に笑みを浮かべた。

「え?」

舞子は驚きの声を上げた。

「深山、尾崎、応接室へ。中塚くん、最高級のお茶っ葉出してね。最高のおもてなしを頼むぞ」

佐田は刑事事件専門ルームをのぞいて言う。

「……わかりました」

中塚は戸惑いつつもお茶の準備に急ぐ。佐田は微笑みながら、応接室に入っていった。

「なんかあるな」

深山は呟いた。


その夜……。

「すみません、今日は後楽園ホール大会がありますので、お先に失礼いたします」

中塚は新日本プロレスの赤いジャージを着て、立ち上がった。

「はい、どうぞ」

佐田は刑事事件専門ルームの大テーブルで、落合と作業をしていた。

「僕も今日は子どもたちとチーズフォンデュ大会があるんで帰ります」

藤野もそそくさと出ていった。

「明石さん！」

中塚は明石を呼んで、いつもガラガラ引いている白いキャリーケースを上まで運べと目顔で指示をする。

「いやこんなの一人で運べるでしょうが……ってなんだこれ!」

明石はキャリーケースを引こうとしたが、重くて片手では無理だ。

「魂かけての横断幕です」

中塚は笑顔で応え、先に階段を上っていく。

「佐田先生、どういうことですか?」

舞子は大テーブルに、バンと両手をついた。

「棚橋政一郎が……」

「尾崎先生、僕から説明させてください」

落合が身を乗り出し、ウインクをする。

「亡くなった岩村さんはエンジンに関する事業で何年か前に個人的に特許を申請し、今年ようやく認められたんです。それは今後、自動車のみならず、航空業界、船舶業界のエンジンに画期的な進歩をもたらすものでした。奥さんはこれをご存知なかったみたいで」

落合が言うと、佐田は立ち上がり、ホワイトボードの前に立って説明を引き継ぐ
「三億という額を請求したら、奥さんは相続放棄するに決まっている。そうなると賠償金は鐚《びた》一文もらうことはできない。兄の棚橋政一郎は、それがわかっていて、なぜわざわざそんな法外な賠償額を請求してきたのか?　そこでピンときたんだよ。そもそもこの人の狙いは相続を放棄さ

せることだったんじゃないかって」

「特許法七十六条……岩村さんの奥さんが相続を放棄すれば、特許の権利も消滅する」

舞子が特許法を口にすると、

「消滅したと同時にその技術に応用を加えて申請を行えば、新たな特許を手に入れることができる」

佐田が頷く。

「なるほどね」

そういうことか、と、深山は納得した。

「特許のことで掌返しですか。そんなに利益が欲しいですかね」

「何言ってんだよおまえ、俺は特許とか利益とか全然関係ないから」

佐田は笑顔で深山に近づいていく。

「え?」

「こんな手の込んだやり方ができるのは、素人にはできないんだよ。で、ちょっとな、俺は調べたら、こいつがバックにいたんだよ」

佐田は『The Lawyers LIFE』という雑誌の表紙を深山に見せた。

「誰ですか?」

「こいつが向こうの弁護士だよ、こいつはな……」

　佐田が説明しようとすると、

「尾崎先生？　僕から説明させていただきます」

　落合は佐田の手から雑誌を取り上げ、舞子に近づいていく。そして、雑誌のインタビューページを開いた。そこには『違いがわかる弁護士　森本貴　企業法務のことなら私に聞け！　私にはわかる！』『今、企業法務界のトップ弁護士の一人と言っても過言ではない森本弁護士。彼の評価は、業界内で急速に上がっており、飛ぶ鳥を落とす勢いだ』との文字が躍っている。舞子はとりあえず、近すぎる落合から、距離を置いた。

「この棚橋側の森本弁護士は、うちと並ぶ日本四大ローファームの敏腕弁護士。実績では佐田先生を凌ぐほど！」

「何を？」

　佐田が叫んだ。

「……あ、いや、凌ぐほどでもない弁護士です」

　落合は説明を終えた。

「まだ憶測でしかないが、この特許を巡って何らかのトラブルがあったかもしれん。明日の朝一、私についてこい」

佐田は深山と舞子を見た。

「どこへ行くんですか？」

舞子は尋ねた。

「おまえたちが集めたものではなんの証拠にもならん。きちっとした証言をもらいに行く。真の弁護人とはどういうものか、君たちに私が直々に手ほどきしてやろう」

高らかに言う佐田に、

「心配だなー」

深山は立ち上がって言った。

「佐田先生がやる気になると……。大丈夫ですかね？」

「ちょ、ちょっと待ってくれ。なんだよ」

「このあいだ、誰かさんのせいでジョーカー犯人扱いされてましたよね」

「あれねー」

舞子も言う。

「おい、犯人扱いって、あれは……」

佐田はしどろもどろになっていた。

翌日、三人は『アダチ工業』を訪れた。

「たなはし機械製作所さんとは、先代の時からですから、三十年来の取引になりますかね。先代が亡くなった後、兄弟二人で頑張っていたのに……。こんなことになってしまって、本当に残念ですよ」

足立は言った。先日、舞子が聞き込みをした社長だ。

「そうですか」

佐田は通り一遍の応対をして「足立さん、こちらをご覧いただけますか？」

足立に書類を見せる。

「これはたまたま入手した御社の資料です。これを見る限り、売り上げ高の金額に相当ズレが出てますねぇ」

佐田は畳みかけた。

「それは……」

「故意に利益を減らす行為は『仮装隠蔽行為』とみなされて、重加算税の対象にもなり得ます。たまたま見てしまったものだから別にどうこうしようとは思いませんが、その辺に捨てるわけにもいきませんしね。どうしましょうか？」

佐田は周りの機械音に負けないほどの大声で言い、上目遣いで足立を見る。

「ちょっと待ってくれ！」

足立はまんまと佐田の術中にはまり、三人を連れて工場の隅に移動した。

「何を話せばいい？」

足立が尋ねる。

「棚橋兄弟と岩村さんの三人の間に何らかのトラブルがあったんじゃないですか？」

佐田が尋ねると、足立は黙り込んだ。

「あれ、お答えになれない……重加算税……！」

佐田が工員たちに聞こえるように再び、大声を出そうとすると、足立は覚悟を決めたのか、「ここ近年！」と口を開いた。

「たなはし機械製作所の売上高が大幅に落ち込んでいました。経営がうまくいっていなかったんです。そんなときに、弟の幸次郎さんがたなはし機械製作所をやめて、岩村と新会社を立ち上げるということになったみたいで。それに兄の政一郎さんはえらく憤慨してました……」

「新会社？　あなた私に岩村さんが契約を破棄されると言われて困ってたと言ってましたよね？　それはウソですか？」

舞子は足立を責めるように言ったが、深山がさっと足立の前に出てきた。

「何かを聞かれたら、そう答えるように、誰かがあなたに圧力をかけたんじゃないですか。ちょうど今のこの人みたいに」

深山は佐田を指さした。

「ええ、そうです、この人みたいに……」

足立はうなだれた。

「幸次郎さんの葬式後、政一郎さんから話があると言われ、私は、会社に呼ばれたんです。そこで……」

たなはし機械製作所の社長室で、政一郎は（幸次郎と岩村さんのことなんだけど……）と、足立に切り出した。

「岩村さんが契約破棄されそうになって悩んでるという情報を流すように言われた？」

佐田が尋ねる。

「親の代から下請けの我々は、言われたら従わざるを得ないんです」

足立は情けない表情を浮かべた。

『アダチ工業』を出た三人は道を歩いていた。

「兄の政一郎さんには弟と岩村さんを、両方を殺す、強い動機があった。弟の棚橋幸次郎……」

佐田が話している最中に、深山は佐田の鞄のポケット部分から書類を抜き取った。

「ちょっと何してんだよ？」

「汚い手使いましたね〜」

深山はニヤついている。

「汚くないから返せよ」

佐田は深山から書類を取り上げる。

「弟が、特許を開発した岩村さんに出資して、一緒に仕事をしようとした。その弟の裏切りに気がついて、兄が憤慨して、弟を殺害した。そしてその罪を岩村さんに着せ、自殺に見せかけて殺したってことだろう。挙句、特許まで自分のものにしようなんて、虫がいいにも程がある」

佐田が憤慨した口調で言う。

「これだけの証言と証拠があるなら、検察も動いて再捜査してくれるはずです。私、行ってきます」

舞子が言い、

「よし、行ってこい！」

佐田が送り出す。

「そううまくいくかなぁ」

深山は冷めた口調で言う。

「ああいえばこういう……」

佐田が呆れて言ったところに、舞子が戻ってきた。

「駅、どっちですか？」

「……あっちだろう。あっちに歩いてんだから、駅あっちだろう。バカじゃないのか」

佐田は進行方向を指さして言ったが、

「駅、あっちですよ」

深山は逆方向を指さした。

「あっちだって！　ごめん、こっちだって、駅！」

佐田は慌てて舞子を呼び戻す。そして自分たちも踵を返した。

「早く言えよ、おまえ！」

佐田は深山を怒鳴りつけた。


検察庁にやってきた舞子は、以前、舞子が事件を担当した検事、小川の個室を訪れた。

「ご無沙汰しております」

挨拶をする舞子を、小川はにこやかに迎えた。

「お久しぶりですね。相変わらず裁判所はお忙しいですか？」

「実は、私、一年前に裁判所を辞めて、今は弁護士をやっているんです」

舞子が名刺をさしだすと、小川の表情が一変した。

「弁護士？　で、今日はどうされました」

「実は……」

舞子は資料を小川にさしだし、説明をした。

「これだけの状況証拠があるので、きちんと捜査をやり直していただけますか？」

尋ねると、小川は資料を舞子に突き返した。

「え？」

「無理ですね。そもそも、こちらはきちんと捜査した上で不起訴としてるんだ。しかも、一介の弁護士の主張で組織を動かせるわけないでしょう。あなたはもう裁判官ではないんですよ」

もうこれ以上、話を聞く気はない。小川の態度はそう告げていた。

斑目法律事務所に戻った舞子はマネージングパートナー室で斑目たちに報告していた。

「裁判官時代には親身になって話を聞いてもらっていたので、理解してもらえると思ったんですが……」

「やっぱり、そうだろうな」

佐田は小さくため息をつく。

「検察もメンツがあるからね。一度、不起訴という処分を出して、そう簡単にはひっくり返せないだろう。どうするんだい？　佐田先生」

斑目が佐田を見た。

「一つだけ方法があります。民事裁判で争います」

「どういうことですか？」

舞子は目を丸くし、佐田を見た。

「兄の政一郎からの示談の提案を退け、あえて岩村さんの奥さんに対する損害賠償請求の民事裁判を起こさせます。岩村さんの事件は不起訴になっているから、刑事裁判が開かれることはなく、無実を訴えることはできない。だから、民事の法廷の場を利用して、刑事事件の無罪を立証します」

佐田の主張を、深山は無言で聞いていた。

「かなり不利な状況ではあるが、刑事も民事もやっているうちだからこその見せ場だね。うらはこういうときのためにこの刑事事件専門ルームを作ったんだ。しかも、相手の弁護士事務所はうちのライバルだ。負けられませんね、佐田先生」

斑目はどこか楽しそうな口ぶりだ。

「まったく問題ありません。尾崎、アダチ工業の社長に連絡しろ。法廷で足立さんにすべてを話させる。まずは相手の弁護士のところだ。行くぞ、尾崎」

佐田は舞子を連れ、マネージングパートナー室を出ていった。一人残った深山は、耳たぶに触れている。

「あれ？　深山先生は行かないの？」

斑目が声をかける。

「僕は僕でやることがあるんで。事実を示す確かな証拠はまだ見つかってませんから」

部屋を出ていく深山を見て、斑目は微笑んだ。


佐田と舞子は梢を連れ、『たなはし機械製作所』の社長室にやってきた。そこには兄の政一郎と、弁護士の森本がいる。

「斑目法律事務所の佐田でございます」

「はじめまして。森本です。お噂はかねがね」

二人は嘘くさい笑顔を浮かべながら、名刺を交換した。

「ああ、いい、出さなくて」

佐田は舞子が名刺を出そうとするのを制して、ソファに腰を下ろした。

「ええ、さっそくですが森本先生、そちらの賠償請求は到底飲める条件ではございません。拒否させていただきます」

佐田は言った。

「では、宣言通り訴訟を起こさせてもらいます。途中で和解したいと言っても、もう応じることはできませんがいいんですね」

森本はすでに対決姿勢だ。

「どうぞご自由に。我々は岩村さんが明らかに無実だと考えていますので」

佐田も強気の態度で言い返す。

「何をバカなことを」

政一郎は鼻で笑った。

「刑事事件では岩村さんの犯行だと確定しているんですよ？　負けがわかっていて勝負に挑むなんて、佐田先生の名に傷がつくんじゃないですか？」

森本が皮肉たっぷりの口調で言う。

「負け？　そんな減らず口を叩く暇があるなら、自分の机を片付ける用意をしておいたほうがいいかもしれませんね……アッチ！」

飲んでいたコーヒーに文句を言いながら、佐田は舞子に「おまえは飲まなくていい」と言って立ち上がり、部屋を出た。

「全く。バカな奴らだ」

政一郎は相手にしていないようだったが、

「佐田篤弘、かなりやりての弁護士です」

森本は佐田の名刺を指ではじき、微妙な表情を浮かべていた。

「あの強気な態度には何か裏付けがあるに違いない……私にはわかる」


佐田と舞子は刑事事件専門ルームに帰ってきた。

「これで向こうは損害賠償の請求を必ず起こしてくるはずだ！」

「どうなることとやら」

佐田と舞子が入ってくると、深山が珍しく殊勝な態度で立ち上がった。

「佐田先生、お願いしまーす」

深山は茶封筒をさしだした。

「なんだ気持ち悪いな。何？　見るの？　くれるの？」

佐田は中に入っているファイルを取り出した。そこには『鑑定書』とある。

「これ何？」

「凶器を鑑定に出しました」

深山が答える。

「なんだと？　いつだ？」

「この前」

「聞いてないんだけど」

「言ってません」

「正式に依頼を受ける前だろ？　おまえ……これ、出していいのかよ？」

二人が言い合いをする背後で、明石が佐田に話しかけるチャンスをうかがっておろおろしている。

「ほらほら」

深山は中を見るように促した。佐田がめくると、凶器となったスパナの写真がある。

「まあ、中身を見てくださいよ」

深山は冷静に言った。

「これは……こんな正確に出るの？　まあいいや。これは今回は大目に見てやろう」

目を通した佐田が納得したように言うと、「でしょ」と深山は刑事事件専門ルームを出ていこうとする。ちょうどそのとき、佐田の手元から一枚の紙が床に落ちた。

「あ、なんか落ちましたよ」

深山に言われ、佐田が拾い上げる。

「どこに行くんですか？」

舞子は慌てて声をかけた。

「え、なんで？」

「だからなんでってなんでですか？」

「……」

深山はニヤつきながら口をパクパクさせて、出ていった。

「え？」

舞子は怪訝な表情を浮かべた。

「五十万？　領収書？　おい、おまえ、これ何？」

佐田が声を上げたところに、明石は声をかけた。

「佐田先生」

「なんだ？」

「立て替えたの、僕なんです。明細明細」

「これＡＴＭの？　どこに書いてあるんだよ、見えないんだよ」

「これこれこれ」

明石は自分の机から虫眼鏡を持ってきた。

「どこ？　これ？　ホント五十万？」

「五十万なんて借金背負っちまった〜おいら何年かかるかわからないから、お助けください」

明石は調査費用は自分が立て替えたのだと主張した。

「そりゃちょっと可哀相だわ」

「今あるだけでいいです。今あるだけで」

「じゃあほら、一、二、三、四、五」

佐田は財布の中から十万円ずつまとめてある札束を出し、明石に渡す。

「キャッシュ？」

明石は目を見開いた。

「いらないの？」

「いや、いるいるいるいる！」

「高いな、これ、鑑定。まあでもそれだけのことはあったな、しかし」

佐田はぶつぶつ言いながら、個室に帰っていく。

持ちなれない大金を手にした明石は、室内を歩いている舞子に寄って来るなと手で制した。

「……変な人」

「五十万！　落ち着かない！」

財布に五十万円をしまいながら、明石は叫んだ。


そして、民事裁判の日がやってきた。

東京地方裁判所の法廷の被告側の席には佐田と舞子と梢、原告側の席には政一郎、森本、そしてもう一名の弁護士が座っている。

裁判長の田中が入ってくると、全員が起立したタイミングで、舞子が佐田に呟いた。

「田中裁判長は杓子定規を絵に描いたような人です。気をつけてください」

「俺を誰だと思ってるんだ」

佐田はすぐさま言い返した。


深山は明石を連れて、工場の方から重なるY字交差点に来ていた。明石は財布を握りしめ、さっきからずっと落ち着かない。

「どうしたの？」

「五十万、現金でもらった。銀行に入れる暇がなくて、今持ち歩いている。怖い」

明石はオドオドしているが、深山は無視して話し始める。

「じゃあ明石さん、岩村さんの自宅からこの交差点までの道で事件当日の十八時四十分から五十二分までの間。岩村さんを見た人がいなかったか探してくれる？」

「どうしてこっちだけなんだよ？　工場の方はいいのかよ？」

「自宅からの道でその時間の目撃証言があれば、岩村さんは工場からじゃなく自宅からこの道を通ってビルに向かったと証明できるから」

岩村の工場から自殺したビルまでは、一本道だ。その途中を右に曲がったところに岩村の自宅がある。

「裁判はこっちの方が断然有利だろう？　こんなことしなくても」

「有利不利の問題じゃない。僕はただ……」

「事実が知りたいんだよな！　事実が」

「え？」

「事実が」

「え？」

「事実が……言いにくい」

「じゃ、行ってみよう」

深山は歩きだした。

「被害者の棚橋幸次郎さんを殺害したとされる凶器を民間の鑑定機関に出して調べてもらいました。その結果が乙八号証の鑑定書です」

法廷では佐田が、ビニール袋に入った凶器を持ちながら、説明していた。舞子が鑑定結果を配る。

「詳しくは準備書面に記載していますが、鑑定書を見ながら直接ご説明した方がわかりやすいところもありますので、念のため、ここで補足説明をいたします」

佐田が言うと「わかりました。どうぞ」と、田中裁判長が言う。

「実は凶器からは指紋以外にもあるいくつかの成分が検出をされております。それらは『酸化マグネシウム』『三酸化硫黄』『ケイ酸三カルシウム』『アルミン酸三カルシウム』、この四つです。ところがこれらは岩村さんが亡くなった場所に置かれていたセメントの成分と完全に一致する、との鑑定結果が出たんです。このセメントはちなみに非常に特殊なもので、もちろん岩村モーターに置いてあるものではありません。では、なぜ、被害者を殺害した凶器に、そこから一キロも離れている場所にあったセメントの成分が付着していたんでしょう」

佐田は熱く語り続ける。「これは、何者かが幸次郎さんを殺害した後、その凶器をビルから落ちて亡くなった岩村さんに握らせて指紋を手から……」

だから、凶器にセメントが付着しているのだと、佐田が主張した。舞子はチラリと政一郎を見たが、その表情は落ち着いている。舞子は違和感を抱き、小さく首をひねった。

「後に、その凶器を岩村モーターに持って帰って……」

真犯人は手袋をはめ、凶器を手に被害者である幸次郎の遺体のもとに戻り、「幸次郎さんの遺体の近くに置いたからです。それが当方の主張となります」

佐田が言い終えると、

「よろしいでしょうか」

「どうぞ」

森本が立ち上がった。「凶器に付着した成分は、被告代理人の不注意により、後日、付着した可能性も否定できません」

森本は梢を指さして言う。

「岩村さんの奥さんも私たちも警察から返された後、封を一度も開けておりません」

「被告代理人。被告代理人が凶器とされるスパナを受領し、鑑定に出すまでの間、一度も封を開かなかったということを、証拠も添えて次回までにご主張いただけますか?」

田中裁判長が言う。

「わかりました」

佐田は立ち上がり、作り笑いを浮かべた。

「そんなことできるわけねーじゃねーか」

佐田は舞子に向かって囁いた。

「だから言ったじゃないですか。杓子定規な人だって」

「……こっちには切り札がある。見とけ」

佐田は、田中や森本を睨みつけた。


次は『アダチ工業』の足立社長の証言だ。足立は緊張の面持ちで証言台に立っている。

「たなはし機械製作所とのご関係は？」

佐田は尋ねた。

「三十年前からの取引先です」

足立が答える。

「では、よくご存知ですね」

「はい」

「たなはし機械製作所の経営状態はどうだったんでしょう」

「うちの受注も増えましたし、うまくいっていたと思います」

足立の証言に、

「え？」

佐田は耳を疑った。田中裁判長は二人のやりとりを見守っている。

「棚橋さん兄弟の関係は？」

「二人は幼い頃から仲が良く、先代が亡くなられた後も、兄弟力を合わせてうまくやっていました」

「え？」

イラつく佐田と反比例するように、どんどんと田中が冷めた表情になっていく。

「まずい……」

舞子は呟いた。

「被害者の兄である棚橋政一郎さんは、弟の幸次郎さんがあの日、岩村さんに会いに行ったのは、下請け契約を打ち切る話をするためだったと証言しています。しかし、事実は全く異なる。被害者の棚橋幸次郎さんと被疑者の岩村さんは本当は二人で新しい会社を立ち上げようとしていたんです！　そうですよね？　足立さん」

佐田は睨みをきかせたが、足立は目を逸らしている。

「いいえ、岩村さんは契約を切られることを悩んでました。幸次郎さんと二人で会社を立ち上げるなんて話聞いたこともありません」

足立の突然の裏切りに憤慨し、佐田は振り返って政一郎を見た。政一郎は余裕の表情で正面を見つめている。


そしてこの日の裁判は終わり、裁判長は退席した。政一郎と森本はがっちりと握手を交わしている。舞子は肩を落とす梢に寄り添っていた。

「うちの証人に何をしたんだ?」

佐田は森本に詰め寄った。

「さあ、なんの話でしょう」

森本はすっとぼけている。

「手を回したな」

「あなたと一緒にしないでいただきたい」

そう言って、森本は佐田の胸を突いた。

「痛て……行くぞ」

佐田は悔しさを押し殺し、舞子に声をかけた。

「岩村さん、Ｂ級の弁護士に頼んでとんでもない目に遭いましたね」

森本が梢に言う。

「行きましょう」

舞子は梢を連れて外に出た。佐田と森本は一触即発の状態で睨み合っているが、「佐田先生」と舞子は佐田を呼んだ。

「くそっ」

佐田は最後に森本に一睨みしてから法廷を後にした。


「くっそー、あの豚野郎。あいつこそがＢ級じゃねえか、おまえ。豚のＢだ、チキショー」

刑事事件専門ルームに戻った佐田は、大テーブルに伏せてぶつぶつ言っていた。

「岩村さんは殺された上に、一生懸命考え発明したものを、奪われようとしてるんですよ？　そんなこと、絶対に許されるものではありません。佐田先生、なんとか言ってください！」

舞子が佐田の向かい側に腰を下ろす。

「私だって同じ気持ちだよ！」

佐田はテーブルをガンガン叩いた。

深山はホワイトボードに貼られた岩村の落下現場の写真と、地図に描かれた自殺したビルと防犯カメラという文字をじっと見ていた。そして頭の中でもう一度、防犯カメラに映った岩村の姿を思い出す。

「やっぱりここかなあ」

深山は地図に描かれた岩村の自宅を指した。

「何っ？」

佐田が苛ついた声を上げる。

「岩村さんが家からくらもと倉庫に向かったという目撃証言をもう一度探すんです」

「でも、明石さんがさんざん探して見つからなかったんですよね」

舞子が言う。

「絶対に許されるものではないんでしょ？」

深山の言葉に、刑事事件専門ルームが一瞬静まり返る。

「……そりゃそうだ」

佐田が言った。

「じゃあ、それしかないんじゃないですか？」

「だから、みんなで探しましょう」

深山は言った。佐田は訝しげな表情を浮かべていたが、

「よし！　みんなダメもとでもう一回見つけ出そう。必ず探し出すぞ！」

佐田が言い、深山たちはすぐに出かける支度をした。


深山は岩村の写真を持ち、井戸端会議をしていた主婦たちに声をかけた
写真を見せると、

「一月十四日の夜、この方を見かけませんでしたか？」

「ああ、岩村さんね」

主婦たちは口々に言い、頷く。

「一月十四日です」

深山がもう一度言うと、

「ああ！　うち、すき焼きだったのー」

「あらー」

「贅沢ねー」

主婦たちは勝手に盛り上がりだした。

佐田は、付近の工場の人に片っ端に声をかけていった。だがほとんどの人は夜は帰宅してこの辺りにはいないので、成果はない。

「あのー」

藤野も工場で働く男性に声をかけた。

「ああ⁉」

振り返ったのは超強面《こわもて》の男性だ。

「あーのー……」

目を泳がせた藤野は、視線の先に小型犬を発見し「アーノルド！」と、ごまかして走り去る。

「ああん？」

声がして顔を上げると、犬の飼い主も強面だ。

「変な人だねえ、シュワちゃん」

飼い主の男性は犬を抱き上げて、立ち去った。

「この人、よく見て、この人」

「この方に見覚えはありませんか？」

「すみません、一月十四日の十八時四十分から五十二分の間で、この方を見ませんでしたか？」

明石と中塚と舞子も、必死で声をかけ続けた。

ノックの音がしたので、森本は顔を上げた。

「どうぞ」

「失礼します」

入ってきたのは、秘書だ。

「森本先生、斑目のところ、また何かやってます」

秘書の報告に、森本は考え込んだ。


夜、刑事事件専門ルームのメンバーは工場街の一角に集合した。長時間探したせいで、皆クタクタになっている。

「全然ダメだ」

「岩村さんを見たという情報は得られませんでしたよ」

明石と舞子はがっくりと肩を落とした。

「やっぱり無理ってことですね……」

藤野があきらめの言葉を口にすると、

「えー」

中塚は悔しそうにする。

「ん？」

深山が何かに気づいた。みんなも深山の視線を追う。と、黒い車が停まり、中から森本が出てきた。

「佐田先生」

森本が歩いてくると、佐田は手にしていた鞄を地面に投げ捨てて、森本に向かっていった。

「まさかこんなところで目撃者探しですか？」

「そうですが？」

「岩村さんは、工場からビルに向かったはずです」

森本に言われ、佐田はぎりぎりと歯ぎしりをした。だがその佐田に向かって、深山は笑いかける。佐田はしばらく考え、深山の意図がわかったようだ。

「森本先生、自宅から、ビルに向かう姿を見たという目撃者を見つけたんですよ。今度の法廷で証人として呼ぶことになるでしょうね」

「ああ、それは楽しみですね」

森本も強気で佐田に言い返す。そしてしばらくにらみ合うと、

「では、法廷で」

森本はそう言うと、車に乗り込み、去っていった。

「佐田先生、目撃者が見つかったなんて、嘘じゃないですか？」

舞子が不安げに言う。佐田はチラリと深山を見た。深山は無言でとぼけた表情を浮かべていた。

「さすが佐田先生、いい見得《みえ》の切り方でしたね」

冷やかすように言う深山を、

「うるさいっ！」

佐田は怒鳴りつけた。


森本はその足で『たなはし機械製作所』の社長室を訪れた。

「目撃者がいた？」

政一郎が驚きの声を上げる。

「今さら見つかったとは思えない。私にはわかる。ただ証人を呼ばれれば、裁判では厄介なことになります」

森本はコーヒーを飲みながら言った。

「どうすればいい？」

「簡単です」

森本は立ち上がる。

「岩村さんが工場から自殺したビルに向かったという目撃者を見つければいいだけのことです。

その目撃者を見つけてもらえますか。別に本当に見たかどうかは必要じゃありません。法廷で証言してくれる人がいればいいんです」

「ああ」

政一郎はすぐに安堵の表情を浮かべた。

「じゃあお願いします」

森本はそのまま部屋を出て行こうとした。

「先生」

政一郎は立ち上がり、森本を呼び止めた。「先生には感謝してます。先生のこと信頼して本当のことを話しま……」

「ストップ！」

森本はその先は言うなと手で制した。「事実はどうでもいい。大事なのは法廷という場で勝つか負けるかです。失礼」

森本は今度こそ本当に立ち去った。

翌日、森本から佐田に電話がかかってきた。

「なんだと、この！　あ、いや、すいません、ごめんなさい。わかりました。失礼します」

佐田は電話を切ると、個室を飛び出して刑事事件専門ルームに入っていった。

「おいみんな！　向こうもさ、目撃証人、見つけたってよ」

「どうするんですか、佐田先生」

舞子は佐田を責める。

「どうするも、おまえ……」

「あんなウソついたら佐田先生……」

「いや、ウソじゃないから。ホントにいるんだよ」

「じゃあここに連れてきてください」

佐田が子どものように舞子に怒られているのを聞き、深山はニヤリと笑った。

「明石さん、藤野さん」

深山は声をかけ、手招きをした。


そして裁判の日。

深山と佐田と舞子が梢と共に廊下を歩いていると、森本と政一郎に出くわした。

「あ、これはどうも。あれだけ啖呵を切っておられたのに、結局、証人申請なさらなかったんですね。まあ、私らが本当の目撃者を見つけてしまいましたからねぇ。さすがにでっちあげた証言を裁判に持ち込むのは良心が痛んだんでしょ」

森本は佐田の弁護士バッジのあたりを指でつつく。佐田は歯がすり減るほどギリギリと歯ぎしりをし、「ぐぅ」とうめく。森本は眉間にしわを寄せ、至近距離で睨み合う。

「ぐうの音しか出ないというのはこのことか。さて、息の根止めてやりますか」

「お願いします」

森本と政一郎は頷き合った。


佐田が法廷に入っていくと、少し先を歩いていた深山が、弁護人席に通じるカウンタードアをわざと強く押した。ドアは勢いよく佐田の膝に当たる。

「痛いって！」

文句を言いながら入っていくと、深山が裁判官に近い方の席に座ろうとしている。

「おい、そこは主任の席。そこ俺の席だからね」

佐田は主張したが、深山はどこうとしない。と、原告側の証人が入ってきた。足立だ。

「向こうの証人って」

舞子は、入廷した足立を見て、呟いた。

「いいように利用されてるな」

佐田も呆れている。

「あなたは事件当日の十八時四十分過ぎに、工場からビルに向かう道で誰かを見ましたか？」

森本が、証人席に座る足立に質問を開始した。

「はい、岩村さんを見ました」

「甲九号証の地図を示します。あなたが岩村さんを見た場所を示してください」

森本は地図を出し、足立にさしだす。

「私の工場がここですので、この辺りで見ました」

「では、このペンでそこに○をつけてください」

森本がペンを渡すと、足立が○をつける。

「岩村さんはどんな様子でしたか？」

「かなり動揺していました」

「今振り返ってみて、岩村さんがこの道で、動揺していた様子だったということから、どういうことが言えるでしょうか？」

「岩村さんは、棚橋幸次郎さんを殺害後、工場からビルに向かっていたんだと思います」

足立ははっきりとそう言った。質問を終えた森本は、佐田に挑発的な表情をしながら、自分の席に戻った。

反対尋問に立ったのは、深山だ。

「なぜ、あなたは岩村さんを見たことを前回の尋問で言わなかったんですか?」

「聞かれませんでしたし、重要なことだと思いませんでした」

足立は答えた。

「本当にあなたがご覧になったのは、本当に岩村さんでしたか?」

「はい、たしかに見ました」

「だとしたら岩村さんの服装もちゃんと覚えてますよね」

「ええ、もちろんです。アイボリーのセーターを着てました」

足立は自信満々に答える。

「本当にご覧になったんですか?」

「ええ」

「アイボリーのセーターで間違いありませんか?」

深山は念を押した。

「はい」

「本当に間違いありませんか？」

「間違いありません」

「絶対に間違いありませんか？」

「絶対に間違いありません」

「絶対に間違いありませんと千尋の神隠し！」

深山は突然、親父ギャグを口にし、一人でヒッヒッヒッヒッと肩を揺らして笑い出した。法廷内は一瞬静まり返り、ざわつき始める。「……ゼロ点」

舞子は深山から目を逸らす。

「……百点に近い。むしろ百点。だって神隠しでしょ？」

佐田は深山と一緒に笑ってるが……。

「静粛に願います」

田中裁判長に注意され、佐田は「はい」と居住まいを正した。

「裁判官、供述明確化のため、乙第十三号証を示します」

深山はさっきまでのことなどなかったかのようにきりりとして言う。「こちらの防犯カメラの映像を御覧ください。それと、先ほど甲第九号証に印をつけましたよね？」

「はい」

足立が頷く。

「証人の足立さんが岩村さんを目撃した場所はここでしたよね？」

深山は先ほど足立が○をつけた地図を指をさした。

「はい、そうです」

「そして、防犯カメラの位置はここです。このすぐ隣のビルが、岩村さんが自殺したとされる場所です。では、再生を」

深山は弁護人席の舞子に言った。

「こういうのは難しいんだ。説明してやるな」

佐田が後ろの席の舞子を見る。

「私、全部わかってますから」

舞子は佐田の指示を聞かずに再生ボタンを押す。と、モニターに防犯カメラの映像が映し出される。手前から、岩村が歩いてくる姿が映し出されているが……。その途端に法廷内は再びざわつき始めた。

「止めて」

深山が言い、舞子が映像を止めた。モニターの中央には、歩く岩村の姿が映っている。

「証人、岩村さんはどんな格好をしていますか？」

「……コートを着ています」

足立が答えた通り、防犯カメラに映った岩村は、厚手のコートを着ている。さっきまで自信満々だった足立は、すっかりたじろいでいる。

「そうです。あの夜、ビルに向かった岩村さんはコートを着ていたんです。ところが遺体となって発見された時には岩村さんはコートを着ておらず、アイボリーのセーター姿でした。そして、そのコートは見つかっていません」

深山はいったん言葉を切り、さらに続けた。「ということは、誰かがこのコートを持ち去った、ということになります。おそらく、岩村さんをビルの屋上から突き落とす際に自分に都合の悪いものがコートに付着してしまったんでしょう」

深山の言葉に、政一郎はそわそわとし始めた。

「足立さん。あなたの証言で全てがわかりましたよ。棚橋幸次郎さんを殺害し、岩村さんにその罪を着せたうえで殺害した、連続殺人事件の真犯人は……」

法廷内が静まり返る。森本は顔をしかめ、政一郎は顔をしかめ、佐田は「早く言え」と口パクで深山に伝えてくる。そしてついに深山が、口を開いた。

「あなただ！」

深山は足立を指さした。

「え……？」

法廷内にざわめきが起こる。

「ち、違いますよ！　ば、バカなことを言うな」

足立はすっかり青ざめている。

「異議あり！　明らかな侮辱だ！　このような尋問はいますぐ中止すべきだ」

森本が異議を申し立てた。

「真犯人の存在は、この裁判の根幹に関わるんです」

だが深山ははねのけた。

「異議を棄却します。弁護人は続けて」

田中裁判長の言葉を聞き、深山がさらに畳みかけようとすると、先ほどから森本に対して勝ち誇った表情を浮かべていた佐田が、立ち上がる。

「次は俺が」

「なんですか？」

「詰めは俺がやるから交代しろよ」

佐田が言うが、深山は無視して足立に迫る。

「足立さん、本当にあなたが岩村さんを目撃したのなら、コートを着ていたと証言したはずです。

ですがあなたは、アイボリーのセーターを着ていたと答えた。ということは、岩村さんを殺害し、コートを持ち去った人物しか知ることはできないんです。よって、あなたが真犯人です」

深山は足立のそばで、不気味に微笑む。

「違う……」

足立は必死で否定する。

「おい、この後は俺がやるから」

佐田はまだ騒いでいる。

「なんですか」

「最後は俺がやる。だから交代しろ」

「なんで？」

「だから、対決してんじゃん、あいつと」

佐田は森本を指す。

「だから？」

「だからさ、お願いしてんじゃん」

「お願いしてないでしょ？」

「……お願いします！」

佐田は深山に向かって手刀を切るポーズをする。

「しょうがないな」

深山は、仕方なく佐田と交代した。

「この後は、佐田が尋問します」

「足立さん、白状したらどうですか？　もう逃げられませんよ」

佐田は厳しい表情で浮かべて足立に迫る。

「違う！　本当は岩村なんか見てないんだ！　ウソの証言をするように私は頼まれたんだ」

足立も立ち上がり、必死の形相で訴える。

「た、頼まれたぁ？」

佐田は森本の顔を見て目を見開きながら、大げさに驚いてみせる。「ええ？　ということはそいつこそが真犯人ということですか？　いや、これは驚きました。聞きました？　裁判長。これはたいへんですよ？」

「証人、誰に頼まれたんですか？」

田中裁判長が足立に尋ねる。

「それは……」

足立は政一郎の方を見た。

「先生、どうにかして」

政一郎は、前の列に座っている森本に小声で囁く。

「先生！」

政一郎が何度呼んでも、森本はとりあわない。

「……ちょっとトイレに」

政一郎はこっそり席を立とうとしたが、

「今は動かないでください」

森本が言ったが、政一郎は足を止めない。

「動かないで……」

「黙れ！」政一郎は法廷から出ていった。法廷内は三度《みたび》、騒然となる。

「あれ？　あなたの依頼人、どちらへ？」

佐田はわざわざ森本の目の前まで行って尋ねる。

「裁判長！　いったん休憩を……」

森本が叫んだ。


政一郎は法廷から飛び出していった。だが、廊下には明石、藤野とともに警察が待ち構えていた。

「おまえが逃げることなど、お見通しだ！」

明石が偉そうに言ったが、

「いや、君はお見通してないだろう」

すぐに藤野が訂正する。そして「刑事さん、お願いします」と振り返った。

「かかれい！」

明石が偉そうに指示をする。

「くそーーーーっ！」

政一郎は抵抗したものの、ついに警察に押さえ込まれた。「でっちあげた証言を裁判に持ち込んだのは君の依頼人だったようだな。さぞかし、この良心が痛むだろうな」

佐田はさっき自分がやられたように、人差し指で森本の弁護士バッジのあたりを何度も突く。

「ぐうの音も出ないとはこのことか！」

佐田はざまあみろ、とばかりに森本をやりこめた。

「初めからこれが狙いだったんですか？」

舞子は深山に尋ねた。だが深山はとぼけた表情浮かべ、椅子を揺さぶっている。

「あーすっきりした」

佐田は弁護人席に戻った。

「貸しですからね」

深山は佐田に尋ねる。

「あーすっきりした」

佐田はただひたすらその言葉を繰り返していた。


「ありがとうございます」

裁判が終わると、梢は舞子に抱きつき、涙を流した。

「運が良かったですね」

森本が佐田のところにやってきた。

「運がいいだと？　バカかおまえは。俺たちがそう仕組んだんだよ」

「俺たち？」

深山が佐田の背後で呟く。だが佐田はかまわずに、勝ち誇った表情を浮かべて森本に言った。

「犯人はな、自分がコートを持ち去った……自分がコートを隠したことを知られたくなかった。だからおまえたちが用意する証人には、岩村さんが最初からコートを着てなかったように証言させるはずだ。当然、こっちが入手した防犯カメラの映像とは食い違いが出てくる。お前は俺たちの狙い通りに動いてしまったということ……」

「俺たち？」

深山がもう一度問いかけると、

「うるさいなあ」

佐田が舌打ちをする。

「おまえな、民事の法廷には必要ないからといって、防犯カメラに残されていた映像を見ようとしなかったおまえの負けだな。これだからB級……いやC級、いやD級の弁護士は困りますねえ」

佐田はここぞとばかりに森本をこき下ろすと、

「さ、行きましょう、おまたせしました」

と、梢に声をかける。

「佐田先生は最初から知ってたんですか？」

舞子が尋ねる。

「もちのろんだ」

「敵を欺くにはまずは佐田先生ってね」

深山が言うと、

「いちいちうるさい！」

佐田はぶつくさ言いながら法廷のドアを開ける。

「ウソつきおじさん」

舞子は言った。

「知ってたよ。知ってましたよ？　最初から」

佐田は子どものようにムキになっている。一番最後に法廷を出ようとしていた深山は、振り返った。すると、うなだれていた森本が顔を上げた。

「事実は一つですから」

深山はひとこと言って、法廷を後にした。

「私はわかる。違いがわかる」

森本は一人、呟いた。


翌日、舞子は刑事事件専門ルームで、事件のことについて説明をしていた。

「棚橋政一郎さんは、弟の幸次郎さんと岩村さんにそれぞれ、新会社設立のことで話し合いがあると持ちかけ、幸次郎さんには十八時三十分に岩村モーターへ、岩村さんには十九時にくらもと倉庫のビルに来るように連絡していたそうです。幸次郎さんを殺害後、防犯カメラに映らないように裏道を通って岩村さんと待ち合わせたビルに向かい、屋上から突き落とした。政一郎さんの事務所のロッカーの中から、彼の血が付着した岩村さんのコートが発見されました」

「とんでもない外道ですよね。目の前にいたら絶対パラダイスロック掛けてやったのに」

中塚は怒りを露わにしている。

「じゃそれ、目の前の明石くんにかけていいよ」

藤野が言った。

「なんで僕なんですか？」

「え、いいんですか？」

「ダメだよ」

明石は言ったが、中塚は明石の脚を蹴って仰向けにひっくり返すと、両足をクロスさせ、両腕もクロスさせる。

「なななななな何？」

戸惑っている明石を今度はうつ伏せに転がし、亀のような状態にした。

「おおー、片付いたね。じゃ、あっちも片付けますか」藤野が言うと、舞子はホワイトボードに貼った紙をはずして、集め始める。

「刑事記録を見た時には、被疑者死亡で不起訴になった後だし、この事件は動かないものだと思ってました」

舞子は言う。

「動けなーい」

明石が叫んでいるが、誰も聞いていない。

「今回はこれだけの事実を積み重ねてひっくり返せたからよかったですけど。じゃなきゃ事件は闇に葬られていたわけですし。そうなったら大冤罪ですよ」

藤野は言う。

「……私はまだまだ小さなものしか見てないのかもしれません」

「ときどき深山先生のおかげで仕事が遅くなって家族と遊べなくなって寂しいですけど。尊敬してます。深山先生のこと。もし僕の家族に何かあったら、絶対深山先生に絶対お願いします」

藤野の言葉を、舞子は実感を持って受け止めていた。

「あ、尾崎先生、お時間大丈夫ですか？」

中塚が尋ねた。

「あ、ごめんなさい。あと、お願いします」

舞子は「明石さん邪魔」と言いながら、刑事事件専門ルームを出ていった。

深山は応接室で、佐田と斑目、そして梢と話していた。

「ありがとうございました。主人の無実を証明できました。先生方のおかげです」

梢は契約書にサインしながら、深山と佐田に礼を言った。

「ご主人が開発した特許はあなたに残したかけがえのない遺産です。ですので、私たちが今後のビジネスの時の契約をきちっと管理させていただきます」

そう言って、斑目は梢から契約書を受け取った。

「主人の無実を証明していただいて、特許のことまで……本当にありがとうございます」

梢は立ち上がり、頭を下げた。

「お任せください」

「このタヌキ親父」

佐田は微笑む斑目を見て、思わず小声で呟いた。

「では、お世話になりました」

梢が立ち上がったところに、舞子がやってきた。

「ありがとうございました」

梢はまっすぐに舞子を見つめ、感謝の言葉を口にする。

「……いえ。また何か、お力になれることがあれば、連絡してください」

舞子は梢に声をかけた。

「私が顧問を務めるナンバイチバン商事に連絡しといたから。エンジンに関する会社は君がピックアップしてくれ」

斑目は先ほどの契約書類を佐田に渡す。

「もちろんですよ。スペシャリストにお任せください」

そんな佐田を見て、深山がからかうように指をさしているが、

「指をさすな、こら！」

佐田は深山を睨み、「では」と、出ていった。

「君たちのおかげで、うちの評価はうなぎ上りだよ」

斑目は深山と舞子に言った。

「一括りにされるのは納得いかないですけど」

「んー？　協力したじゃないですか？」

「では」

深山は斑目に言い、さっさと出ていく。

「いいコンビだね」

斑目は言ったが、

「やめてください」

舞子は真顔で否定した。

「あ、尾崎先生、今度土曜日ってお暇ですか？」

戻ってきた舞子に、中塚が声をかけてきた。

「土曜日？」

舞子が手帳を広げたとき、はらりと何かが落ちた。気づいた深山が拾い上げる。

「ええと、空いてますね」

「あ、新日本プロレスの大会があるんですけど、仲間が行けなくなっちゃったんで、よかったら一緒に行きませんか？　まだ見ぬ世界が見られますよ」

「落とし物でーす」

リュックを背負い、出かける支度をした深山は舞子が落としたものを壁に貼り付けた。二十歳前後だろうか。一人の青年が食事をしながらカメラに笑顔を向けている写真だ。

「あら可愛い。誰の落とし物だろう」

藤野が近づいてくる。

「誰のだと思う？」

深山は片手でキツネの形を作って、腹話術の声で言う。気づいた舞子は、手帳の中を確認して

「え、ちょっ……」と、慌てて写真を壁からはがす。

「落ちてたから」

深山が言い、

「彼氏？」

明石が尋ねる。

「違います」

舞子はきっぱりと否定した。

「え、彼氏なの？　年下の男の子なんですか？　あ、腹話術部の仲間ですか？　あ、もしかして腹話術会のアイドルみたいな？」

藤野が舞子の机のそばにやってきてあれこれと尋ねているのを聞きながら、深山は刑事事件専門ルームを出た。

第５話

被害者は女子高生。検察と裁判所の絡み合う思惑

この日、最高裁判所の大会議室では、全国から裁判官が集まる『全国裁判官会議』が行われていた。舞子の元上司、川上、遠藤も、もちろん出席している。裁判官たちの手元には『少年法改正の争点〜現行少年法が抱える問題とは〜』という資料が配られていた。

「昨今、少年法によって、加害者の人権が過度に守られ、逆に被害者の人権がおろそかにされているという風潮に世論の批判が高まっている。個々の判決に口出しはしないが、この件に関しては十分に留意してほしい」

壇上では最高裁判所事務総局の事務総長、岡田孝範《たかのり》が熱っぽく語っていた。

「少年犯罪の厳罰化ですかぁ」

会議終了後、フロアに出てきた川上は、岡田と話していた。

「官邸は、少年法の改正を次の目玉政策にしたいという意向を持っているようだ」

岡田が言う。

「そのためには世論を動かすような、事例が必要ですわな」

「川上くん、期待しているよ」

岡田は川上の方に向いた。

そういえば十数年前にも同じセリフを言われたことがあった……と、川上は思いだした。あのときは上司から再審請求書を渡されたのだ。

（はい）

当時の川上は力強くそう言った。だが今は……。川上は黙って、去っていく岡田の背中を見つめていた。そんな二人のやりとりを無言で見ていた遠藤は、そっとその場を離れた。

（我々裁判所は、あなたに対して耐え難いほど正義に反する判決を下してしまった）

十数年前、再審で川上は冤罪を認め、被告に詫びた。

そして……。

（川上くん、栄転だ）と、最果ての小島、金平島の家庭裁判所の所長代行として異動することを命じられた。

まとめた荷物を手に、背中を丸めて裁判所の廊下を歩いたあの屈辱感を、川上はありありと覚えている。

川上は岡田の姿が完全に見えなくなっても、その場から動くことができずにいた。

斑目法律事務所の応接室はいつもより賑やかだった。志賀と奈津子が訪ねてきていたのだ。志賀は体も大きいが声も大きい。そんな志賀は、頭、腕、左足……と、全身包帯だらけだ。

「で、志賀先生、何があったんだい?」

斑目が尋ねた。

「ある少年事件の弁護を担当することになりまして……あ痛ててててて」

志賀は痛みに顔を歪める。

「わざとらしいな」

佐田は、志賀を疑いの目で見た。

「俺は、この事件に関わったばかりに……」

さらに芝居がかった口調で言う志賀に、深山と舞子も冷たい視線を送る。

「その怪我、事件と関係あるのかい?」

まともに相手をしているのは斑目だけだ。

「ええ」

志賀は静かに頷き、続けた。「深山みたいに〇・一%の事実を探ろうと事件を再現していたら……不覚にも、階段から足を踏み外してしまいまして。だからこれは深山のせいです」

「踏み外したのはおまえだろう?」

佐田が呆れたように言う。

「おまえのところのやり方を真似して怪我した以上、この事件は、おまえのところが請け負うのがスジってもんだ」

「なんだ、そのスジ」

「あ痛たたたた……」

佐田と志賀がやりあっていると、

「で、その事件っていうのは？」

斑目が尋ねると、

「弁護を依頼されたのは山崎大輝さん。十七歳です」

奈津子が山崎の写真を出した。金髪の少年だ。「事件は女子高生に対する強制わいせつ事件です」

奈津子は、検察から開示された資料が入っている紙袋を机の上に出した。佐田と深山、舞子が同時に手を出し、真ん中にいた深山が強引に奪い取る。

「事件は去年の十二月十二日に起きました」

奈津子が二個目の紙袋を出したが、それは舞子が奪っていき、佐田は顔をしかめる。「被害者の工藤久美子さんは、バレエのレッスンの帰りに駅前で男性二人に声をかけられ、公園でわいせつな行為をされました」

「その後、彼女は母親に事件のことを話し、母親が被害届を出した。警察は彼女の証言をもとに駅前にいつもたむろしていた不良グループを連行し、彼女に面通しさせたんだ」

志賀が言うには……。

久美子は母親の純恵に付き添われ、警察署に来た。これから面通しを行います、と警察官は言った。マジックミラー越しには、今回の依頼人山崎と、友人の大江徳広を含む不良グループ何人かが立っていた。その中で金髪なのは山崎と大江の二人だったが……やはり久美子は山崎と大江を指さした。


「それが、今回の依頼人の山崎さんとその友人の大江さんだ」

「二人は家裁での審判を経た後に検察に逆送され、起訴されました」

志賀と奈津子が言う。

「被害者は、都内の名門私立三葉女子に通う高校生で、母親は有名な教育評論家か」

佐田は腕組みをし、考え込んでいる。

「逮捕されてすぐは国選の弁護士がついていたんだが、きちんとした対応をしてくれなかったそうだ」

　志賀が説明する向かい側で、舞子はいつものようにものすごいスピードで、開示された資料を読んでいる。

「それで、山崎さんは母子家庭でな。母親はなけなしの金で、私のところに来たんだ……弁護料はそんなにもらうことはできないが、私の正義感が何かを突き動かした。心の声が聞こえたんだ。『困った人を助けろ……』」

「『レッツビギン！』」

　佐田は志賀と声を合わせて言った。

「聞きたくないし言う必要もない」

「山崎さんは一度自白してますね？」

　舞子は資料から顔を上げて尋ねた。

「彼の話では警察に執拗《しつよう》な取り調べを受けたため、やってもいないことを自白してしまったそうです」

　答えたのは、奈津子だ。

「決定的な物的証拠も、目撃情報もなしか」

　珍しく黙っていた深山が、口を開く。

「もう一人の少年の弁護はどうなってるんですか?」

舞子はもはや志賀を見ず、奈津子に尋ねる。

「別の弁護士の方がついています」

「頼む!　裁判は三日後なんだ!」

志賀は机を叩いて片足で立ち上がった。

「うるっさいなあ」

佐田が露骨に不快な顔をする。

「この足では行くことができん、動けん」

志賀はギプスで固めた足を指で指す。「断る!」

佐田はきっぱりと言った。

「弁護料が安いからか?　やはり、おまえは金でしか動かない男なんだな!」

志賀は完全に逆ギレしている。

「うちはな、おまえの尻拭いをするほど暇じゃないんだよ、わかったか。だいたいおまえはそんな、踏み外しただけで折れるわけ……」

佐田はネチネチ嫌味を言い出したが、深山は志賀が持ってきた資料を持って立ち上がった。舞子も資料を紙袋に戻している。

「接見には行かなくていい。うちは協力を断ると言ったはずだ」

「佐田先生はね」

と、出ていこうとする深山。

「深山！」

佐田が呼びかけると、深山は立ち止まった。

「あと、裁判の期日の延長はしないでください。法廷で被害者側の話を直接聞きたいので」

「深山、行くなっつってんのに……」

佐田が止めたが、深山はもちろん聞かずに出ていった。

「私も行ってきます！」

舞子も荷物を持ち、深山を追っていく。

「尾崎！　おまえも行くって……ったく。なんだよ」

二人とも言うことを聞かないので、佐田はムッとしているが、斑目は何やら微笑んでいる。

「志賀先生も怪我をしてることだし、今回は昔のよしみで協力しましょう」

「私はお断りします。失礼します！　たいして折れてないし、折れたぐらいでやめるなよ」

佐田はぶつぶつ言いながら部屋を出ていった。

大会議室から戻った川上は、遠藤に複数の起訴状を渡した。

「岡田事務総長は次の異動で最高裁判事に昇格するらしいわ」

「岡田さんの後任は川上さんだともっぱらの噂です」

遠藤は起訴状の内容を確認しながら言う。

「関係あらへん。人事は水もんやからな。目の前のことを一つ一つやるだけのことや」

川上はそう言った。遠藤は一番上の起訴状に目を留めた。罪名および罪状『強制わいせつ　刑法第176条』とあり、そこには『……数名の少年らがたむろしていて……』『……などの暴行を加え……』『……わいせつな行為を……』などと書かれている。まさに先ほど岡田が言った、少年法改正に向けての世間を動かすような事例が求められているということだろうか。遠藤はハッとして川上を見た。

「ええ判決せえよ」

川上はぽそっとささやき、自席に戻っていった。

深山と舞子は接見室で山崎と向かい合っていた。

「ではさっそく、生い立ちからお願いします」

深山はいつものようにノートを広げ、耳に手を当てる。

「生い立ち……？　必要ですか？」

山崎は目を見開いた。写真で見た通り、髪の毛を金髪に染めた少年だ。

「ええ」

「お願いします」

やる気満々の舞子を、深山はチラリと見る。

「なんですか？」

「別に」

深山は舞子に言うと、再び山崎に向き直った。「では、生年月日は？」

「平成十二年十一月二十四日生まれ……です」

山崎が答えるのを、深山は書き取っていく。そして次々と質問が繰り出される。

「父さんは俺が十三の時に交通事故で亡くなりました」

「ちなみに、その金髪はいつからですか？」

「一年前です」

「どこの美容院ですか？」

舞子が横から口を出してくる。

「家の近くの『バーバー馬場』です」

「バーバー馬場です」

舞子は深山に言った。

「え、ギャグ？」

深山はまじめな顔で舞子を見ている。

「ギャグ？　ギャグなの？」

「真剣です」

「二点。センスな！　馬場さんに謝った方がいいよ」

「……すみません。どうぞ」

舞子は山崎に向き直った。

それからも深山は山崎の生い立ちを詳しく聞いていき、例によって、だいぶ長期戦となってきた。今は何をしているのかと尋ねると、

「高校も中退して、今は引越し業者で仕事してて」

山崎は答えた。

「では、事件のことについてお聞きしますね。一度自白されていますが、なぜですか？」

いよいよ、今回の事件の核心に迫っていく。

「脅されたんです」

山崎は言った。

「脅された？」

舞子は首を傾げた。


数日前、山崎は警察署で刑事二人から取り調べを受けていた。

（やってないって言ってるじゃないですか）

（ふざけんな！）

一人が脅すと、もう一人が（まあまあまあ）と、とりなすように言う。そしてそのやさしい口調のまま山崎の方に来て肩を組むようにし、

（山崎くん、母子家庭なんだってな？　そのまま否認し続けて、この後、裁判になれば、とんでもない金がかかるんだよ？）

と、顔を密着させるようにして、迫ってきた。

山崎の話を聞いた舞子は信じられない気持ちだった。

いまどき、そんな安っぽいドラマのような取り調べが行われているのだろうか。

「それで、自分がやったと、つい言ってしまったんです」

そして、取調室にカメラがセットされた。

（十時二十五分、山崎大輝。強制わいせつの容疑で逮捕する。これは君が認めた罪の逮捕状だ）

優しい口調で迫ってきた刑事が、逮捕状をかざす。

（じゃ、さっきと同じことを話してくれるか）

最初は脅迫口調だった刑事も態度を豹変《ひょうへん》させ、穏やかな口調で山崎に言った。もう一人の刑事が、山崎に逮捕状を見せた。

（はい……。私、山崎大輝は……）

山崎はカメラの前で自分がやったと言ってしまった。


「……信じられない」

舞子は消え入りそうな声で呟き、目を伏せた。

「合法なんだよ。逮捕前の取り調べでは、カメラを回す必要はないから、自白の強要を客観的に立証することは絶対にできない」

深山が舞子に言う。

「高校を中退した後、あの不良グループにいたことはたしかです。でも、ずっと、母ちゃんに迷惑をかけられないから、そろそろちゃんと働かなきゃって。それで三か月前、引っ越し業者の採用試験に受かって、それから、あいつらとつるむことをやめたんです」

　山崎は言った。

「じゃ、事件当日、駅前にはいなかったってこと？」

　舞子は尋ねた。

「はい。だから、絶対に俺はやってません」

「事件当日のアリバイは？」

　今度は深山が尋ねた。

「あの日、二件目の引っ越しが急にキャンセルになって、仕事先の社員さんたちと、焼肉屋で忘年会を開くことになったんです」

「なんていうお店ですか？」

「高円寺にある『焼肉１００％』というお店です」

「え？　あの有名店？　私、一度、行きたいと思ってたんですよ。よく予約取れましたね」

　舞子が興味深そうに言う。

「一時間ほど並びました」

「それは何時ですか？」

　深山が尋ねる。

「十九時頃に並んで、入れたのは二十時くらいでした」

「そのことは、取り調べのとき警察にも話しましたか?」

「はい……。あの、最初についた弁護士さんに起訴されたら九十九・九%有罪になるって言われたんですが、本当ですか?」

山崎は心細そうに深山に尋ねる。

「ええ。あ、でも、まだ可能性は残ってますから」

深山は山崎の目を見て、きっぱりと言った。舞子もかすかに微笑みを浮かべて頷く。「〇・一%ですけど」


その夜、深山は刑事事件専門ルームのメンバーとともに事件が起こった多摩中央駅前に立っていた。「駅の防犯カメラは、問題がなければ二週間後に削除されることになってます」

舞子は言った。

「俺の土下寝は出番なしか……」

明石が言う。

「なので、まずは被害者の証言をもとに事件を再現します」

舞子が指揮を執ろうとすると、

「お？」

明石が驚きの表情を浮かべる。

「奈津子さんも久しぶりに、よろしくお願いします」

藤野は言った。

「もとはといえば志賀の案件ですし」

奈津子は三脚ケースを肩にかけている。奈津子は志賀と結婚する前は刑事事件専門ルームにパラリーガルとして勤めていた。深山が必ず事件を再現してみることは理解している。

「じゃ、私、被害者やります」

舞子が手をあげて、被害者役をかってでた。

「君は高円寺の焼肉屋さんに行って、山崎さんのアリバイを確認してきてもらえる？」

深山は舞子の手から資料を奪い、指示を出した。

「え？　被害者役は？」

「大丈夫、中塚さんいるし」

「がんばりまーす」

微笑む中塚に、

「女子高生か」

藤野は苦笑いを浮かべた。

「はい」

中塚はそれでも嬉しそうに笑っている。

「あの焼肉屋さん、すごーく遠いんですけど」

舞子は深山に文句を言った。

「一度、行ってみたい店だったんでしょ？　大事な情報なんで確認してきて」

「じゃあ、なんでわざわざここに呼んだんですか？」

舞子は再び資料を奪おうとしたが、深山はさっと背中を向けた。

「なんで？　なんとなく」

「は？　電話で言えば済むんじゃないですか？」

「電話代、かかるからね」

「はああああ、後日移動費請求させていただきます」

なんなのよっ、もう！と、舞子はプリプリ怒りながら改札に入っていった。

「よし、じゃあやりましょう。調書によれば、この駅前で被害者の工藤久美子さんはバレエの帰りの二十時頃に、たむろしていた不良グループのうちの山崎さんと大江さんに声をかけられ、彼女は怖くなり、手を振り払って逃げた」

深山は調書を読み上げた。

「やめてください！」

腕をつかまれた中塚が、山崎役の明石と大江役の藤野を振り切った。中塚はロングヘアのカツラをかぶり、首から『久美子』と大きく書いた画用紙をかけている。明石と藤野も金髪のカツラをかぶり、それぞれ画用紙をかけている。

「へいへいねーちゃん！」

「へいねーちゃん」

二人が、しつこく中塚を追いかける。

「カブロン！」

プロレスラーの内藤哲也が言う「バカ野郎」の意味のスペイン語を叫びながら、中塚は明石を突き飛ばした。

「突き飛ばさなくたっていいじゃないか」

なおも明石はつきまとった。

「遊んでくれたっていいじゃないか」

「話聞いてくれたっていいじゃないか」「止まってくれたっていいじゃないか」

「やめてください！」

明石たちと中塚が押し問答をしているが、通行人や、あたりで座って話し込んでいる若者たちは、全く気にしていない。

「こんな反応か」

深山が呟くと、

「けっこうみんな無関心なんですね」

カメラを回していた奈津子も頷いた。


舞子は焼肉屋『焼肉100％』に来ていた。この日も店の外まで行列ができていて、店内はかなり混み合っている。舞子は忙しそうな店員をつかまえて、山崎の写真を見せた。

「二か月前に来た客なんて覚えてませんよ」

ちらっと写真を見て答えたところで店員は客に呼ばれ、「はい！　少々、お待ちください！」と返事をする。

「ちゃんと思いだしてもらえませんか？」

舞子が言うと、店員はじっと考え込んだ。かと思うと、持っていたお盆を下腹部のあたりで回転させる。するとエプロンにプリントされた『100％』という店名が現れる。

「一〇〇％覚えてませんね！」

店員は、じゃあちょっと忙しいんで、と行ってしまった。

「ここですね」

深山たちは、久美子が連れ去られたという多摩第三公園にやってきた。

「この東屋《あずまや》が犯行現場と言われている場所です」

藤野が東屋を指す。

「なんか嫌な場所ですね」

中塚が言った。遊具などのない小さな公園で、この時間は誰もいない。

「駅からここまでは十五分九秒か」

深山はストップウォッチを確認する。

「被害者の工藤さんは、駅からここに連れてこられ、すぐ親に電話するよう脅された」

久美子は、山崎と大江の前で母親に電話をかけた。

(あ、お母さん?　電車が止まってて、帰りが遅くなりそう)

と伝えた。

「電話を切った後、一時間ほど山崎さんに捕まっていた。そして、隙を見て逃げた、か……」

深山は、東屋で実演中の三人を見ながら呟いた。

「触らしてくれたっていいじゃないか！」

明石がベンチに座っている中塚の手を引っ張る。

「キモい！」

中塚が半ば本気で明石の手を振りほどく。

「キモくたっていいじゃないか！」

「やめてよー！」

もめている三人を見ながら、

「どうします？　そろそろ止めます？」

奈津子が深山に尋ねた。

「しばらく押し問答があったん……」

深山が言いかけたとき、

「おい！」

少し離れた場所でダンスの練習をしていた青年たちが三人、走ってきた。

「何してんだ！」

赤いダウンジャケットを着た青年が、明石の胸ぐらをつかんだ。

「いいじゃないか、いいじゃないか……」

「何言ってんだよ、こら！」

「ぐわ‼」

明石は青年に殴られ、地面に転がった。その拍子に金髪のカツラが落ちる。

「おい！　ダッセえヅラかぶってんじゃねーぞ、このモジャモジャが！」

青年たちが明石を罵倒するのを、深山はニヤニヤしながら見ていた。


深山は明石がやられる様子をしばらく眺めてから、青年たちに状況を説明した。

「まぎらわしいことはやめてくださいよー」

赤いダウンの青年が言う。彼らは東屋からすこし離れたトンネルの下のスペースでダンスの練習をしていた。深山はその練習場所に案内してもらった。そして、ダンスチームの女性がビデオを撮影しているタブレットが三脚に設置されているのを見つけ、のぞきこんでみた。その端の方に、先ほどの東屋に明石たちが腰を下ろして後片付けをしている姿が映っている。

「あの、このビデオって普段も回してます？」

「あ、切るの忘れてた！」

女性が停止ボタンを押し「ここで練習するときはいつも」と言う。

「いつも回しっぱですか？」

「回しっぱです」

「普段からこの角度で撮ってます？」

「だいたい」

「ちなみに十二月十二日の夜ってここで練習してました？

「十二月十二日？　それ何曜日？」

赤いダウンの男性が問い返してくる。

「火曜です」

「火曜ならやってないね。俺たち、練習するのは月水金だけだから」

「月水金、なるほど」

深山は小さく頷いた。


深山たちは刑事事件専門ルームに戻ってきた。

「痛い痛い痛い……」

明石は殴られた頬を押さえている。

「明石くん、冷やして」

藤野が冷却材を当てると、

「あー、冷たい冷たい冷たい！」

明石が大騒ぎするので、藤野は逆側に当ててみる。

「こっち？」

「逆逆逆！」

明石は叫んでいるが、深山はホワイトボードに描かれた『犯行現場までのルート図』を見ていた。

「戻りましたー」

舞子が帰ってきた。

「あ、おかえりなさい。どうでした？　焼肉１００％」

藤野が声をかけた。

「繁盛店ですからね。二か月前に来た客のことなんて一〇〇％、覚えていないって」

「覚えてない……あ、お肉は美味しかった？」

深山は尋ねる。

「食べてません！」

舞子はムキになって答えた。でも、皆の注目が集まって気まずくなり「そっちは?」と尋ねる。

「駅前は無関心で見て見ぬふり。犯行現場までの道のりは暗がりで人通りも少なかった」

深山は言った。

「かなり前のことですし、聞き込みしても誰も覚えていないかもしれませんね」

藤野の言葉に、中塚も無念そうに頷く。

「被告人の無実を証明するのは難しいなあ、せっかく体張ったのに。もう、見てよこれ!」

明石は舞子に腫れた頬を見せる。

「なんにもなってないじゃないですか」

舞子は冷たく言った。

「なんにもなってないわけ……」

明石は自分の頬に触れてみる。「ホントだ、痛くない!」

「よかったね」

藤野が微笑む。

「でもそもそも被害者の工藤久美子さんがウソをつく必要なんてあります? だってそういう被害に遭ったってことが公になっちゃうし、裁判になったら法廷に立たなきゃいけないし……得がないですよね」

中塚が言う。

「まあ、今の段階では、法廷で何が語られるか、様子を見るしかないかなあ……」

深山は言った。


第一回公判の日……。

裁判を終えた川上が裁判所の廊下を歩いていると、法服を着た遠藤とすれ違った。すれ違いざまに、遠藤は軽く頭を下げた。遠藤が向かったのは、今回の山崎の裁判だ。

（山内は、東京で裁判官続けるのは向いてないかもしれんなあ）

川上がそう言った直後に、北海道の家裁に異動した山内の姿と、

（ええ判決せえよ）

という先日の川上の囁きが、遠藤の頭の中を駆け巡った。


舞子は、深山とともに弁護人席に座っていた。大江の弁護団もいる。法壇を見上げると、そこには裁判長の遠藤がいる。遠藤は舞子と目を合わせようとしない。手錠と腰縄をつけられた山崎と大江がそれぞれ二人の刑務官に連れられて入ってきて、弁護側の席の前にある被告人席に座った。山崎は接見の時と同じ紫色のトレーナー姿、大江は白いワイシャツを着ている。

「おい！　なんでやってもねえこと、自白すんだよ？」

大江は刑務官越しに、山崎を睨みつけた。

「静かに」

刑務官が大江に注意をする。

そして遠藤が入ってきて、全員が起立した。遠藤と舞子の視線が一瞬、からみあう。

検事の喜多方による、久美子への質問が開始された。証人席に立つ被害者の久美子はパーティーションで区切られ、被告人、傍聴席には見えないように配慮されていた。久美子は、一貫して山崎と大江に襲われたと証言し、

「つまり、逃げようとしても、離してくれなかったんですね？」

喜多方が尋ねると、久美子は神妙な面持ちで「……はい」と答えた。

「ふざけるな！　俺はやってねえよ」

大江が思わず声を上げ、立ち上がる。

「おとなしくしないか！」

両隣に座った刑務官が慌てて止める。

「被告人、言動に注意しなさい」

遠藤に注意され、大江は不満そうに腰を下ろす。

「以上です」

喜多方の尋問が終了する。

「証人、今日は勇気を持って法廷に来てくれてありがとう」

遠藤は、久美子に声をかけた。

「……はい」

久美子は消え入るような声で言った。


次に、証人席には久美子の母親が立った。教育評論家の工藤純恵だ。メディアにも頻繁に登場する純恵は白いスーツを着た姿で、はきはきと話す。

「娘はなんでも私に話してくれるんです。学校の悩みや友人関係の悩みも。娘とのコミュニケーションは欠かさないようにしていました」

「そうなんですね。普段もよく電話をされますか?」

喜多方が尋ねる。

「ええ。学校終わりや、バレエのレッスンの後、帰宅時には必ずかけてきていました」

「お嬢様は脅されてあなたに電話をかけたとおっしゃってましたが、何時頃か覚えていらっしゃいますか？」

「二十時過ぎです。電車が止まって、帰宅が遅くなると」

「検察官請求証拠甲第十四号証を示します。事件当日、被害者である娘が、母親に携帯電話で連絡をしたことが分かる通話記録です」

喜多方は資料を見せた。その証拠は、純恵との通話記録以外は黒く塗りつぶされ、夕方に二回、二十時十八分に一回かけた記録が残っている。

「お母様のおっしゃる通り、たしかにここに昨年の十二月十二日の二十時十八分に携帯電話からかけた記録が残っています」


そして深山が反対尋問に立った。

「先ほど、娘さんとのコミュニケーションを欠かさなかったとおっしゃっていましたが、教育評論家でもあるあなたが、娘さんの危険な状況を、なぜ電話越しの声から気づくことができなかったんですか？」

深山の質問に、純恵の顔が硬直する。

「あなた、なんてこと言うの！」

「弁護人、証人を侮辱するような発言はやめてください」

遠藤が注意をする。

「侮辱？　僕は単純に、疑問に思ったことを言っただけですけど？」

深山は普通の口調で言い「あと、もう一つ」と、人差し指を立てた。

「これ以上の不適切な尋問は認めません」

「あ、いえ。検察官に釈明を求めたいのですが、先ほどの検察官請求証拠甲第十四号証の通話記録、この通話記録の母親とのもの以外が、黒塗りで潰されてるのはなぜですか？」

「検察官、いかがでしょう」

遠藤が尋ねる。

「プライバシー保護のためですよ」

喜多方はあくまでも穏やかに、だが深山を小ばかにしたような口調で言う。

「うん、なるほど。裁判長、念のため、この通話記録の証拠開示を請求したいと思います」

深山は言った。

「検察官、ご意見を」

遠藤が喜多方に尋ねる。

「無意味、だと思いますが構いませんよ」

喜多方は言った。

「では、弁護人からは以上です」

深山はそう言って着席した。遠藤が憮然としている様子を見て、舞子は頭を抱えた。

「裁判官の心証を明らかに悪くしましたよ」

舞子が後ろの席から囁くと、

「裁判官の心証が悪かろうが、事実は変わらないよ」

深山は椅子ごとくるりと振り返り、腹話術の声を真似て言う。舞子は恥ずかしさと腹立たしさで、両手で顔を覆った。


帰りに、深山と舞子は『焼肉100%』に寄った。店の前には、行列ができている。

「一〇〇%覚えてないって言ったんです。なぜ、また来るんですか？」

舞子の質問には答えずに、深山はさっさと中に入っていく。

「山崎さんは社員さんたちと六人で、この席に座って焼肉を食べたんだ。再現するには正確にしないとね」

「……だからって山崎さんの会社の制服で来る必要ありますか？」

ここまで忠実にやるのかと、テーブルについた舞子は自分の格好を見た。舞子だけではない。

焼肉店の端の席に座った刑事事件専門ルームのメンバープラス落合は、背中に『引越しのジュンコ』と書かれた黄緑色のポロシャツを着ている。

「あるよ」

深山は言った。「だって山崎さんたちは、この制服のままここに来たらしいからね」

「大丈夫ですよ、似合ってますから」

藤野が舞子を慰める。

「恥ずかしいのか？　いいじゃん、肉食えるんだから」

明石が言う。

「いやー、舞子さんと一緒の席に呼んでもらえて光栄です」

舞子の隣の席に陣取った落合は上機嫌だが、

「私は呼んでません」

舞子は冷たく言った。

「ホントに照れ屋さんなんですねー」

落合がへこたれずに言ったとき、店員が肉とご飯を運んできた。

「お待たせしました。カルビ二人前と、ご飯、特盛六人前です」

「肉少なくね⁉」

明石は不満の声を上げた。

「だって、山崎さんがそうだもん」


深山は接見で、焼肉屋でオーダーしたものを尋ねた。

（カルビを二人前だけ？　六人でですよね？）

深山も少ないと思って、聞き返した。

（みんなで二人前です。でもご飯は全員特盛を頼みました）

（特盛？）

（あそこの焼肉屋、何がうまいって、タレがめちゃくちゃうまいんすよ）

山崎はそう言ったのだ。


「焼肉のタレ、多めにもらえますか？　容器ごと」

深山は店員に言う。

「容器ごと⁉　あ、わかりました」

店員は焼肉のタレを容器ごと持ってきた。

「お肉は一人二枚までです。タレは全部使い切ってください。では、どうぞ。いただき、ますだおかだ！」

「……三点」

明石は言った。皆は自分の前に置かれた特盛のご飯に焼肉のタレをふんだんにかけて食べ始める。

「せっかくならもっとお肉食べたかったなあ……うーん、うまーい」

舞子はとりあえずカルビを一枚、堪能しながら食べる。深山はリュックからＭＹ調味料を出した。

「まさか、タレにタレかけるんですか？」

藤野は尋ねた。

「せっかく食べるならおいしいに越したことはないでしょう」

「それ、なんですか？」

「スパイスです」

選んだスパイスをふりかけ、深山は「うまい」と満足げだ。

「おかわり！」

明石と中塚は、空になったごはん茶碗を掲げて店員を呼ぶ。

「早いな」

藤野は驚きの目で二人を見た。

「舞子さんの隣で食べると格別ですね」

落合はご機嫌だ。

「タレめしうまっ」

舞子は意外にもタレめしにハマっている。

「あのーお肉のご注文は？」

おかわりのご飯を持ってきた店員が声をかけた。

「じゃ、ハラミを……」

明石が言いかけたが、

「結構です。タレだけを追加でもらえますか？　容器ごとお願いします」

深山が遮る。

「肉食べたいなあ！」

明石は文句たらたらだ。

「いい加減にしてくださいよ！　おたくの会社ではその食べ方が流行ってるんですか？」

店員の言葉に、深山はニンマリと笑う。

「どうしてですか？」

「え？　前にもその服着た人たちが、同じ食べ方をしてたんだよ」

店員の言葉に、舞子は「え⁉」と声を上げた。

「一〇〇％覚えてないって……」

舞子は店員を責めるような目で見たが、

「詳しく教えてもらえます？」

深山は笑顔で店員を見上げた。


第二回公判で、深山は証人尋問のために焼肉屋の店員を呼んだ。

「事件があった昨年十二月十二日、あなたの経営する『焼肉１００％』に、山崎さんが来店したことを覚えていますか？」

深山が尋ねる。

「はい。金髪の方で、その同僚の方たちもご飯に大量のタレをかける珍しい食べ方をしていたので」

「裁判長、ここで弁護人請求証拠第十五号証を示します」

深山はそう言い「証人、これはなんですか？」と、店員を見た。

「店の順番待ちの時にお客さんに名前を書いてもらう名簿です」

それは焼肉屋の予約名簿だ。『ヤマザキ』とカタカナで名前が書いてある。

「この証拠によると、事件が起こったとされる十二月十二日二十時〇三分に山崎さんが入店したことがわかります。ちなみにお客さんが自分で書く以外に、お店側の人間が名前を書くことはありますか？」

深山が尋ねると、

「ありません」

店員は答えた。

「つまり、犯行時刻の二十時から二十二時までの間、山崎さんは『焼肉１００％』で食事をしていた。よって山崎さんが犯行を行うことは不可能です」

深山は言った。

「よし！」

傍聴席の明石らが声を上げた。

次は、喜多方による尋問が行われた。

「タレをご飯にかけて食べる方は、他にはいらっしゃいませんか？」

「たまーにいますけど……。タレを容器ごとおかわりしたのはあの方たちだけです。それに予約名簿にも『ヤマザキ』っていう名前が残ってますし」

店員は答えた。喜多方は助けを求めるように遠藤に視線を送る。

「ここで裁判所より証人に質問させてもらってもいいですか?」

遠藤が口を開くのを見て、舞子は眉をひそめた。

「あなたは一週間前に来店したお客さんを一〇〇%覚えていますか?」

「一〇〇%? 一〇〇%は……覚えてないです」

「そうですか。一週間前のお客さんを覚えていないのに二か月も前に来店したお客さんを覚えてるということですね」

遠藤が畳みかける。

「いや、あの……特徴的でしたし、名簿にも名前も残ってますし……」

「山崎という名前は、そんなに珍しい名前じゃないですよね? その日訪れたのは被告人の山崎さんとは別の山崎さんという可能性はありませんか?」

「違う山崎さん……?」

「一〇〇%彼だと断言できますか? あなたの発言で、たくさんの人の人生が大きく変わります。慎重に思い出してください」

遠藤にゆっくりと、強い口調で言われ、店員は動揺し始めた。そして、先ほどまで安堵の表情を浮かべていた山崎も、遠藤の顔を見ながら不安そうな表情を浮かべている。

「そこまで言われると……わかりません」

店員はふるえる声で言った。

「ありがとう」

遠藤はかすかに微笑んだ。

「ありえない。こんなの」

舞子は呟いた。


裁判が終わり、山崎と大江は退廷した。山崎は、深山たちに会釈をして出ていく。

「おい荒川さん、どうなってんだよ！」

大江は自分の弁護士に当たり散らしている。

「俺は何もやってねえんだよ！」

暴れる大江を、刑務官が力づくで引っ張っていく。

「離せ！」

暴れながら去っていく大江を、深山は観察していた。そして、大江の首の後ろに十字架のタトウーが入っていることに気づいた。

佐田が自宅マンションに帰宅すると、リビングのソファに深山が寝ころび、愛犬トウカイテイオーを撫でながらくつろいでいるのが見えた。いったい何事だとリビングに入っていくと、ダイニングテーブルで舞子と斑目が、由紀子とかすみとお茶を飲んでいた。

「ただいま」

「あ、おかえり」

「……何やってんの？」

深山が顔を上げる。

「はい？」

「……みんないるじゃん。何やってんの？」

「お茶をいただいています」

舞子はゆっくりとお茶を味わっている。

「見ればわかる」

「お邪魔してます」

「はい」

佐田は斑目に返事をし、

「ちょっと」

佐田は由紀子を部屋の隅に呼ぶ。かすみもそばにやってきた。

「……なんで、いるの？　なんであげたの？」

「あなたの大切な上司と部下の方がいらっしゃったのよ？　断る理由なんてないでしょ」

「いや、あるでしょ。だって……」

「私が招き入れたこと自体が間違ってるというの？　どういうこと？　説明して」

だが由紀子に問い詰められ、

「だから……」

言葉が出てこない。

「説明になってない」

かすみにぴしゃりと言われ、佐田はため息をついた。


深山たちは、佐田家のダイニングテーブルで裁判の総括をしていた。

「証人にあんな聞き方するなんて。どんな人でも、わかりませんって答えたくなるに決まってるじゃないですか」

舞子は遠藤のやり方に納得がいかない。

「実はね、なんとなくこういう流れになるんじゃないかと危惧していたんだ。弁護士会でも議題に上がっていてね。時の政権が支持率回復のために少年犯罪を厳罰化する法案を通すために動いているらしいんだ。おそらくそれに最高裁の事務総局が加担しているんだろう」

斑目は言う。佐田は、深山が勝手にリビングボードに飾った競走馬の置物をいじってるのを注意していたが、「今、事務総局とおっしゃいました？」

と、斑目に尋ねた。

「うん」

「事務局長がどうして……さっきからずっと申し上げようと思ったんですけど、その話をどうしてここでするんですか！　事務所でしたらいいじゃないか⁉」

「あなた、黙ってて」

由紀子が佐田に注意をし、

「ね、事務総局って何？」

かすみが斑目に尋ねる。

「いいから、かすみは話に首つっこまなくて……」

ぶつぶつ言っていたが、また深山が背後でごちゃごちゃやっている。『ＳＡＤＡ』の順番で並べてある置物を並べ替え、『ＤＡＳＡ』にしている。佐田はすぐさま深山に注意をするが、深山は聞いていない。

「うん。最高裁判所直属の機関で一番の出世コースなんだよ。絶大な人事権を持っていてね。裁判官は皆、顔色をうかがわざるえないんだ」

斑目は言った。聞いている舞子は、暗い表情を浮かべてうつむいている。

「それって、もしかして、裁判官が、その事務総局に忖度《そんたく》してるってこと？」

「そう。忖度なんてよく知ってるねぇ。君のパパはね、そんな人たちに立ち向かって、弁護士として、立派な仕事をしてるんだよ」

斑目はかすみに微笑んだ。

「へーえ」

「いいこと言うじゃないですか、たまには」

佐田はかすみに尊敬の目で見られ、まんざらでもない。

「大きな力にひるまずに戦うなんて、あなたにしかできない仕事ね」

「パパ超カッコいい！」

由紀子とかすみがキラキラした目で佐田を見つめる。

「今度の日曜日、彼氏とのデートキャンセルするから、パパのその仕事詳しく教えてね」

「おお」

娘に尊敬の念を抱かれ、佐田は満面に笑みを浮かべた。

「最高だよ、おまえ」

佐田は深山の胸を、ポンと叩いた。

翌日、佐田が刑事事件専門ルームにやってきた。

「開示されてる資料はざっと見たぞ。あとは被害者の少女の通話記録待ちだというところまで確認してる」

「あれ、ホントにやるんですか?」

深山はからかうように尋ねた。

「あたりまえだろ、おまえ。事務総局がのりだしてきたら、おまえたちの手に負える相手じゃないからな」

佐田は即答した。

「パパ超カッコいいもんねえ」

「まあそれもあるけどさあ」

「本当にデートキャンセルするんですかね」

「するに決まってるだろ」

「いや、しないと思う……」

「します！」

「彼氏連れてきたりしてね」

「被害者の通話記録が届きました」

そこに、中塚が入ってきて、深山に通話記録をさしだした。佐田と舞子も近づいてきて手をのばしてくる。佐田が奪い取って通話記録を見たが、見えなくて遠ざけてピントを合わせている。

「これ、字が小さすぎるだろ。もうちょっと大きく引き伸ばしてよ。わかってるだろ、俺が老眼だって……」

文句を言っている佐田の手から、深山が通話記録を取り上げた。佐田は明石の机の上の虫眼鏡を持ってきて、通話記録をのぞきこむ。

「母親には、犯行時刻の二十時十八分にかけてるんですよね」

舞子が確認する。

「ん？　あれ？」

「どうしました？」

「二十時六分に誰かに電話してるな」

深山が言うように『二十時六分』に誰かに電話している記録が記されている。

「親に電話かける前なんだから二十時六分は関係ないだろ」

明石は言った。

「いやいや、だって僕たちの検証結果では、駅から犯行現場までの所要時間は徒歩で約十五分。母親に電話したのは二十時十八分だから、駅で声をかけられたのは、二十時三分頃ってことになる」

深山は時間の経過を追っていく。

「ということは、この二十時六分の電話っていうのは、からまれて逃げてる道中のここらへんで、かけたことになるな」

佐田は言った。

「二人にばれないようにポケットの中の携帯をぐぐっと操作したってことですか？」

藤野は、自分のズボンのポケットに手を突っ込んで実演してみる。だがかなり不自然だ。

「そんなことできます？」

中塚は首をかしげた。

「できなくはないけど、やらないだろ」

佐田は言った。「それよりも誰に電話したかってことに……」

「もうかけてます」

明石は深山を指した。

深山と舞子、そして佐田の三人は、電話に出た五十嵐という男とカフェで待ち合わせた。メガネをかけた、スーツ姿のごく普通の若者だ。

「工藤久美子……？　ああ……あまりよく知りません。一度会っただけですし。新宿で」

五十嵐は軽い調子で言った。そしてその日付は電話をした当日、十二月十二日だという。

「あなたは十二月十二日に新宿で工藤久美子さんと会ってたんですね？」

深山が確認すると、五十嵐は「はい、でもぉ……」と曖昧な口調で言う。

「法廷で証言してくれますね？」

舞子はすかさず五十嵐に尋ねた。

「えー、でも……」

「法廷に来なさい！」

舞子は立ち上がる。

「静かにしなさい、ここ喫茶店だよ」

佐田は慌てて舞子に注意をした。

「は……はい」

五十嵐はすっかり怯えていた。

「これで無実を証明できますね」

舞子は言う。

「あと君さ、こんな時間にね、女子高生を呼び出して会っただと⁉　その子のお父さんのことを考えなさいよ！　こっちみなさいよ、君！　こっち見ろっつってんだよ、君！」

突然怒りだした佐田を、深山と舞子は完全に無視していた。


第三回公判では、五十嵐に証人として出廷してもらった。

「証人、こっちを向いて！」

佐田がへらへらしている五十嵐に注意をする。

「事件当日、昨年の十二月十二日の被害者の通話記録ですが、二十時〇六分に『発信』の記録が残っています。この発信先はあなたの携帯電話の番号ということで間違いありませんね？」

尋問するのは、佐田だ。

「はい、間違いありません」

五十嵐が証言すると、遠藤と喜多方は眉をひそめた。傍聴席に座る純恵も、訝しげな表情を浮かべた。

「どんな電話だったんでしょうか？」

「あの日、新宿駅で会う約束をしていまして。ま、お互い顔を知らなかったので、ま、着いたら電話してくれと言ってたんです」

「顔を知らなかった？　どういうことでしょうか？」

「ま、あの……出会い系サイトで知り合ったんで」

五十嵐の発言に、法廷内がざわついた。

「ふてえ野郎だ」

明石が言う。眉間にしわを寄せて聞いていた純恵は、だんだんと怒りで顔が赤くなっていく。

「それで結局、彼女に会えたのは何時頃だったでしょうか？」

「二十時十五分くらいだと思います」

「その時のことを、詳しく聞かせてください」

「待ち合わせ場所で会った後、彼女はすぐに母親に電話すると言って……」

（あ、お母さん？　電車が止まってて、帰りが遅くなりそう）

と、五十嵐が見ている前で電話をかけたという。法廷内からまた驚きの声が上がる。

「静粛に」

遠藤は言った。

「裁判長、証人がおっしゃる通り、たしかにこの被害者の通話記録には、昨年十二月十二日二十時十八分に、被害者が母親と電話をしたという記録が残っています。もう一度確認します。証人、こちらを見て。あなたは、十二月十二日の二十時十五分頃、新宿で被害者の工藤久美子さんと会っていた。そのことに、間違いはありませんか？」

「間違いありません」

五十嵐は言った。

「イエス、よし！」

勝利を確信し、傍聴席の明石と奈津子は、笑顔で顔を見合わせている。久美子はうつむき、純恵の顔は硬直し、喜多方は態度には出さないようにしているものの、明らかに焦りの色を浮かべている。

「以上です」

佐田は席に戻った。深山が遠藤を見ると、何かを考えているような表情を浮かべて、正面を見つめていた。

都内のある会場では、法務大臣の懇親会が行われていた。立食パーティ式の会場内で、川上と検察幹部、そして今回の事件の喜多方の三人が話していると、岡田事務総長が近づいてきた。

「君が目玉になる案件があるというから、官邸の方にも話をしたんだ。法務大臣も期待していたのに。残念だよ」

岡田は川上にそっと囁《ささや》くと去っていく。

「川上さんには、大変ご迷惑をおかけしました。しかしこのままでは、うちとしてもかなり厳しい状況でして。どうにかなりませんか？」

東京地方検察庁次長検事の津川岳が尋ねてくる。

「なるわけないやろ。裁判なめたらあかんで。そもそも、わしが口挟めることでもないわな。全ては担当の遠藤の判断やしな」

川上はわざと、背後でワインを飲んでいる遠藤に聞こえるように言った。

「ただ」

川上は口を開く。

「なんでしょう？」

「事件はほんまにその日にあったんか？　そもそも、被害者の勘違いちゅうこともあるからな。特別な日の人間の記憶っちゅうのは、案外曖昧になることもあるからな」

川上がさりげなく呟くと、喜多方はハッと顔色を変えた。遠藤は川上と背中合わせの体勢で、ワインを飲み続けていた。

第四回公判では、舞子による久美子への尋問が行われた。

「事件当日、五十嵐さんと会っていたんですね？」

「……はい。出会い系の人と会っていたなんて、母に知られたら叱られると思って、とっさにウソをついてしまって」

久美子の言葉を聞き、山崎と大江が安堵の表情を浮かべる。

「弁護人からは以上です」

舞子が着席しようとすると、

「でも……二人に襲われたのは本当です」

久美子が呟いた。

「え？」

舞子は久美子を見た。山崎と大江も驚きで目を見開く。

「……私が襲われたのは十二月六日だったんです」

久美子は俯《うつむ》いて言った。

「何を言ってるんですか？」

舞子は耳を疑った。

「弁護人、尋問が終わったのであれば速やかに着席しなさい」

遠藤が言う。

「ちょっと」

佐田も思わず声を上げた。

「裁判長、被害者の証言に基づき、訴因変更を請求いたします。事件発生日を十二月十二日から十二月六日に変更いたします」「わかりました。訴因変更を認めます」

遠藤と喜多方がやりとりし、事件のあった日は十二月六日ということになった。

「そこまでやるかねぇ」

深山は呆れすぎて笑っている。

「何をバカなことを言ってるんですか！　そんな都合のいい話」

舞子は我慢できずに声を荒げた。

「裁判所は問題ないと判断しました。弁護人、それ以上騒ぐと退廷を命じますよ」

遠藤も強い口調になる。

「法の趣旨に反した、明らかな不意打ちです。この子たちの人生を狂わせていいんですか！　それが裁判所のすることですか！」

舞子は遠藤を睨みつけた。

「弁護人、退廷を命じます」

遠藤に言われたが、舞子は動かずにいた。

「裁判長、裁判長！　その、訴訟指揮はおかしいと思います。撤回を求めます」

佐田が手を挙げて起立する。

「これは、裁判所の判断です。それ以上進行を妨げるようであれば、あなたにも退廷を命じますよ」

遠藤に言われ、佐田は机をバンと叩いた。舞子は鞄を手にし、ドアに向かう。

「心証を悪くしてくれてありがとう」

嫌味を言う深山を舞子が睨みつけて出ていこうとしたとき、山崎が立ち上がった。

「どうしてこうなるんですか？　俺はやってないのに……。裁判所はどうして無実の人間を守ろうとしてくれないんですか⁉」

刑務官に両脇を押さえられながら、山崎は必死で叫ぶ。

「言動を慎みなさい」

遠藤に言われ、力が抜けたように腰を下ろす山崎の横で、大江はじっと何かを考えていた。

裁判を終えた深山は、廊下に立っていた。しばらくすると久美子が傍聴席にいた純恵と一緒に、階段を降りてきた。久美子は待ち構えている深山を見て驚きの表情を浮かべ、足早に立ち去ろうとした。その瞬間——。

「事実は一つだからね」

深山はあくまでも穏やかな口調で、声をかけた。久美子は明らかに動揺している様子だ。

「久美子、行きましょう」

純恵は深山を睨みつけ、久美子を連れて去っていった。


「お疲れさん」

裁判を終え、自席に戻っていった遠藤に、川上が声をかけた。

「お疲れさまです」

遠藤は頭を下げ、腰を下ろした。


舞子は刑事事件専門ルームに戻っても、怒りがおさまらなかった。

「山崎さんは、さりげなくアリバイのない日を探られていたみたいです」

舞子は佐田たちに報告した。

ホワイトボードの『公訴事実　２０１7年12月12日』という箇所には、赤いマーカーで取り消し線が引かれ、『12月6日に訴因変更』と上書きしてある。

「これさぁ、被害者も含め、三人のアリバイがない日が十二月六日で合致してたってことだろうけど、これはひどいな、ここまでやったか……」

佐田も呆れ果てている。

「そんな簡単に日付って変更していいんですか?」

中塚が素朴な疑問を口にする。

「ダメだよ、ダメだけど。訴因変更の請求があった場合、裁判所が公訴事実の同一性があると判断したなら、それは認められるんだよ。でもな、この阿吽《あうん》の呼吸は、がっちりと検察と裁判官が後ろで手を組んでる証拠だぞ」

佐田が言うと、

「これだから裁判官は……」

明石はチラリと舞子を見た。

「私はあの人とは違います」

舞子はぴしゃりと言った。

「わかってるから」

佐田は舞子に言い「おまえも喧嘩を売るなよ」と、明石に注意をする。

と、そこに、リュックを背負った深山が入ってきた。そして、エヘンエヘン、と、咳払いをして注目を集める。

「これ、なーんだ」

深山はＵＳＢメモリを手にしている。

「わかんないよ、なんだよ？」

佐田が言うと、

「これつないで」

深山は中塚にＵＳＢメモリを渡した。中塚がパソコンにつなぐと、佐田が画面をのぞきこんだ。皆も集まってきて、映像を見る。

「これは、訴因変更が行われた十二月六日二十時から二十一時の映像です。場所は、犯行現場が見える、近くのトンネル」

再生された画面の下には『２０１７／１２／０６　２０：００：４６』とある。

「このダンサーたちは月水金に、いつもここで練習をしているんだそうです。十二月六日は水曜日。この前犯行現場に行ったとき、ビデオを回してたんです。で、もしかしてと思って、確認に行ったら、十二月六日の犯行現場がバッチリ」

「どこだ？」

佐田がのぞきこむ。

「ここです、ここです」

藤野が言った。ちょうどダンサーがはけたとき、背後の東屋が映る。そこには誰もいない。

「てことは、これを二十一時までずっと見たらいいわけだろ」

佐田は言った。

「一時間見ましょう」

藤野が俄然張り切った声を上げる。

「一時間は待ってられないから、これ、送ってよ。ちょっとほら、二十一時までだろ」

佐田が言い、映像を早送りする。

「遅いパソコンだな、どうにかもっと早く送れないの？」

せっかちな佐田がうるさいが、とりあえず誰も映らないまま、一時間分の再生が終わった。

「はい、誰も映っていない！」

「これは、決定的な証拠になりますよ！」

明石と藤野が喜びの声を上げた。舞子は安堵で声も出ない。

「検察は訴因変更して、自分で自分の首を絞めたな」

明石が言ったとき、佐田の電話に着信が入った。志賀からだ。

「こんなときにかけてくんな……もしもし、なんだよ？　何!?　大江さん？　え？　自白した？」

深山と舞子、そして大江の弁護士は、大江と接見室で向かい合っていた。

「大江さん」

深山はコンコン、と、ガラスを叩いた。うつむいていた大江が顔を上げる。

「あれだけ否認していたのに、なぜ今になって認めたんですか？」

深山が尋ねる。

「本当にやった日がバレたんだ。もう言い逃れはできないでしょ」

大江は言う。

「でも、あなたその日、公園にはいな……」

言いかけた舞子を遮り、

「犯行現場の周りに誰かいましたか？」

深山が尋ねる。

「いや、雨が降っていたから、誰もいなかったよ」

「……雨ですか」

深山は耳たぶに触れながら呟いた。

川上はこの夜も『うどん鳳亭』にいた。遠藤、そして検察の津川、喜多方も一緒だ。

「いやー。大江が自白するなんて、瓢箪《ひょうたん》から駒ですよ」

喜多方は浮かれた様子で酒を飲んでいる。

「川上さん、そこまでお見通しで日時変更を？」

津川は悪い笑みを浮かべて川上を見た。

「わしは何もそんなこと言うてへんがな」

「そうでした、そうでした。これは遠藤さんの裁判ですもんね」

津川が川上に晩酌しようとするが、

「お互い、ええ距離感でおらなあかんで」

川上はおちょこをひっこめた。

「それは失礼しました」

津川が言うと、川上は手酌で酒をついだ。


津川と喜多方が帰った後、川上と遠藤は二人で酒を酌み交わしていた。

「急に自白するなんて、少しできすぎてるような気がしますが」

遠藤は気にかかっていたことを口にした。

「せやなあ。大江の自白は想定外や。こういうときは気をつけなあかんで」

やはり川上もただならぬものを感じていた。

『飴の慕情　アメ、アメ、くれ、くれ、もっとくれ！』

『いとこんち』のカウンターには、加奈子の新曲CDが置いてある。深山は、厨房に立ち、泡立て器でボウルの中のクリームをかき回していた。

（なぜこの段階で大江さんが自白したのか。そこを解かない限り、この事件の事実は見えてこない。そもそも、ダンサーの撮った映像では、雨が映ってなかった……。なのに、なぜ大江さんは事件当日雨が降っていたと言ったんだ……？）

ジャガイモにクリームをかけ、オーブンに入れる。

「はい。冬の熱々ドフィノア」

深山はカウンターに料理の皿を置いた。

「……ドヒ……ドヒ？　ハニワ？」

坂東は聞き取れない。

「ドフィノア。全然違うじゃん。早く食べなよ」

深山が言うと、坂東は手を合わせた。

「いただきます……お客いるけど」

坂東が食べようとしたところに、ドアが開き、加奈子が入ってきた。

「寒い……寒い……」

加奈子はなぜか全身ずぶ濡れだ。

「むっちゃおいしそうな匂い」

加奈子は濡れたままカウンターにやってくる。

「もしかしてヒロト、私のために作ってくれたの？」

加奈子は椅子に座り、坂東が手にしていたフォークを奪い取ろうとする。

「待て待て、俺の」

坂東が皿を加奈子から遠ざける。

「てか、まず拭け！　なんでそんなずぶ濡れなんだよ？」

「何言ってんの？　一時間前に大雨が降ったじゃない。隣の沼袋駅で路上ライブしてたら土砂……降り」

加奈子の顔にはまだ水滴がついていて、マスカラが黒く流れている。

「ウソだろ？　野方は雨なんて降ってねえよ」

「え？　本当に？」

「さっき買い物に出たけど全く。それに大雨なら、ここ雨漏りするから」

坂東たちの会話を聞きながら、深山はハッと思い立ち、スマホで沼袋駅付近の雨雲レーダーを確認した。

「え、じゃあ私のとこだけ降ってたってこと？」

「つーか、こんなCD出すからだよ」

「これは雨じゃなくて飴だから。飴が降ってくんのよ」

カウンターの加奈子たちがうるさいので、深山はテーブル席に移動して、佐田に電話をかけた。

「佐田先生、借りを返してもらえますか？」


翌日、深山たちは刑事事件専門ルームのパソコンの周りに集まっていた。画面には十二月六日の二十時から二十二時までの雨雲レーダーの映像が映し出されている。

「佐田先生、よく二か月も前の雨雲レーダーを手に入れましたねぇ」

明石は感心しきりだ。

「それはおまえ、俺が懇意にしている気象情報会社に頼んで、俺がコレだから」

佐田は自慢げに自分の腕を叩く。「雨雲レーダーを手に入れてやったんだ」

「やっぱり犯行現場になった多摩中央駅付近は雨が降ってません」

レーダーを見ていた舞子は言った。

「その時間帯に雨が降っていたのは、西府中駅周辺だけですね」

藤野は赤くなっている、ある一部の地域を指した。

「大江さんは、その日雨が降っていた西府中駅付近にいたから、犯行現場にも雨が降っていたと思い込んでいた」

深山が言う。

「ということは」

藤野は深山の顔を見た。

「この範囲で大江さんの目撃証言がないか、探してみましょう」

深山が言うと、佐田がぱちんと指を鳴らす。

「え、その範囲全部ですか？」

舞子は慌てて尋ねた。

「うん、全部」

深山は当然のことのように頷く。

「よし皆、頑張っていこう」

佐田は皆に命令した。

「佐田先生は？」

明石が尋ねる。

「頑張っていこう」

佐田は個室に戻っていく
「勝手おじさん……」

明石は呟いた。


刑事事件専門ルームのメンバーたちはそれぞれ大江の写真を手に、聞き込みを進めた。舞子は街ゆく人に片っ端から声をかけ、中塚は商店に一軒一軒入っていき、明石は得意の土下寝を使っている。

藤野は、道にたむろしているヤンキーたちに恐る恐る歩み寄った。

「あ？　なんだよ？」

ヤンキーが藤野を睨みつける。

「まだ何も言ってないじゃないか〜！」

藤野は一目散に走って逃げた。

「この人、見たことありませんか？」

深山は駅前で、行きかう人に声をかけていた。

そして、日付が変わった頃、メンバーたちは駅前に再度集合した。時計は深夜一時半近い。

「全く成果なし」

舞子は言った。

「防犯カメラの映像は町内会にどれだけ頼み込んでもダメだった。コンビニは二か月前のものは破棄してたし、打つ手なし」

明石の土下寝も効果はない。

「だって二か月も前のことですよ？　雨が降っていたことさえも覚えてませんよ」

中塚も全て空振りだった。

「まあ、今日は終わりにしますか」

深山が言うと、

「今日はっておっしゃいました？」

藤野が目を見開く。

「明日もやりますよ」

「おうおうおうおうおうおうおう……」

藤野は思わず声を上げる。

「電車、もうないですけど、どうします？」

舞子が尋ねると、

「深夜バスあるよ」

深山はバス停を指した。


五人は深夜バスに乗り込んだ。残業した後なのか、飲み会の帰りなのか、結構な人数が乗っている。

「次の公判は三日後ですよ。意味ありますかねぇ。アテがなく聞き込みを続けても、誰も覚えてませんよ」

舞子が深山に尋ねる。

「この世の中に意味のないものなんて……」

「ない、でしょう？　それはわかるようになりました。でも、雨の日のことも覚えてないような状況で、特定の一人の人のことなんて……」

舞子が話していたが、深山は窓の外の景色に目を留めてハッとした表情を浮かべている。

「すみません！　降ります！　止めてください！」

深山は降車ボタンを押して大声で叫んだ。そしてバスが次のバス停で止まると、飛び降りて走っていった。

「おい、深山――！」

いったいなんだろうと思いながら、明石たちも追いかけていく。

と、深山は電柱の前に立ち、そこにつながれている立て看板を見ていた。それは『犯人逮捕にご協力を！』という看板で『平成29年12月6日水曜日　西府中駅近くにて二十一時頃にひったくり事件が発生。そのご被害者が亡くなりました』とある。『犯人の特徴』として『10代～20台の男性　身長175㎝前後　中肉中背……』などといくつかの目撃情報が列挙されている。

「どうしたんです⁉」

藤野が尋ねた。

「やっぱり……」

深山は看板を凝視している。そして、中腰の姿勢から背筋を伸ばし、看板と向き合った。皆はなんだろうと深山に注目している。

「かんばんは」

深山はまじめな顔で看板に挨拶をする。そして……。

「しまった、人じゃなかった。ちょっと、カンバンしてよ」

と、オネエのようなポーズで言うと、自分のギャグに声を立てて笑い出す。もう誰も、点数をつけることすら忘れて呆然としている。

笑ってくれる佐田がいないので、深山は一人で笑っている。終バスから降りてしまったのでバスもなくなり、皆は激しい徒労感に襲われた。


第五回公判では、証言台に大江が立った。傍聴席には川上の姿もある。

「たしかに僕はあの日、山崎と一緒に、彼女に乱暴を働きました」

大江が証言する。

「間違いありませんか？」

「間違いありません」

「以上です」

喜多方は勝ち誇った表情で席に戻った。

次は深山の反対尋問だ。

「十二月六日の犯行時刻には、犯行現場の近くでダンサーたちがダンスの練習をしていたそうですが、あなたはそれに気づかなかったんですか？」

「あの日は雨が降ってたんです。結構土砂降りだったから、練習やめて帰ったんじゃないですか？」

大江が答えたとき、傍聴席のドアが開き、久美子が入ってきた。

「裁判長、供述を明確にするため、弁護人請求証拠第十五号証の映像を再生します」

深山が言い、モニターには事件当日の雨雲レーダーが表示される。深山は傍聴席に座った久美子をちらりと視線の端に止める。

「……この映像は十二月六日、犯行現場とされる多摩第三公園周辺付近の雨雲レーダーです。雨が多く降れば降った箇所は赤くなります。では、犯行時刻の二十時から二十二時までの様子をご覧ください」

映像の左上に表示されている時刻が二時間分経過したが、公園付近は何も変わらない。

「おかしいですね。あなたがいたとされる多摩第三公園では、一滴も雨が降っていません。ではなぜ、あなたは雨が降ったと供述したのか。モニターをご覧ください」

雨雲レーダーの画面を少し広げると、西府中駅の辺りが赤くなる。

「あなたが公園にいたとされる時間帯は、西府中駅周辺にだけ、局地的な雨が降っています」

深山の言葉に、喜多方が一瞬顔色を変える。

「私たちはあなたが十二月六日に西府中駅周辺にいたのではないかと推測し、その周辺の聞き込みをしました。あなたを見かけた人を……見つけることはできませんでした」

深山の発言に、大江は安心した様子だ。

「裁判長、ここで新たな証拠を示します。本件に関わる重要な証拠です。事前に申請する時間的余裕がなく、申し訳ありません。後に証拠として提出いたします」

「……検察官、いかがでしょう?」

遠藤は警戒しながら、喜多方を見た。喜多方は立ち上がって深山のもとまで歩いてくると、一枚の用紙を確認する。

「どういう意味があるかわかりませんが、どうしてもというなら反対はしません」

「ありがとうございます」

深山は写真をプリントした用紙を掲げた。

「これは十二月六日に西府中駅の近くで起きたひったくり事件の犯人を捜すために、警察が、捜査協力を求めている看板です」

あの晩、深山がさんざん親父ギャグを言った看板を撮影した写真を、プリントしたものだ。

「犯人は盗難バイクに乗り、歩いていた六十代の女性から、現金の入ったバッグをひったくりました。この被害者は、ひったくられた際に転倒して、頭を強く打ったことで意識不明の重体でしたが、残念なことにひと月前に亡くなりました。あなたは、この事件をご存知ですよね」

深山は大江を見た。大江も顔を上げる。

「異議あり。本件と何ら関連性ないでしょう」

喜多方はすかさず異議を申し立てた。

「弁護人は尋問の趣旨を明確にしてください」

遠藤が言う。

「関連性ははっきりしています。警察は強盗致傷から強盗致死に切り替え、この事件の犯人の行方を追っています。そして、これが看板に記されていた犯人の特徴です」

深山は看板に書かれた犯人の特徴を読み上げる。

「『十代から二十代の男性、ヘルメットに明るめの髪、首筋に十字架のタトゥー』。大江さん、あなたの首の後ろに同じようなタトゥーがありますよね？」

深山は言った。第二回公判終了後に大江が暴れたとき、深山は首の後ろに十字架のタトゥーがあるのを確認していたのだ。

「……知らねえよ！」

大江は叫んだが、声は震え明らかに動揺している。と、川上が立ち上がり、法廷を出ていった。

遠藤はその様子を目で追っていた。

「訴因変更によって変えられた十二月六日がこの事件の日と重なり、あなたはそれを利用しようと考えた。強盗致死より、強制わいせつで罪を認めた方が刑罰が軽く済むと思ったんでしょう？だから、あなたは、やってもいない犯罪をやったと自白した」

深山は言ったが、大江は黙っている。

「大江さん、事実は一つですよ」

深山は畳みかけた。

「だから、知らねえって！」

大江が叫んだとき、傍聴席の久美子が勢いよく立ち上がった。

「ごめんなさい！　あの二人に襲われたというのはウソだったんです」

久美子の突然の告白に、法廷内はざわめきの声に包まれる。

「久美子！」

傍聴席の純恵が声を上げた。

「お母さんに怒られたくなくて、とっさにウソをついてしまったんです」

久美子が言うと、法廷内はさらに騒然とする。

「傍聴人は静粛に！」

遠藤は叫んだ。でも久美子はつづけた。

「話がどんどん大きくなってしまって」

「傍聴人……」

「途中で謝ろうと思ったんです。でも、あの検察官の方に、日にちを変更するように言われたんです」

久美子は喜多方を指さして言った。

数日前、久美子は検察庁の会議室に呼ばれた。喜多方と、数人の男たちが、久美子に圧力を加えるように立っている。

（日時を間違えてるんじゃないかな？）

喜多方は言った。

（被害に遭ったのは、十二月十二日じゃなくて十二月六日だった。このままじゃ、お母さんも大変なことになるよ。きっと、勘違いしてるんだよね。もう一度思い出してごらん）

喜多方に言われ、久美子は了承せざるを得なかったという。

「本当にごめんなさい」

久美子は泣いていた。

「いいんですか？　自分のメンツのために、強盗殺人犯を取り逃がすことになりますよ。これ、いいんですか？」

佐田が立ち上がって言う。

「もう一回やります？　訴因変更」

深山は遠藤に向かい、最大限の皮肉を言った。

そして、判決公判。遠藤が判決を下した。

「主文、被告人山崎大輝、大江徳広は無罪。ただし、大江さんは別の犯罪に関わっている可能性がありますので、捜査機関に協力してください。今回、検察は杜撰な捜査で罪のない人間に罪をかぶせ、重大な犯罪の隠蔽に手を貸すという愚を演じた。このことを軽く考えてもらっては困ります」

喜多方は唖然としている。

「では、以下理由を述べます」

遠藤が続ける。深山と舞子は、厳粛な気持ちで聞いていた。

川上は、会議室で岡田と話していた。

「少年犯罪の厳罰化に向けた絶好のチャンスだったのに、成果を上げられずに申し訳ありませんでした」

川上は岡田に頭を下げた。

「いやいや、元々の目的は果たせなかったが、大きな事件の犯人を捕まえることはできた。今回の判決は裁判所のいいアピールになった」

岡田の前に置かれた新聞の一面には『裁判所の良心、検察の暴挙を食い止める　多摩市女子高生強制わいせつ事件　少年に無罪』とある。

「さすが川上くん」

岡田の言葉に、川上は満足げに笑みを浮かべた。


「ただじゃ食えない相手だね」

斑目は、新聞を佐田に見せた。

「ええ。全くです」

佐田が頷く。

「公正な裁判を行うためには、本来、弁護士、検察官、裁判官の関係は、均等な距離を保ったトライアングルになっていなくてはならない。しかし今回のように、検察と裁判官の思惑が一致すれば、両者の距離はぐっと近くなり、そのトライアングルは簡単に壊れてしまう。この権力構造こそ、冤罪を生み出している大きな要因だ。今回、いびつな事件ではあったが、君たちが事実を突きとめたことで、バランスを崩したトライアングルを、見事に是正した。本当に、よくやった」

斑目が佐田と深山をたたえる。佐田は斑目の机の前でその言葉をかみしめていたが、深山はソファの肘に腰かけていた。

「ありがとうございました」

奈津子が礼を言う。

「助かったよ。佐田。これで俺の名前に傷がつかなくて済んだ。レッツビギーン！」

「何がレッツビギンだ。そのフレーズを言うな！」

松葉杖姿の志賀が近づいてきて手を差し伸べたが、佐田は背を向けた。

「ビギン！」

志賀がその背中に声をかける。「何もしてない奴と握手するつもりはない」

「勝ったら握手するんだろう？」

「なんでおまえと握手するんだよ」

「あ、痛たたた」

逃げていく佐田を追いかけようとして、志賀は痛みに顔をしかめた。

「ほらこんなに大けがしてるんだ。おまえがここに来て、握手するんだ」

「冗談じゃありません！」

「おまえがここに来い」

「冗談じゃない。ビギンに帰れよ、おまえ」

「所長も何か言ってやってくださいよ」

「ビギンに帰れよ。うるさい奴だな。面倒くせえな、ホントに」

「？」

と、深山が志賀に近づいていていった。

「志賀先生、ウソついちゃダメですよ」

深山は、志賀が革靴を履いている方の足を思いっきり踏みつけた。

「痛っ」

志賀は松葉杖を投げ出して、ギプスをしている方の足をついて、跳ね回る。

「やっぱりなぁ」

深山は笑った。

「おまえ、こっちの足でケンケン……折れてねーだろ、足！」

佐田は呆れている。

「実は……あの、佐田先生だけには頭を下げるのが悔しいって、それで怪我したふりを」

奈津子は正直に言った。

「まあ、そうだろうな。おまえ、今すぐ弁護士事務所の看板を下ろせ！　そして帰れ、すぐ！」

佐田は叫んだ。

「レッツビギンはアゲインされた」

「なんだおまえ、それ。言うなよ、それ」

「俺となっちゃんで考えたいい名前だろ」

「冗談じゃないよ。こっちは聞くたびに猛烈な苦痛だよ」

二人が揉めているのにはかまわず、深山は部屋を出た。


舞子は廊下に出てきて電話に出た。

「あ、はい」

あたりを見回して、近くの誰もいない小部屋に入って丸テーブルに腰を下ろす。「わかりました。くれぐれも弟のことはよろしくお願いします。はい。失礼します」

浮かない顔で電話を切った舞子は、ため息をついた。頭の中に、またあの雨の日の夜の映像が浮かんでくる。手錠をかけられ、腰縄をつけられた青年と、視線が絡み合って……。


深山は飴を口に放り入れながら、廊下を歩いていた。途中の小部屋をガラス越しにのぞくと、舞子がこちらに背を向けた状態で腰を下ろしていた。何かを思い悩んでいるのか、がっくりとうなだれている。深山は声をかけることはせずに、そのまま歩き去った。

CAST

深山《みやま》大翔《ひろと》 …… 松本　潤

佐田《さだ》篤弘《あつひろ》 …… 香川照之

尾崎《おざき》舞子《まいこ》 …… 木村文乃

明石《あかし》達也《たつや》 …… 片桐　仁
藤野《ふじの》宏樹《ひろき》 …… マギー
中塚《なかつか》美麗《みれい》 …… 馬場園梓
落合《おちあい》陽平《ようへい》 …… 馬場　徹
佐田《さだ》由紀子《ゆきこ》 … 映美くらら
坂東《ばんどう》健太《けんた》 …… 池田貴史
加奈子《かなこ》 ……… 岸井ゆきの
尾崎《おざき》雄太《ゆうた》 …… 佐藤勝利

川上《かわかみ》憲一郎《けんいちろう》 … 笑福亭鶴瓶

斑目《まだらめ》春彦《はるひこ》 …… 岸部一徳

TV STAFF

脚本…………………… 宇田 学
トリック監修……… 蒔田 光治
音楽…………………… 井筒 昭雄
プロデュース……… 瀬戸口 克陽　東仲 恵吾
演出…………………… 木村ひさし　岡本 伸吾
製作著作…………… TBS

BOOK STAFF

脚本………………………… 宇田学
ノベライズ……………… 百瀬しのぶ
装丁・本文デザイン…… 渋澤弾（弾デザイン事務所）
校正・校閲……………… 聚珍社
ＤＴＰ…………………… 株式会社アズワン
編集………………………… 尾﨑真佐子（扶桑社）
企画協力………………… 新名英子（TBSテレビ ライセンス事業部）

日曜劇場 99.9 刑事専門弁護士 SEASON II

日曜劇場『99.9—刑事専門弁護士—SEASONII』(上)

発行日　2018年2月28日　初版第1刷発行

脚本　宇田学
ノベライズ　百瀬しのぶ

発行者　久保田榮一
発行所　株式会社　扶桑社
〒105-8070
東京都港区芝浦1-1-1　浜松町ビルディング
電話　03-6368-8885（編集）
03-6368-8891（郵便室）
www.fusosha.co.jp

企画協力　株式会社 TBS テレビ
印刷・製本　中央精版印刷株式会社

Printed in Japan
ISBN978-4-594-07908-6